Rolf Dieter Brinkmann

Keiner weiß mehr

Roman

rororo

Rowohlt

1.–25. Tausend Februar 1970
26.–33. Tausend Juli 1970
34.–37. Tausend Dezember 1976
38.–42. Tausend Dezember 1979

Veröffentlicht im Rowohlt Taschenbuch Verlag GmbH,
Reinbek bei Hamburg, Februar 1970

Umschlagentwurf Manfred Waller
(Foto: Bildarchiv Kiepenheuer & Witsch)
Gesetzt aus der Linotype-Cornelia
und der Baskerville (Bauersche Gießerei)
Gesamtherstellung Clausen & Bosse, Leck
Printed in Germany
580-ISBN 3 499 11254 x

Oh, no, no, no
Oh, no, no, no
Oh, no, no, no
Keith Richard & Mick Jagger
Between the Buttons

Man hörte nichts mehr. Sämtliche Geräusche waren verstummt. Selbst die ganz kleinen unscheinbaren Bewegungen am Rand waren zur Ruhe gekommen, dieses Flimmern, ein dünnes Zittern, nichts, das Bild stand fest, zur Ruhe gekommen. Die feinen weißen Partikelchen, die eine Zeitlang noch gleichmäßig langsam niedergefallen waren, deckten alles zu, und da gab es jetzt nur noch diese helle, körperlose Leere, gleichmäßig glatt, eben, als habe man die Augen geschlossen. Die Leere nahm zu, der Raum ein Loch, das so in sich selbst zurückging, bis nichts mehr übrigblieb. Alles war wieder gut, konnte man sagen, und man sagte das auch. Es ist nichts, ganz einfach, nichts. Man kann auskommen, überhaupt, nun, wie sie dalag, flach ausgebreitet, auf dem Rücken, auf dem Bauch als eine weiße, plattgedrückte Fläche, die er meinte, wenn er darüber redete, und die es dennoch nicht mehr genau war. Was aber machte den Unterschied aus? Trockene Frau, nasse Frau, sagte Gerald, trockene Frauen sind besser als nasse Frauen. Wenn ich mir vorstelle, überall, bei jeder einfach was reinhängen zu lassen, nein, nicht gut. Reintun kann jeder. Was bist du denn? Also hör auf zu reden, mach was, tu was. Aber das ist schon kein Tun mehr. Es ist im Grunde nichts, und die Schwierigkeiten, wenn es Schwierigkeiten sind, sind nichts anderes, keine Schwierigkeiten, keine Probleme. Was soll auch schon sein? Nichts. Aber wenn er sie zum Beispiel so nicht mehr wollte, wie sie war, dann kam er davon nicht los, verrückt, wußte er. Dabei kam es ihm so zufällig vor, daß sie es war, die er wollte. Haben. Irgendwie. Wobei sie doch genausogut auch jemand anderes hätte sein können. Ganz anders, stellte er sich vor, während er sich anstrengte in der Einbildung, bereits ganz nahe daran zu sein, sie als etwas anderes zu bekommen, schon längst nicht mehr zärtlich, zärtlich erregt, jetzt schwitzend und verkrampft. Das Gefühl, sie vielleicht auch diesmal wieder nicht ganz zu bekommen, trieb ihn an weiterzumachen, als ob in jedem Augenblick die Vorstellung umkippen könnte und es tatsächlich dann so wäre, ganz einfach. Was sie dachte, wußte er nicht. Sie hielt die Augen angestrengt geschlossen. Das elektrische Licht war ihr vielleicht zu grell, es tat ihr vielleicht weh. Sonst war nichts. Er brauchte sich keine Gedanken zu machen. Was? Im Zimmer lagen überall auf dem Fußboden verstreut die Spielsachen des Kindes, bunte Plastikbauklötze. Das Laufställchen, das an der hohen Kiste in der Ecke festgebunden war, damit es sich nicht zu sehr verschob, war leer. Er saß auf dem Bettrand und rauchte noch eine Zigarette, noch nicht so müde wie sie, die nur schlafen wollte und nicht verstand, worauf es ihm denn jetzt noch ankam. Jaja, sagte sie. Ja. Es war ja auch wirklich schon spät.

Die Wolldecke in dem Laufställchen war durcheinandergeraten, so daß an den Seiten die gelbliche Schaumgummiunterlage zu sehen war, ein mit Wollflusen besetztes lappiges Stück, und undeutlich, dafür um so eindringlicher empfand er wieder, zugeschnürt zu sein von den Dingen, die sich um ihn herum angesammelt hatten, abhängig von seiner Frau, von ihr, dem Kind und der Wohnung, dem, was einfach notwendig durch sie und das Kind mehr geworden war im Lauf der Zeit und sich nun häufte, einerseits belangloses Zeug, unwichtig genug, es nicht täglich zu beachten, hier, an dieser Stelle, dort, überall, in den Kisten, den Schränken, Schubladen, gedankenlos weggelegt, aber andererseits immer wieder etwas, das benutzt werden mußte, ob er wollte oder nicht, und das ihm durch die anderen, zuerst vage durch Gerald und jetzt noch mehr durch Rainer, der bei ihnen wohnte, immer wieder von neuem aufgezwungen wurde, wenn er sich mit ihnen unterhielt. Er war empfindlich geworden durch Rainers Art, seine bunten, fremden Sachen, sein Äußeres, seinen Aufzug, wie er es Rainer gegenüber nannte, was alles so frei schien, ohne Schwierigkeiten, nichts anderes als diese bunten Sachen, diese übertriebene Art, da zu sein.

Einen Abend lang, der beinahe bis zum Morgen andauerte, hatten sie bereits damals, als er Rainer in England besucht hatte, darüber geredet, hin und her, umständlich und mit widerspruchsvollen Empfindungen, abstrakt genug, wie er auch jetzt wieder von Rainer erfuhr, der ihm verschlafen, die tagsüber leicht toupierten Haare ungekämmt durcheinander, gegenübersaß und nicht verstand, ihn, der redete, auf Rainer einredete, immerzu, daß es nicht das sei, nicht das, was ihn störe, obwohl es schließlich auch damit zusammenhing, daß er so verwirrt war. Die Verwirrung kam nun deutlich heraus, sie war nicht mehr einfach zu übergehen, und es war ein unentschiedenes, schwankendes Gefühl im Kopf, weil sie so weggefahren war, wortlos, das Kind auf dem Arm, übernächtig, blaß, in der Tür, seiner Zimmertür stehend und er am Tisch sitzend, von dem aus er nur zu ihr hin genickt hatte, ja, ja, fahr weg, schon gut, ist schon gut, in der Absicht, sie durch diese Gleichgültigkeit herauszufordern, ihm noch einmal vorher zu antworten, damit sie beide, sie und er, sicher waren, daß es wirklich bloß vierzehn Tage Abwesenheit bedeutete, Ferien an der See in Holland, irgendwo einquartiert in einem hübschen, kleinen, sauberen Seeort, aus dem sie ihm genauer Nachricht geben würde, sobald sie etwas Passendes gefunden hätte.

Als er sie aber dann so mit dem ungeduldig quengelnden Kind auf dem Arm in der Tür stehen sah, ohne zu antworten, völlig in sich selbst zurückgezogen und in gerade dem Kleid erstarrt, das an ihr luftig-bunt aussah, ärmellos und sehr kurz war, hoch über dem Knie abgeschnitten, an dem sie fast die ganze Nacht vorher noch genäht hatte, um es mitnehmen zu können und dann bloß noch, um wegzukommen, fort von ihm, heraus, endlich einmal, für immer möglicherweise, wie sie sich gewehrt hatte, als er am nächsten Morgen sich über ihre Nachlässigkeit beschwerte, alles andere über diesem Kleid vergessen und nicht mehr für sie, Rainer und ihn, eingekauft zu haben,

und als er kurz darauf vom Balkon aus mit Rainer, das Zimmer hinter sich voll vom Gedröhn der Musik, die Rainer laut aufgedreht hatte, sie noch einmal mit dem anderen Mädchen, das den Wagen fuhr, einsteigen sah, ohne hinaufzublicken, um zu sehen, ob er vielleicht vom Balkon aus ihnen nachsah, war es ein nochmals zwischen Haß und unverständlich bleibender Zärtlichkeit schwankendes Gefühl gewesen, das ihn schwerfällig machte, starr, aus dem er herauszukommen versuchte, denn damit, das wenigstens begriff er klar, war nicht weiterzukommen, nie, niemals. Das hielt alles in ihm nur immer wieder auf, alle Gedanken, die sich unablässig drehten, stumpf, abgestumpft, nur noch darauf bedacht, aus diesem Wirrwarr von Gefühlen und Abhängigkeiten, die zu nichts führten, herauszukommen, was ihm vorher noch nie so notwendig erschienen war, sondern bloß als eine vage Möglichkeit, obgleich er ihr das gelegentlich schon angedroht hatte, er wolle weg, von ihr fort, weg.

Erst jetzt kam es ihm mehr und mehr dringlich vor, weggehen zu müssen, von ihr fort, heraus aus diesem Zustand, aus der Wohnung, dem, was sich unaufhaltsam fortsetzte in kleinsten, alltäglichsten Geschehnissen, in winzigen Dingen, die fortwährend mehr zu werden schienen, ihm von Tag zu Tag deutlicher auffielen, aufgestört durch die sich in der letzten Zeit häufenden Streitereien, diesen Druck, der sehr verteilt war, sich hier in einem Krümel zeigte, da in einem Krümel. Dabei kam er doch noch gut aus mit ihr, dem Kind und mit den Sachen, die da waren. Alles war einfach nur da, sonst nichts, ohne eine Bedeutung.

Er hatte sich vorn eingerichtet mit seinen Büchern, Papier, den Schallplatten, aus Zeitungen und Zeitschriften ausgeschnittenen

Bildern an den Wänden über den provisorisch zusammengestellten Bücherregalen. Im Mittelzimmer schlief das Kind. Das hintere Zimmer hatte sie für sich allein. Sie konnte es sich so einrichten, wie es ihr Spaß machte, mit den Bildern, die sie gut fand, den Sachen, die sie mochte, das Zimmer war groß und geräumig genug, es ließ sich etwas daraus machen. Außerdem hatte sie ihre eigene Arbeit zu erledigen, Schreibarbeiten, die Geld einbrachten, dazu den Haushalt mit dem Kind, das noch nicht richtig laufen konnte, der Park war in der Nähe, hinter der Bahnüberführung mit dem Aachener Weiher, wo sie sich nachmittags mit dem Kind aufhalten konnte und wohin er ihr hin und wieder nachgekommen war, sie schon von weitem unter den wenigen anderen sehend mit dem um sie herum durch das Gras krabbelnden Kind. Weshalb sie gewöhnlich erst am Spätnachmittag dorthin ging, wußte er nicht recht. Sie hatte dafür gewiß Gründe, wahrscheinlich war aber wieder Nachlässigkeit dabei. Das Kind kam dadurch immer zu spät nach draußen. Das Kind. Darum ging es. Wenigstens diesmal mußte sie es doch einsehen. Sie kümmerte sich zu wenig darum und verlangte offenbar immer noch weiter, daß er sich bemühen sollte, wobei sie doch genau wußte oder das längst hätte wissen können, daß er nun bestimmte Pläne, Vorhaben hatte und dafür Zeit brauchte, nachdem er aufgehört hatte, an der Hochschule zu studieren, gerade als Rainer zurückgekommen war aus England, London, und bei ihnen zu wohnen anfing, so daß er, selbst wenn er das gewollt hätte, sich gar nicht damit beschäftigen konnte. Trotzdem schien sie das immer weiter von ihm zu verlangen, wie er gelegentlich an ihren Reaktionen zu erkennen glaubte, und das verstand er wiederum nicht. Er konnte nicht einsehen, daß sie für seine Sachen so wenig Verständnis aufbrachte. Das Kind störte ihn ohnehin tagsüber oft genug, wenn es die bunten Bauklötze aus irgendeiner Regung heraus aus dem Laufställchen ins Zimmer warf, während er vorn in seinem Zimmer saß und zu arbeiten versuchte, die Bücher an der einen Seite des Tisches aufstapelte, Papier auf der anderen.

Diese laut durch das hintere Zimmer kollernden Geräusche kamen unregelmäßig wie die Geräusche, die sie in der Küche gelegentlich verursachte. Er lauschte kurz darauf, aus seinem Vorhaben herausgerissen. Daß er darauf regelrecht zu lauern begann, ergab sich erst nach und nach, ohne daß er bemerkt hatte, wie, bis es dann einfach so war und er sich plötzlich dabei überraschte, wie er am Tisch saß, unfähig, etwas zu tun und auf diese kleinen unscheinbaren Geräusche in der Wohnung horchte, ihr langsames Verschwinden und Wiederaufkommen mit einer gespannten Aufmerksamkeit verfolgte. Dabei hatte sich im Grunde noch immer nichts zwischen ihnen verändert, mußte er sich sagen, überrascht, daß es so war. Alles war wie immer da, ganz gewöhnlich, er, sie, das Kind, das inzwischen wieder ein wenig größer geworden war, wie er in einem Augenblick bemerkte, so, wie es in der Küche am Tisch saß auf dem hohen Holzstühlchen und aus der Porzellanschüssel löffelte, ungeschickt und mit dem dickflüssigen Haferflokkenbrei sich bekleckernd.

Das Kind hatten sie weder gewollt noch verhindert, daß es zu leben angefangen hatte als ein schleimiges ungenaues Ding in ihr drin, zäh und beständig langsam zunehmend. Mit einer gekrümmten Stricknadel wäre es so leicht herauszuholen gewesen, mit viel Blut wahrscheinlich, dunklem, tranigem Schleim, verdickt, der langsam weggesackt wäre, verschwunden. Warum sie es dennoch nicht getan hatten, nicht so, mit der Stricknadel, in heißem Wasser ausgekocht, an einem der Wochenenden, an denen sie zu ihm von außerhalb mit zwei Stunden Bahnfahrt gekommen war, nachdem sie, um es billiger zu haben, wieder zu ihren Eltern zurück in die Kleinstadt gezogen war, darüber konnte er sich immer noch nicht richtig klarwerden.

Zunächst war es so gewesen, daß das Kind käme, ohne Frage. Erst nachher, als es da war, hatten sie sich genauer darüber unterhalten, und er erzählte ihr, was er von diesem oder jenem Mädchen gehört hatte, die er von der Hochschule her kannte und mit denen er zufällig einmal darüber gesprochen hatte, wie die damit fertiggeworden waren, blutend, dadurch geschwächt, doch erleichtert, das gallertige Ding aus sich herausgeholt zu haben. Beispielsweise mit einem Schlauch, den sich das Mädchen da unten reingesteckt hatte, ein paar Tage lang, ohne ihn zu entfernen, bis es eben zu bluten angefangen habe, angesogen durch das Stück Schlauch. Sie hat es bluten lassen, erzählte er ihr, weiterbluten lassen, einfach weiterbluten lassen, natürlich, sagte er, tat das weh, was tut nicht weh schließlich. Aber es kam raus. Die Hauptsache. Dabei war es so, daß sie noch zur Schule ging, keiner durfte was davon merken, und sie stellte sich krank, durfte aus dem Unterricht nach Hause gehen. Sie legte sich ins Bett. Nach drei oder vier Tagen ungefähr war es vorbei. Weg. Niemand hatte etwas gemerkt, nicht einmal der Freund. Sie hatte es sich angesehen, fuhr er fort, rauchte und sah dabei gedankenlos auf die Unordnung im Zimmer, das leere Laufställchen des Kindes in der Ecke seitlich des Fensters, das verknotete Band, das um einen Holzstab und die Trageschlaufe an der Seite der großen gewölbten Kiste geschlungen war. In der Kiste wurde die Kleidung des Kindes aufbewahrt, die es noch nicht anziehen konnte oder aus der es bereits herausgewachsen war und die sie von Bekannten geschenkt bekommen hatten. Nichts, einfach nichts habe sie sich dabei gedacht, als sie die winzige klümpchenartige gallertige Masse dann daliegen gesehen habe in dem von schwärzlichem tranigem Blut aufgeweichten Zellstoff, den sie sich zwischen die Beine gestopft habe, den Blutfluß aufzufangen, um nicht das Bettlaken vollaufen zu lassen, spann er weiter, in der Vorstellung davon verloren, während sie sich fragen mochte, warum erzählt er mir das eigentlich alles, was soll das, diese Ausführlichkeit, überhaupt diese ganze Geschichte von dem Mädchen, wie kam er darauf. Durch das Kind. Es durfte nicht mehr länger so oft allein gelassen werden, konnte sich nicht immer nur allein mit sich selber den ganzen Tag beschäftigen, sah er ein, man mußte sich mehr darum kümmern, es war spürbar größer geworden und brauchte nun andere, nicht nur sie, auch andere Kinder zum Spielen, zum Laufenlernen, Sicheinzugewöhnen. Oder nicht direkt durch das Kind, das im Mittelzimmer schlief, ruhig und gleichmäßig und unhörbar, eine Schwellung im Dunkeln, die anschwoll und abschwoll. Warum wollte sie nicht verstehen?

Der Schock, den es ihm gegeben hatte, als das Kind plötzlich da war, wirkte nach. Er hatte es nicht vergessen, während sie vielleicht längst nicht mehr wissen mochte, wie es tatsächlich war, als es kam, sie hatte das vielleicht vollständig vergessen, weil es für sie zu selbstverständlich war, daß sie ein Kind bekam, das aus ihr einfach nach einer bestimmten Zeit heraus mußte, klein, mit verquollenem, wie zugewachsenem Gesicht, ganz schnell und für sie selber auch überraschend etwas zu früh, doch gesund, und sie war tatsächlich zunächst einfach erleichtert, daß das schwerfällige Tragen vorüber war. Oft genug hatte er ihr gesagt, wie plump und häßlich diese Frauen mit ihren vorgewölbten, nach unten durchhängenden Bäuchen waren, die Bäuche nach vorn herausgedrückt, als wollten sie ihn allen, die vorübergingen, zeigen. Und dazu der träge Gang, der Blick, glotzend in die Bewegungen um sie herum. Sie sei jedoch nicht so, hatte er ihr abschließend gesagt, alles schnell darauf scheinbar vergessend. Er hatte anderes zu tun, die Hochschule, seine Arbeit, er arbeitete, ging mit Gerald abends noch einmal weg oder saß lange im Mittelzimmer mit ihm herum, der, ohne es direkt auszusprechen, sie, seine Frau, mit dem dicken Bauch, der aber weniger dick war als bei anderen schwangeren Frauen, wie er Gerald zurückwies, nicht verstand, nämlich was ihn eigentlich dazu veranlaßt habe, das in Gang zu setzen.

Weiß ich nicht mehr, das kam so, Pech, redete er sich Gerald gegenüber heraus, unsicher geworden, ob das wirklich notwendig war, daß er es darauf hatte ankommen lassen. Dann war es dabei geblieben. Das Kind sollte kommen, es würde irgendwie schon gehen, wenn es da wäre, redete er auch ihr ein aus Angst, sonst plötzlich etwas dagegen tun zu müssen, ohne daß er wußte was, wie es gemacht wurde.

Vorstellungen davon hatte es genug gegeben, keine schien aber für sie geeignet zu sein, nicht eine Stricknadel, gekrümmt und ausgekocht in heißem Wasser nachmittags, nachdem sie angekommen war, diese Stricknadel, dieser Schlauch, in sie unten reingesteckt. Er hätte es da gar nicht reinstecken können, weil er nicht genau wußte, wie tief er hineinstechen mußte in den Hohlraum, kurz zustechen, anstechen, bis es irgendwie zu bluten angefangen hätte, und was sonst außer in sie hineinzustechen, wenn es auch nicht genau das Reinstechen war, das ihn davon abhielt. Er glaubte einfach nur, er könne es mit ihr nicht machen, ungefähr so, und weswegen nicht mit ihr, wollte er nicht wissen. Es waren immer dieselben Vorstellungen gewesen. Daß sie mit weit gespreizten Beinen daliegen würde, die Beine an den Tischbeinen angebunden, damit sie nicht zuckten, wenn er es mit der Nadel in ihr anpiekte, genau in der Richtung, wo es festsaß, in der Mitte davorstehend zwischen ihren gespreizten und hochgestellten Schenkeln, mit der desinfizierten Nadel in der Hand. Er wäre sich nicht sicher gewesen, ob er sie nicht noch zusätzlich hätte eincremen müssen. Das hätte aber die Nadel nur wieder schmutzig gemacht. Also konnte er sie nicht eincremen. Und deswegen hätte alles mit einem Male nicht mehr so ganz gestimmt, trotz ihrer festgebundenen Beine, ihrer hochgestellten Unterschenkel, der Richtung, in die er hätte stechen müssen, kurz anpieken, vorsichtig, nicht die Gebärmutter verletzen. Dann wäre es aus mit ihr gewesen, vorbei, weg, er hätte sie kaputtgemacht, zu tief und dran vorbeigestochen. Besser das von einem Arzt auskratzen lassen. Das ist nicht schmerzhaft, eine Spritze vorher, kratzen, ausschaben, das Geräusch ist das eines wirklichen Schabens und Auskratzens, desinfizieren, eine Spritze gegen die Blutung, vorbei, weg, aus, als ob nichts passiert sei, und es ist wirklich auch nichts passiert, wie man selber am besten weiß, es ist nichts, nichts passiert, man weiß das. So einfach, und weswegen nicht so einfach, es wäre für sie einfach gewesen, selbst wenn sie es bei sich selber gemacht hätte. Und warum hatte er ihr wenigstens nicht dazu geraten oder noch nicht einmal dazu, es selber bei sich zu machen. Sie kannte sich schließlich doch besser in sich selbst aus als er, also weswegen nicht. Statt dessen hatte er Angst davor gehabt, das war es, einfach Angst vor dem wiederkehrenden Bild, das sich zu den Überlegungen einstellte, was er nun machen sollte, obwohl er zu ihr gesagt hatte, es wird schon gehen irgendwie, du wirst sehen, irgendwie geht das schon in Ordnung mit dem Kind, wenn es da ist.

Das Bild, das hinterher, wenn er wieder allein war in seinem Zimmer und sie zurückgefahren, von neuem aufkam, war sehr einfach. Er konnte es plötzlich verstehen, es war einfach. Es war nur ihr ängstliches Stilliegen in der Ecke auf dem Bett, es waren ihre hochgelegten Schenkel, ihre angebundenen Beine, damit sie nicht plötzlich zuckte. Er stand vor ihr und klappte vorsichtig die beiden bräunlichen Hautfalten mit zwei Fingern auf, um zu sehen, in welche Richtung er vorstoßen mußte, rein in den Hohlraum nach innen hoch, nicht zu tief, er wußte das. Alles, was zu machen war, war, ihr eine kleine Verletzung zuzufügen. Und wäre es nicht gut gegangen und hätte sie die Krämpfe nicht mehr aushalten können, die sich danach einstellten, würde sie einfach ins Krankenhaus gehen damit und die Fragen nicht verstehen. Ich bin hingefallen, und jetzt tut es weh, ich bin ganz einfach hingefallen, und es tut weh, ich versteh das gar nicht, wieso, was das ist, warum das so weh tut. Und all der Aufwand wegen dieses kleinen schleimigen Pulks in ihr, der sich innen festgesetzt hatte. Er war in ihr drin geblieben, war größer, dicker geworden, von außen sichtbar, plötzlich dann da, ein Kind. Er sah es sich an, ein Kind, von ihm, ihr Kind da vor ihnen, das von jetzt an immer weiter dableiben würde, einen Tag, noch einen Tag, den nächsten Tag und den nächsten und ohne aufzuhören dazusein, ohne einfach wieder verschwinden zu können, aufgelöst, ohne Rest, wie nie vorher dagewesen. Es war da. Blieb da. Mit ihnen. Da. Da war es. Lag zusammengezogen in den weichen Mullwindeln eingepackt und bewegte sich vor ihm. So wichtig, wie du glaubst, auch nicht, sagte Gerald zu ihm.

Für Gerald war das alles schließlich kein Problem. Er hielt sich da heraus, lebte wie vorher bei ihnen weiter in dem Mittelzimmer, in dem zu wohnen er angenehmer fand als davor zu Hause, wo er bisher gelebt hatte und sorgfältig darauf bedacht sein mußte, sich genauso zu verhalten, wie es üblich schien, nämlich nicht laut, gedämpft, still für sich in einen Sessel unter der Leselampe in einem großen, mit dichten Teppichen ausgelegten und mit dunkel getönten Sachen vollgestellten Wohnzimmer und ähnlich in seinem eigenen Zimmer daneben in zuvorkommender Höflichkeit, ein guter, wenn auch etwas eigenwilliger, aber nicht bösartiger Sohn für die

Mutter, die sich aufmerksam um ihn bemühte, ihn in seinen Eigenarten, seinen geringfügigen Eigenwilligkeiten zu verstehen, eine großzügige Frau, nicht dumm, belesen und distinguiert wie Frauen mit Vierzig, Fünfzig sein können, bei denen alles geregelt ist, was nur geregelt sein kann, das waren die Aschenbecher, geregelt aufgestellt an bestimmten Plätzen, die kostbaren handgemachten Deckchen, das gespülte Geschirr, die Tageszeitungen, weggesteckt in den Zeitungsständer, was für ihn, Gerald, unerträglich geworden war, erzählte er, mein Gott, diese Frau, diese Mutter, seine, sie hatte ihn krank gemacht mit der Zeit, ihn mehr und mehr erledigt.

Wenn es aber Haß gegen diese Frau war, dann war er dünn verteilt. Er reichte für Gerald nicht aus, damit etwas zu zerschlagen, etwa ein kostbares Porzellanstück auf dem Schrank, eine Vase. Vorsichtig nahm er statt dessen das Geld, das man ihm gab, und rief einmal im Monat an oder mußte hinfahren über ein Wochenende und sich sehen lassen wie nach einer geheimen Absprache, die nicht durchbrochen werden konnte. Für Gerald mußte es angenehm sein, sich bei ihnen aufzuhalten, wo es das nicht gab, obgleich sie, seine Frau, anfangs versucht hatte, es in der Wohnung so ähnlich zu machen. Aber er und Gerald, mit dem er sich hin und wieder darüber unterhielt, hatten es gar nicht erst dazu kommen lassen. Dagegen war sie mit ihren Vorstellungen, wie es sein müßte, nicht angekommen und gab auf.

Als das Kind dann da war, hatten sie kaum etwas dafür vorbereitet. Es kam ihm vor, wie mit einem Stoß mehr geworden zu sein, denn als er am nächsten Vormittag ins Krankenhaus gekommen war, um sie wieder in die Wohnung zu holen, dachte er überhaupt nicht daran, daß es das Kind sein könne, das dieses geringfügige Tröpfeln bei ihr am Nachmittag vorher ausgelöst hatte. Oder wenn er auch vermutet hatte, daß es das Kind war, oder nicht einmal genau das Kind, vielmehr das, was in ihr die ganze Zeit mehr und mehr angeschwollen war, irgend so ein verschwommen bleibendes Gebilde, weder Mensch noch etwas ähnliches, genaugenommen gar nichts, weil es für ihn gar nichts mehr bedeuten sollte, dann doch nicht, daß es eines Tages da sein würde, jetzt. Da war es aber auch schon da.

Sie hatten das Kind, ob sie es nun noch wollten oder nicht, betroffen, daß da tatsächlich etwas war, das sich bewegte, sich rührte, und nicht bloß ein mit der Zeit zunehmendes Wachsen, das plötzlich, ohne daß für sie etwas davon zurückgeblieben wäre, vorbei war. Statt dessen war es auf einmal bei ihnen im Hinterzimmer, an einem bestimmten Platz, der vorher leer gewesen war und immer weiter hätte leer bleiben können, eine Ecke in einem Hinterzimmer, die nie aufgefallen wäre, wo nun dieser wannenförmige geflochtene Korb auf einem hölzernen Fahrgestell aufgebockt stand, vor dem er sich hilflos vorkam, wenn die anderen, seine Bekannten, ihn danach fragten, wie es sei, so, mit dem Kind und so, da, in dem Korb, an der Stelle in dem Hinterzimmer bei ihnen, das Kind, das Kind, das Kind, das er sich ansah, dumm, mit herunterhängenden schlaffen Armen davorstehend, ein wenig beiseite gerückt mit im voraus auf die Fragen zurechtgelegten Erklärungen wie: was habe ich mit dem allem zu tun, was zu einem Teil doch auch stimmte, was hatte er mit allem wirklich zu tun, was konnte er überhaupt damit zu tun haben, oder: wo soll schon das Kind hin, an welche Stelle, nicht hierhin, dahin, zu niemandem, nirgendwohin, es gehört sich selbst, oder: die Frau mit dem Kind zusammen, ohne ihn.

Trotzdem hatte es ihn aber bedrückt und bedrückte ihn weiter, wie er sich langsam eingestand, allein durch die Anwesenheit, mit der er immer noch sehr wenig anfangen konnte und die ihm immer dasselbe zeigte, daß er das Kind, ein Kind gezeugt hatte und er das wieder konnte, wenn er wollte, nicht genau aufpaßte, von neuem wieder ein Kind mit ihr machen. Darüber konnte er sich nicht mehr ohne weiteres hinwegsetzen, selbst wenn er es wollte und selbst dann, wenn sie zusammenlagen und er genau wußte, daß nichts passieren konnte. Er rieb sich an ihr, rieb sie mit der Hand unten, sie ihn mit der Hand, das war besser. In einem kleinen stoßartig verkrampften Pulsieren sah er es aus sich herauskommen, weißlichgrau als Schleim, der darauf an ihren Händen klebte, ein geronnenes Gefühl, dicht und klebrig, das in langen, nach unten ziehenden Fäden wegtroff.

Mit Gerald hatte er sich unterhalten, wie lästig das doch eigentlich sei, daß es jedesmal so glibbrig kam als schleimige Flüssigkeit, etwas wolkig trüb, wie sie auf der Hand lag, in der hohlen Hand, die Finger steif abgespreizt, oder verklebt im Haar hing, auf der Haut, auf dem Bauch, oder wie sie auch gelegentlich wieder unten zwischen den Falten aus ihr herausquoll, sehr langsam und triefend oder vom Rand des Waschbeckens im Badezimmer langsam triefend auf den Ausguß zukroch. Wie ungeschickt man sich doch deswegen verhalten müsse, wie lächerlich vorsichtig, wie genau dabei aufpassen, ließ man es laufen, trotz der Feststellungen, daß die Umstände, unter denen überhaupt etwas passieren konnte, im Grunde so ungünstig seien und die Chancen eins zu ach-man-weiß-nicht zu wieviel, auf alle Fälle unwahrscheinlich niedrig wären, was alles richtig sein mochte, das schon, nur nichts besagte, wie man an den Kindern sah, die überall fortwährend entstanden.

Nur diese hellgraue Flüssigkeit, verklebt in den Laken oder zwischen den Beinen in der Hose war es, die Gerald daran störte. Statt dieser Flüssigkeit hätte es doch auch bloß ein scharfer durchdringender Geruch sein können, der am Ende dabei jedesmal entstünde und schnell in der Luft wieder verschwinden würde. Mehr nicht, meinte Gerald. Wie einfach das dann wäre, gefahrlos und auch angenehmer, so ein kleiner kurzer Geruch, unsichtbar in der Luft. Er fand das witzig. Sie lachten. Statt dessen solch ein Matsch. Matsch, sagte Gerald nicht. Er drückte es wie immer auf seine Art weniger direkt aus, sagte: so etwas.

Sie waren spät in der Nacht noch einmal hinausgegangen, beide noch nicht so müde, um einschlafen zu können. Sie schlief in dem hinteren Zimmer mit dem Kind. Er hatte auch da schon daran gedacht, wieder nach vorn in sein Zimmer zu ziehen, dort zu schlafen. Die Betten, flache liegenartige Betten, die einzigen Möbel, die sie sich neu angeschafft hatten, waren getrennt aufzustellen.

Nachher im Dunkeln, als er neben ihr lag, fiel ihm Geralds Bemerkung über den unangenehmen klebrigen Effekt wieder ein, und er dachte, daß Gerald und sie, seine Frau neben ihm, sich darin ähnlich waren. Beide mochten sie diese Flüssigkeit zuletzt nicht, auch sie nicht, glaubte er manchmal deutlich an ihren Bewegungen zu erkennen. Ihn selbst störte das nicht. Es klebte, roch ein wenig fremd, ein weicher laugenartiger Geruch, und er fand es übertrieben, sich daran zu stören. Man brauchte es ja schließlich hinterher nur abzuwischen, ohne sich dabei etwas zu denken. Oder runterzuschlucken. Was sie aber offenbar nicht konnte.

Angestrengt halb aufgerichtet hielt sie vorsichtig mit zwei Fingern, den Fingerspitzen, das Tempotaschentuch, mit dem sie es sich vom Bauch abwischte, ganz darauf konzentriert, das mit diesem Tempotaschentuch wegzuwischen, tupfend, reibend, aufsaugend neben ihm in den durcheinandergeratenen Bettdecken und Kissen, und durch diese sichtbare Konzentration, mit der sie das in dem Augenblick tat, fühlte er sich nicht gerade verletzt, nicht direkt abgestoßen, aber doch mißverstanden, denn ihre behutsame, vorsichtig tupfende Bewegung, ihre beiden Fingerspitzen, die vorsichtig das Taschentuch hielten, war etwas viel zu Sauberes, das andere vorher erschien nachträglich dagegen schmieriger, formloser, und beides, diese so präzise tupfende Bewegung über ihre Bauchfläche und die letzte verkrampft keuchende Bewegung, mit der er es ihr auf den Bauch geschüttet hatte, setzte sich zu sehr voneinander ab, es waren zwei Verhaltensweisen, die er nicht zusammenbringen konnte.

Er sah ihr zu, wie sie es machte, und verstand nicht ihre saubere Sorgfältigkeit, die, so wie sie es eben machte, ganz abgerückt davon und mit einem unpersönlichen Interesse, um so vieles vernünftiger wirkte als seine Bewegung vorher auf ihr. Dies war jetzt exakter, vernünftiger, empfand er, während er sie wortlos beobachtete, ihre Hand, schmal und feingliedrig, sehr sauber, ihre sauberen schmalen Finger, ihre plötzlich scheinbar so empfindlich gewordenen Fingerspitzen. Ihre Finger, die Fingerspitzen stießen ihn ab, er war plötzlich selber empfindlich geworden, fühlte sich durch sie herausgefordert. Sie waren viel zu deutlich vor ihm, sie prägten sich ihm viel zu genau ein, und er mochte ihre Hand und ihre Finger nicht.

Was hast du gegen meine Finger, überhaupt Hände, sagte sie viel später, ihn verständnislos anblickend und dann die Hand. Da hatte er sich in einem anderen Zusammenhang offenbar nur falsch ausgedrückt und kam nicht mehr darauf, weshalb er sie erwähnt hatte, ihre Hände, schmal, klein und sehr sauber, gepflegt. Vergiß es, sagte er. Er bekam es so schnell nicht mehr zusammen, wie er es gemeint hatte. Was soll ich schon gegen deine Hände haben?

Es war nicht zu erklären. Wenn er es zu erklären versucht hätte, wäre es wieder nur eine jener üblichen umständlichen Auseinandersetzungen geworden, weil es sich nicht genau fassen ließ, nichts anderes gewesen war als ein Eindruck, der schnell vorübergerutscht war. So wichtig war das alles schließlich auch nicht, ein zu geringes Moment zwischen ihnen, und er vergaß es auch selber wieder, um es ein andermal neu aus einem ähnlichen Grund bei Gerald zu empfinden, der, als sie ihn eines Abends besuchten, um Bücher abzuholen, gerade damit beschäftigt war, Bilder, aus Zeitungen und Zeitschriften ausgeschnitten, an die Wand zu stecken, die wieder so sauber und exakt aussahen und auf denen alles so ohne Geruch war, die Körper in den losen halb durchsichtigen Kleidern, einzelne Hautfalten, Finger, seitlich abgespreizt. Vorsichtig, mit zwei Fingern, den Fingerspitzen, stach Gerald die Nadel durch das Bild, und er begriff plötzlich etwas von ihm, so wie er vorher, als sie noch häufiger zusammen gewesen waren, noch nie etwas von ihm begriffen hatte, jetzt, abends, in dem wie immer gleichbleibend aufgeräumten Zimmer, in dem er ihn mitten in der leise gestellten, sanft wegziehenden Schlagermusik vor der Wand gerade aufgerichtet stehen sah, mit diesen Fotos von Mannequins beschäftigt, die Mannequins streng, elegant, zurechtgemacht, wie sie von Gerald auch in seinem ständigen Reden darüber bevorzugt wurden.

Geralds betontes Reden von solchen Mädchen oder einfach nur von Mädchen, mit denen er, wie er ihm bereitwillig bei jeder Gelegenheit erzählte, in der letzten Zeit oft zusammen gewesen war, regte ihn auf, obgleich er genau wußte, daß es so nicht war, wie Gerald es ihm erzählte. Trotzdem ließ es ihn unruhig werden, noch während Gerald redete. Eine unruhige Unzufriedenheit kam in ihm auf gegenüber seiner Frau und dem Kind, der Wohnung, gegenüber allem, worauf er sich bereits zu weit eingelassen hatte, um das noch ohne weiteres vergessen zu können in einer Unterhaltung mit Gerald über Mädchen, Frauen. Gerade deswegen war er aber auch wieder einmal zu Gerald hingegangen, um sich mit ihm zu unterhalten und es für einen Abend hinter sich zu lassen, die Wohnung, die Frau, das Kind, das, was seit längerem daraus geworden war, ein zu dicht gewordenes Gedränge in ihm mit all der freien Zeit, die er nun hatte nach Abschluß des Sommersemesters und seinem plötzlichen Entschluß, sein Studium aufzugeben, ein Tag nach dem anderen, eine Woche nach der anderen vollgestopft mit ihrer Anwesenheit, der er sich immer eindringlicher bewußt wurde, ohne daß sie für ihn mehr geworden wäre, wie er es vielleicht, wenn auch undeutlich, angenommen hatte. Statt dessen war sie nur ein feststehender Anlaß, sich von ihr mehr und mehr zu entfernen, wenn er nur gewußt hätte, wohin, unsicher mit einemmal allem gegenüber, was sie irgendwie mitbetraf, und alles betraf sie ja auch irgendwie mit, dachte er, unglücklich, obgleich sich rein äußerlich mit ihm und ihr und dem Kind in der Wohnung nichts verändert hatte, aber gerade dadurch unglücklich, weil sich alles so von einem Tag auf den anderen ohne große, allzu große Schwankungen wie von selber fortsetzte und sich auch von ihr und ihm ohne weiteres fortsetzen ließ ohne wirkliche Schwierigkeiten, das ja, ohne Schwierigkeiten, die sichtbar geworden wären nach außen hin für die anderen, welche anderen, die, die er, nicht sie kannte, an die sie sich so gut es ihr möglich war, längst schon gewöhnt hatte, sagte sie ihm, wenn sie darauf zu sprechen kamen. Aber er konnte es bei ihr nicht sehen, er konnte sie nicht mehr in Ruhe lassen, war bereits zu festgefahren in seinem Blick auf sie, ständig mit ihr beschäftigt, beinah, dachte er, wie aus Angst, fraglich bloß wovor, womöglich vor sich selbst, sich einmal Klarheit über sich zu verschaffen.

Du mußt mal mit irgendwas anfangen, genauer. Alles ist da. Warum fängst du nicht an. Fang an. Tu was. Du wirst sehen, es geht. Rainer sah, wie seine Pläne verkümmerten. Und er hatte sich ja auch selbst für die nächste Zeit viel vorgenommen, erzählte er Rainer, bei dem er herumsaß, sich Schallplatten anhörte und dabei Zeitschriften durchblätterte, in dem Zimmer, das, wie vorher das Zimmer bei ihnen, mit denselben Sachen vollgestellt war, die ihn verwirrt hatten, ganz unnütz verwirrt, wie es für Rainer jetzt nachträglich aussah, der das an ihm nie richtig begriffen hatte.

Einige Bilder, einige Zeitschriften, einige Bücher und ein paar Sachen zum Anziehen waren bei Rainer neu hinzugekommen. In Rainers Zimmer, das nicht sehr groß war mit abgeschrägter Außenwand, konnte man sich allein aufhalten, ohne daß da noch immer jemand irgendwo um einen herum war, und genau das war es, was er bei ihm, Rainer, oder genauso bei Gerald, deutlich sah und selber wieder mehr wollte, allein sein, ohne daß es diese kleinen winzigen Störungen gab, die sich Tag für Tag summierten. Die Störungen, an sich gering, wurden mit jedem Mal etwas mehr. Sie nahmen zu mit jeder einzelnen vorher, ohne daß man sich noch erinnern mußte, sie waren einfach alle sofort wieder da, mehr geworden und deutlicher als vorher. Versteh ich nicht, wieso. Du übertreibst. Da ist vorn dein Zimmer und du brauchst dich ja gar nicht um jeden Kram zu kümmern. Ja, ich hab da vorn mein Zimmer. Das war richtig. Er hatte vorn ein Zimmer für sich, in der Mitte war sie. Hinten das Kind.

Er hatte das einmal lange vorher mit ihr ausgemacht, daß er sich in dem Zimmer vorn wieder einrichtete, ungefähr so wie zu der Zeit, als sie noch nicht in der Wohnung war. Sie war einverstanden gewesen, wenn es für ihn besser wäre, er hatte es schwieriger, sah sie ein, sie jedoch auch mit dem Kind, vor allem aber mit ihm, in seinen Ansprüchen, die von heute auf morgen wechselten und denen sie ungefähr nachzukommen versuchte, so daß sie selber zuletzt auch nichts mehr ganz für sich zu Ende brachte. Daß sie nichts zu Ende brachte, das sah er, weniger die Schwierigkeiten, die von ihm ausgingen. Die Mißverständnisse blieben sich gleich. Schon daß er meinte, sie beseitigt zu haben, indem er ihr Zimmer gestrichen hatte, war ein Mißverständnis, das an ihr lag, weil es ihr wohl nichts bedeutete, während er glaubte, damit alles für sie getan zu haben, eine Woche, nachdem er sein Zimmer vorn neu gestrichen hatte, plötzlich, ohne Grund.

Das kleinere Mittelzimmer hatte dadurch zweifellos gewonnen, schon weil es größer geworden zu sein schien durch den weißen Anstrich, geräumiger. Es war ein hübsches wohnliches Zimmer geworden, sparsam mit dem notwendigsten Mobiliar ausgestattet, ihren Sachen, dem flachen liegenartigen Bett, dem Sekretär mit ihren persönlichen Dingen, modischem Krimskrams aus buntem Plastik, aufbewahrt von ihr, dem Tisch, den er vorher in seinem Zimmer stehen gehabt hatte, einem Stuhl, gelb gestrichen, einem Bücherregal. Der schwere eichene Schrank, den sie für Rainers Sachen hineingeschoben hatten, war wieder herausgekommen und in das hintere Zimmer gestellt. Er hatte ihr sogar einige Bilder an die Wand gesteckt, damit sie sich in dem neu eingerichteten Zimmer wohl fühlte, wenn sie zurückkäme mit dem Kind aus den Ferien, die sie lange vorher geplant hatte und in die sie an jenem Samstagvormittag abgereist war, mit ihm zerstritten, das Kind auf dem Arm in der Tür stehend, um wortlos abzureisen bis auf den kurzen Hinweis, ich geh also jetzt, und seiner ebenso kurzen Antwort, ja, ja, schon gut, fahr weg, schon gut, und sonst nichts danach in dem Augenblick, außer daß sie noch momentlang da in der halboffenen Zimmertür stand, dann gleich darauf die Tür zuzog und weg war, einen Augenblick, den er schon lange erwartet hatte, um endlich, wenn auch nur für drei, vier Wochen allein mit sich zu sein.

Das Wetter war noch schön geworden. Es gab wieder, mit einem Male, viel Sonne. Jetzt, Ende Sommer nach dem Kalender, schien der Sommer erst richtig einzusetzen mit viel trocken-hellem Licht, Hitze draußen flimmernd in der Stadt, über den Plätzen und in den Straßen, und er stellte sich vor, daß es ganz einfach diese drei, vier Wochen sein würden, die das Ganze wieder zwischen ihnen zurechtrückten. Sie konnten sich beruhigen, einmal voneinander losgekommen für diese Zeit, obwohl sie nicht sicher wußten, worüber sie sich hätten beruhigen sollen.

Rainer würde sich längst ein Zimmer genommen haben, bevor sie zurückkäme, dann würden sie wieder mehr allein sein, nicht zusätzlich noch gestört von außen, durch Rainer, seinen Freund, seinen Bekannten von damals, der wieder verschwunden sein würde aus unmittelbarer Nähe irgendwo in der Stadt und für sie eine Gelegenheit wäre, ihn hin und wieder abends zu besuchen, eine Gelegenheit, in eine andere Umgebung, ein anderes Zimmer zu kommen.

Das war der Grund, den er Rainer gegenüber angab, umständlich und mit vielen Ausflüchten und Überlegungen erklärt, mit Hinweisen auf die Schwierigkeiten, in einer solchen Stadt das passende Zimmer zu bekommen, ohne die übliche Vermieterin, die mit allen möglichen Vorschriften ankommen würde, die Möbel zu schonen, das Zimmer immer ordentlich zu halten und keinen Besuch zu empfangen. Er redete ständig darüber, wiederholte die

Bilder, in denen eine dieser Hausfrauen vorkam, die darauf hinwiesen, daß es ein anständiges Haus sei, wie er ja sofort gesehen haben müsse, ruhig, gepflegt und wenn er sich auch selber ruhig und gepflegt verhalte, könne er ruhig und gepflegt bei ihnen wohnen. Bettwäsche wird gestellt. Saubergemacht wird einmal in der Woche. Man braucht sich darum nicht zu kümmern. Hier steht ein Schrank, es ist ein neuer Schrank, groß und breit, blank poliert, und hier ist die Toilette, die Tür wird aufgemacht und sofort wieder geschlossen. Man hat kurz in das Badezimmer gesehen und sich überzeugen können, wie sauber und ordentlich alles ist. Was sollte er, Rainer, in einem so schon im voraus vollgestellten Zimmer anfangen, nichts, bloß still sein, unauffällig, geräuschlos abends eintreten, um darauf im Lauf eines Abends still in so einem Zimmer zu verblassen. Das sei üblich. Aber jetzt sei die günstigste Zeit, sich ein anderes Zimmer zu verschaffen. Das Sommersemester sei zu Ende. Er müsse sich nur beeilen. Gerade jetzt sei es günstig, das müsse er doch auch selber einsehen, jetzt, sagte er ihm in der Küche, wo sie zusammensaßen am Tisch, vor den kleinen saubergemachten Stellen mitten unter dem stehengelassenen Geschirr, das sich angesammelt hatte, seitdem sie weg war. Anderes ungespültes Geschirr hatte sie ihnen auf dem Abstellbord zurückgelassen, aber dafür, dachte er, hatte sie eben das Kleid mitnehmen können, natürlich, das Kleid, kurz und sommerlich bunt, das sie sich extra noch kürzer gemacht hatte bis spät in die Nacht.

In der Küche war es still, der ruhigste Platz der Wohnung. Sie lag nach hinten heraus, alle anderen Zimmer waren vorn. Hier, in Höhe der Küchenfenster, fing der Lichtschacht an. Sie konnten von der Küche aus, am Tisch sitzend, darüber etwas Himmel sehen, eine Aussicht, die ablenkte, sonnig und hell nachmittags das Licht, das von oben in den Küchenraum einfiel.

Ihn überraschte das gelegentlich. Er konnte dort am Tisch sitzen und eine Zeitlang hochstarren in den hellen Fleck hoch über dem Lichtschacht und dabei völlig die Unordnung um sich herum vergessen, die mit ihr zusammenhing, manchmal sie sogar genau darzustellen schien, sie war, diese Unordnung, dieser Wirrwarr von Sachen war sie, seine Frau, und einmal darauf zurückgekommen, vermochte er plötzlich nicht mehr davon abzusehen, verengt, wie Rainer ihm vorhielt, der das einmal miterlebt hatte und es aber auch selber weiter mit in Unordnung hielt, den Wirrwarr um ihn herum, dachte er, mit fortsetzte, seitdem er da war im Mittelzimmer. Dabei war es gar nicht einmal genau der Wirrwarr, der sie in der Wohnung umgab und der nach ihrer überstürzten Abreise an dem Vormittag rasch mehr geworden war, diesem Weggehen von ihr, dem sie den Anschein einer endgültigen Abreise gegeben hatte, um ihm zu zeigen, daß sie es auch sein konnte, die endgültig wegging ohne einen Gedanken an eine Rückkehr, nicht genau das, diese wahllos in der Küche überall stehengelassenen Tassen und Teller, das ungespülte Besteck, das sich auf dem Abstellbord häufte und in dem hinteren Zimmer ihre stehen- und liegengelassenen Sachen, die verschmutzte Kleidung des Kindes, Unterwäsche von ihr, von ihm, die verstreut herumliegenden Spielsachen, Schuhe, durcheinandergeworfen, ein Stapel alter Zeitungen, Zeitschriften, Bücher, die er aus seinem Zimmer weggeräumt hatte und die jetzt bei ihr herumlagen, es hing in ganz anderer Hinsicht direkt mit Rainer selbst zusammen, seiner Art, einfach da zu sein, so daß er dem gegenüber empfindlich war, jetzt, wo sie weg war, nicht tot, verschwunden, eher sogar dichter um ihn herum in seinen Gedanken. Er fand sich zurückgelassen mit all den sich wiederholenden Niederlagen, von ihm nun deutlich empfunden wie ein persönliches Versagen, als sei er am Ende, ohne daß es aber wirklich aufhörte und wirklich zu Ende ging zwischen ihr und ihm, sie blieben immer weiter aufeinander angewiesen durch ihren andauernden Streit und ihre Versuche, neu anzufangen, noch einmal, neu, von vorne miteinander anzufangen bis zum nächsten Streit und wieder weiter von vorne, immer noch einmal. Er wollte das nicht mehr länger mit ihr aushalten und war gleichzeitig doch bemüht, es weiter und weiter aufrechtzuerhalten, wie zum Beispiel durch das Zimmer, das er für sie während ihrer Abwesenheit strich und neu einrichtete, als Rainer eines Nachmittags sich irgendwo in der Stadt vorstellen gegangen war, was sich damit jedoch keineswegs aufrechterhalten ließ, schon gar nicht so weit zu verändern war, daß er es mit ihr weiter aushalten konnte, weil dieser eng verklammerte Zustand überhaupt nichts zu tun hatte mit dem Umstellen eines Tisches oder dem Herrichten eines Zimmers für sie, wie er es sich eingebildet hatte, indem er Möbel umstellte und das Zimmer in der Mitte neu arrangierte.

Das Selbstverständliche dieses Tuns war schon längst daraus verschwunden, aufgelöst in der zwanghaften Unsicherheit, die ihm seit Rainers Ankunft bewußter geworden war, obwohl sie ihm auch vorher schon irgendwie deutlich gewesen war, wenn er sich das auch nicht eingestanden hatte, so, wie sie beide allmählich da hereingerutscht waren, gedankenlos, bis sie sich zunehmend gegeneinander bewegten, je länger sie zusammen waren, selbst in den Augenblicken, in denen sie das zusammen machten, was sie, wie sie anfangs glaubten, nur miteinander machen konnten, nämlich sich gegenseitig zu befriedigen auf eine besondere zärtliche Art, an der sie in ihrer Vorstellung immer noch festhielten, während sie in Wirklichkeit nur noch so tun konnten, als ob sie das voneinander wollten, indem sie sich einander völlig überließen, nackt, ohne daß es jedesmal mehr wurde als diese äußerliche Nacktheit, die für ihn nach und nach wichtiger geworden war, für sie jedoch nicht.

Er begriff das bei jedem Mal von neuem. Woran lag es, daran, wie es war oder an den Vorstellungen davon, die jeder für sich zurückbehalten hatte? Da hatte er doch ihren Körper vor sich, nackt, und da war seiner, ebenfalls nackt. Es hätte ausreichen müssen für sie beide, sich damit über alles andere hinwegzusetzen, er spürte jedoch oder glaubte es jedesmal hinterher zu spüren, daß das für sie zu wenig war, zu wenig Gemeinsames.

Was er von ihr mehr wollte, war, daß sie es einfacher nahm, einfach als diese Blöße, diese bloße Nacktheit und die in dem Moment dazugehörenden Bewegungen, zwei nackte glatte Körper, die sich zusammen auf der Stelle bewegten, ihr Körper, sein Körper, beide zusammengeschoben, nicht mehr, auch für sie, die nur nach mehr davon verlangen sollte mit nichts anderem als ihrem daliegenden entblößten Körper, ihrem weißen Fleisch, Haut, die für ihn im voraus schon immer mehr war in seiner Vorstellung, sich darauf einzulassen, also wirklich einfacher das alles, weil jeder schließlich doch für sich blieb, bloßgelegt, doch gesteigerter bloßgelegt, durchlässiger nackt und intensiver da in dem Moment. Dazu, sah er, konnte sie sich aber nicht so ganz bereitfinden. Und das wiederum mochte auch an ihm liegen, weil es ihm nicht gelingen wollte, ihr gegenüber sich so zu verhalten, wie er sich das von sich selbst vorstellte. Die Vorstellungen blieben außerhalb, von ihnen beiden abgetrennt, nicht zu erreichen. Statt dessen blieb es bei dem Gerede darüber, das ermüdete. Er redete sich selbst und sie bloß immer müde, wie es sein müßte, eigentlich, verletzt durch ihre stumme Haltung, mit der er wenig anzufangen wußte, Verwicklungen, Widersprüche, widersprüchliche Empfindungen, die selbständig geworden waren und sie beide fertigmachten, erledigten bis in die Vorstellungen hinein, auch sie bereits durch diese verdeckten Widersprüche davon zersetzt, ohne daß sie ganz verlöschten. Die Bilder, Vorstellungen wurden vor dem anderen versteckt gehalten. Und sie hielten sich in ihnen hartnäckig weiter. Undeutlich, weit von jedem abgerückt, beunruhigten sie, je mehr sie sich von dem, wie es wirklich war, entfernten, und je mehr sie sich entfernten, je mehr und deutlicher er das empfand, desto mehr beunruhigten sie ihn. Sie waren deutlich da, standen vor ihm, er bekam sie nur nicht zu packen. Sie ließen sich nicht greifen, nicht einfach vor ihr aussprechen.

Er war in eine kopflose Verwirrung geraten, über die er sich auch vor anderen hinwegzusetzen bemühte, bis sie sich dann endgültig über ihn stülpte und von ihm nicht länger zu unterdrücken war, während er sich unruhig von einer Seite auf die andere wälzte, aufgeschreckt durch Rainer nebenan, mit immer denselben Gedanken, daß es anders sein könnte, einfacher, und auch einfacher werden mußte, das alles, mit ihr und ihm, einfacher, um nackt über platt ausgebreitete weiche Brüste hinweglecken zu können weiter abwärts über ihren Körper. Die Hand zwischen die gespreizten Schenkel gedrückt. Ihre Hand dabei fest und sicher um sein Glied geschlossen. Und es ist diese Weichheit, die sich ausbreitet, es ist dieses hartgewordene Gefühl, das einfach da ist, nichts anderes. Hier ist sie. Hier ist er. Auf derselben Stelle wie vorher. Das genügt. Keine Widersprüche. Kein Reden mehr darüber, nichts als das, ein träges, sehr langsames Sichverschieben von etwas weich Angeschwollenem ganz dicht unter der Haut überall am ganzen Körper, spürbar beim langsamen Darübergleiten der Hand, der Hände, der Finger, ihrer Zungen, ein lappiges Beiseiterutschen von Brüsten, ein weiches Sichausdehnen des behaarten Flecks unten zwischen den Beinen, das Gleiten, das Gleiten, Weggleiten von was irgendwohin zerstäubt in der Dunkelheit um sie herum.

Er schaltete das Licht wieder an, versuchte zu lesen, rauchte aufgestützt im Bett und blätterte weiter, las und las nicht die Seiten, die er weiterblätterte. Danach wieder im Dunkeln liegend, dachte er von neuem an sich, daß er da im Dunkeln allein lag, rauchte, dann an sie, die fort war, daß sie da wäre im Nebenzimmer, für ihn erreichbar, angeschwollen zu einem großen stilliegenden Druck fleischiger Wärme, weich und saugend, ihn warm ansaugend. Aber in dem für sie jetzt neu hergerichteten Zimmer war sie nicht. Nicht dort nebenan im Dunkeln auf dem Bett, so daß er nur hinüberzugehen brauchte, sich im Dunkeln an sie herantasten, fühlen, wie sie im Schlaf war. Sie war nicht da, war wütend abgereist, zu eigensinnig, sich ihm zu überlassen, so wie er es gern gewollt hätte. Das würde sich ändern, wäre sie zurück, bei den neuen Verhältnissen, hoffte er blind weiter vor sich hin, das würde sich ändern, wenn auch noch im Augenblick das Zimmer von Rainer besetzt war und wie, auf welche Art, das war es, in dem Moment, was ihn wieder einmal aufgeschreckt hatte, gerade weil er soviel mit dem Zimmer beabsichtigt hatte, sich soviel dabei vorgestellt hatte, als er es neu einrichtete gleichsam als eine Kabine für sie mit ihrem Bett, den provisorisch für sie angesteckten Bildern an der Wand und den wenigen aufeinander abgestimmten Sachen, dem Hocker mit violett bespanntem Sitz und dem gelb gestrichenen Stuhl, farbige Flecke, auffallend in dem einfarbig weißen Raum, eine Kabine für sie allein, in die nur er hinein konnte, und sie wäre da, ausgestreckt im Dunkeln, ganz selbstverständlich ihn mit ihrer Wärme zu sich heransaugend, weich und warm, ein volles fleischiges Gebilde, das ruhig ausgestreckt schlief.

Er konnte nicht einschlafen. In Gedanken kam er immer wieder darauf zurück, daß da der andere war, Rainer, mit jemand anderem zusammen, fremd und für ihn in seiner Einbildung bedrohlich, was genaugenommen unsinnig war, lächerlich, gewiß, sagte er sich, überschwemmt von unklaren, beständig sich verändernden Vorstellungen, halb belichteten Bildern, die ihn weiter aufgeschreckt wach hielten, physisch geworden als ein Druck, innen, außen, dabei nicht genau vorhanden als eine bestimmte Vorstellung, ein genau gedachtes Bild, denn was da nebenan vorging, lag außerhalb von ihm und dem, was er sich dazu ausdenken konnte, weil es mit ihr und ihm anders war, obwohl genau das gleiche, sagte er sich, das gleiche, doch nicht so, daß er das nun wußte und damit gut, erledigt, es war das gleiche, doch nicht gleich. Das war es nicht.

Verschlafen und zugleich angestrengt übernächtig auf dem Stuhl vor ihm, sich mit ihm darüber unterhaltend und im Lauf der Unterhaltung mit einem Male nicht mehr so müde, um sich noch hinlegen zu können, blieb Rainer ebenso von seinen Gedanken ausgeschlossen. Er konnte sie nicht verstehen, so daß sie beide einander gegenüber blieben, miteinander unsinnig weiterredend, jeder sich vor dem anderen verteidigend, vorwurfsvoll mit Begriffen, Erklärungen, sinnlos sich anhäufenden Wiederholungen, Rainer herausgefordert durch ihn, der sich selbst ausführlich erklärte, wie der auch sich selbst darlegte und erklärte, damit wiederum ihn herausfordernd, bis sie sich beide, zuletzt flimmrig geworden und erschöpft, im Flur vor der geöffneten Tür des Nebenzimmers bewegungslos hinstellten, um in die Ecke zu starren, wo das Bett stand, die Laken und Decken darauf durcheinandergeraten und mitten darin, in dem angestauten Durcheinander, dem weißen bauschigen Wust von Decken, Kissen und Laken, den Kopf gegen die Wand gedreht, so daß er kaum deutlich zu sehen war, die nackte glatte Fläche eines gleichmäßig gebräunten Rückens, mattbraun in dem durch den Fenstervorhang gedämpften Morgenlicht, das Licht klar trotz des gedämpften Grüns mit wenigen vereinzelten Geräuschen draußen.

Das war es. Das war schon alles. Nichtssagend. Jedenfalls für ihn, der plötzlich beruhigt war nach dem langen Reden mit Rainer vorher, mit dem nichts gesagt worden war, weil es darum, um diesen unbeweglichen glatten nackten Rücken in der Ecke neben der Tür mitten in dem gestauten Durcheinander gar nicht gegangen war. Der sagte ihm nichts, ließ ihn gleichgültig, ein Rücken, ein Körper, versteckt im Bett frühmorgens in der leeren Helligkeit, das war es nicht, was er gemeint hatte, das nicht.

Das ging ihn wirklich nichts an, war Rainers Sache, so wie sie sich ihm da zeigte, äußerst harmlos und lächerlich einfach, so daß sie dastanden und im nächsten Moment auch schon leise unterdrückt auflachten, weil der da vor ihnen einfach, ohne sich zu bewegen, dalag und schlief, ohne bemerken zu können, wie sie in der halb geöffneten Tür standen und ihn sich ansahen, ihn momentlang weiter ansehend, ohne daß der andere aufwachte, sie verständnislos mit vom Schlaf leeren Augen anblickte, daß sie da vor ihm standen, statt dessen blieb er abgewandt gegen die weißgestrichene Wand und schlief weiter, genauso verständnislos, als wenn er plötzlich wach geworden wäre und sie angeblickt hätte. Beide waren sie abgerückt vom eigentlichen Anlaß, weshalb sie ihn sich überhaupt ansahen, der Anlaß war verschwunden in diesem ruhigen stillen Bild mit dem vor ihnen auf dem Bett und ihnen in der halb geöffneten Tür. Trotzdem beunruhigte es ihn wieder, als er später allein war in der Wohnung und auf den Balkon hinaustrat, von dem aus er sie beobachtete, wie sie sich an der Ecke vor dem Schaufenster des Fotogeschäftes rasch und mit leeren Gesten, freundlich und zurückhaltend höflich, wie er an Rainers Bewegungen erkennen konnte, verabschiedeten, um in entgegengesetzte Richtungen fortzugehen, Rainer um die Ecke des Fotogeschäftes in die Innenstadt und der andere entlang den Häuserfronten gegenüber die Straße weiter hinunter in der hellen einfachen Leere frühmorgens über die Kreuzung weg und hinüberwechselnd auf die andere Straßenseite und dort weiter so in der noch nicht kräftigen Sonne sich gleichmäßig langsam entfernend, ohne Jacke, in einem weißen Oberhemd, am Hals aufgeknöpft trotz der frischen Kühle, die einen sommerlich heißen trockenen Tag vermuten ließ, klar und frisch der Morgen trotz einer sich schon kaum merklich andeutenden herbstlichen Eintrübung, sichtbar an dem schon mehr ausgeblaßten Grün der Bäume weit hinten an dem Parkplatz, der ungefähr in der Mitte der schmalen, mit hintereinander, rechts und links zu beiden Straßenseiten parkenden Wagen vollgestellten Seitenstraße lag, mit dem rundgebauten Toilettenhäuschen davor, in dem er sie eines Nachmittags hatte stehen gesehen,

zwei ältere Männer, schweigend dicht nebeneinandergestellt vor den wannenförmig abgeteilten Porzellanbecken, starr aufgerichtet und einander etwas den offenen Hosenschlitz mit den aus der Hose herausgezogenen steifen Stummeln zugedreht, ohne sich zu bewegen bis auf die kaum sichtbare zupfende Bewegung der Finger unten auf und ab, mit der sie vorsichtig die Vorhaut weich über den angeschwollenen Kopf und die kranzartige Absetzung in steter Gleichmäßigkeit vor- und zurückschoben, sich dabei in einer lauernden Erregung und gleichzeitig ruhigen Wachsamkeit beobachteten, jeder mit sich selbst beschäftigt in einer für ihn fremdartig wirkenden Schweigsamkeit um sie herum wie ein durchsichtiger Stoff, den sie selber dabei auszuscheiden schienen, eine Stille, die nur unterbrochen wurde durch das in Abständen aus den Nickelknöpfen herausströmende Reinigungswasser und umgeben von trägen Geräuschen draußen, schlaff wegziehenden Verkehrsgeräuschen,

ein unbewegliches stummes Bild inmitten anonym bleibender alltäglicher Vorgänge, das er behalten hatte, im ersten Augenblick erschreckt durch die bloße Nacktheit der vorgezeigten dicken Glieder, die er beim Eintritt von der Seite aus sehen konnte, schließlich auf eine unklar bleibende Art abgestoßen davon und undeutlich erregt oder nicht unmittelbar davon erregt, doch empfänglich augenblicklang für diese vorgezeigte Blöße, die Bewegung der Hände unten und die schweigsam starre Erregung, dieses kalte Glimmern in der Abgeschiedenheit des Toilettenraums nachmittags, von ihm ohne darüber viel nachzudenken behalten als eine allgemein verschwimmende Empfindung davon, die auch sie mitbetraf, irgendwie, wenigstens in Gedanken, seinen, die sich viel später dazu einstellten, noch immer wenig klar und jetzt schon fast ganz davon abgelöst, nachdem sie Rainer aus der Wohnung heraus hatten, über den sie sich unterhielten, absichtslos, dann von ihm nach einer ihrer scheinbar gedankenlosen Bemerkungen, daß sie das doch nicht richtig verstehen könne, wenn sie sich Rainer dabei vorstelle, mit Absicht diese Unterhaltung gegen sie gewendet mit den alten Vorwürfen gegen sie, wieder beunruhigt, wieder zurückgefallen auf sich selbst und nur noch mit ihr in Gedanken beschäftigt, von ihr wegzukommen, abzurücken, ohne von ihr auch nur an einer Stelle einmal tatsächlich abzurücken, von ihr wenigstens in Gedanken wegzukommen, nicht nur in so einem heftigen Gerede bei jeder sich dazu bietenden Gelegenheit, die plötzlich öfter kam, weil er schließlich immer in der Wohnung war und sie immer da und das Kind tagtäglich wie immer hinten in dem Laufställchen mit den bunten Bauklötzchen beschäftigt, die es durch das Zimmer warf heraus aus dem Ställchen.

Er hörte, aufgestört aus einer Anstrengung an etwas zu arbeiten, zu schreiben, zu lesen, sich überhaupt allein jetzt mit etwas durchgehend zu beschäftigen, wie das Kind hinten in dem Zimmer von Zeit zu Zeit mit den Spielsachen herumwarf, hörte sie dann über den Flur gehen, sich anziehen, weggehen und wiederkommen, aufdringlich nah, ein ähnliches Geräusch, das nicht abnahm, nicht abnehmen konnte, wie denn auch abnehmen, ohne dabei nicht gleichzeitig endgültig zu verschwinden. Sie ist da, bleibt weiter da, anwesend, immer noch einmal, jeden Tag neu als diese gar nicht einmal zu lauten Geräusche überall in der Wohnung verteilt, die ihm zeigten, daß sie jetzt da war und jetzt wieder da mit dem Kind, was er aufgeregt viel zu eindringlich empfand wie etwas Lästiges, zäh an ihm Haftendes in diesen winzigen unbedeutenden Geräuschen, die er einfach nicht überhören und gleichzeitig mit dem Kind von sich abschütteln konnte, als ob es sie und dann sie mit dem Kind und dann wieder das Kind allein und wieder beide zusammen nicht gäbe, sondern bloß ein paar zufällige Geräusche in der Wohnung, eine undeutliche Bewegung im Flur oder in der Küche und von der Küche hinübergleitend ins Badezimmer, dessen Tür mit einem weichen Schaben zufällt und etwas nachzittert, wie ein Gleiten, das man verwischt hört oder zu hören glaubt, weil man mit nichts anderem beschäftigt ist, als darauf zu warten, daß es einsetzt, das Geräusch, das Gleiten, das Schaben weiter weg, doch gleichzeitig sehr nah und dicht, und ganz gleich was es ist, das Geräusch ist sie, durchsichtig, ohne daß er sie einmal daraus wegdenken konnte, während er vorne in seinem Zimmer saß oder überall, wo er gerade war, gleich wo, es blieb sie, darin, in den Geräuschen anwesend, fest geworden in seinen Gedanken, Knoten, Schnüre, verwickelt im Kopf und kompliziert für ihn, sie in dem Augenblick zu entwirren, und wenn er das tat, mehr darin verheddert, mittendarin festgesetzt, untätig auf derselben Stelle, mit einem losen krümeligen Gefühl von sich selbst, das er mühsam vor Rainer oder Gerald zusammenhielt, ohne zu wissen, mit wem er noch einmal darüber sprechen sollte und warum auch noch einmal von vorne darüber zu reden beginnen, mit einem von ihnen, wenn er sie hin und wieder traf oder sie zu ihm kamen, einzeln, um sich wie üblich zu unterhalten über dies, das, Filme, die einer von ihnen in der Zwischenzeit sich angesehen hatte, der andere noch nicht, aber sehen wollte,

Gerede, Gerede, fortlaufend im Kreis um sich selbst drehend ohne viel Sinn oder einen anderen als eben den, sich wieder zusammen zu unterhalten, wie es ging und was los war, was es Neues gab, es gab nichts Neues, jeder hatte etwas gesehen, etwas erlebt, sich beschäftigt mit dem, was gerade da war, einem Film, einem Buch, Bildern, aus Zeitschriften ausgeschnitten, mehr nicht, das war so oder nicht so, unbedeutend und nicht wichtig genug, um sich darüber ausführlich zu unterhalten, beim nächsten Mal über anderes, dieses Mal über einen neuen Film, von dem sie schon viel gehört hatten, daß der gut sein sollte, aber nicht gut war, nicht so gut, wie sie sich vorgestellt hatten, mit viel hineingeschnittenen Großaufnahmen von Gesichtern, nah auf der Leinwand immerfort redend, und dazwischen, zwischen diesen Gesichtern, ein Mädchen, nicht einmal hübsch und etwas von gestern, durcheinandergeraten und verstört, wie es weiterhastete, sich unsicher vorwärtsbewegte von einem zum anderen, im Regen, es regnete plötzlich und hörte wieder auf zu regnen, dann war es Winter, es schneite statt dessen, und durch einen künstlich flirrenden Schnee drehten sich Puppen im Kreis, dazu Musik, so deutsch, das haut dich um, und was sonst außer, daß es dich umhaut, ehe du dich versiehst, dann ist der Film plötzlich auch schon aus, Gerede, Unterhaltungen zwischen ihnen und dazu Musik, Schallplatten, die abliefen, Otis Redding, Wilson Pickett, die Rolling Stones mit My sweet Lady Jane, das Stück, das Gerald am besten fand und das nicht zuletzt durch ihn selber immer weiter in Gang gehalten wurde bis zum nächsten Mal, als ob er schon dadurch von ihnen etwas anderes, Bestimmtes bekommen würde, wie er es sich von ihnen erhoffte, was sie, die Freunde, nicht sahen und ihm selbst auch unklar blieb, nämlich was eigentlich genau.

Er sagte sich, daß es um ihn herum leerer geworden sei. Die Verhältnisse, die ihn im Sommer noch so eingeengt und bedrückt hatten und schließlich aufgeschreckt mit Rainer in der Wohnung, ihrem hin und her schwankenden Reden, der Schallplattenmusik, die ständig in einem der Zimmer abgelaufen und von Rainer schon morgens gleich nach dem Aufstehen aufgelegt worden war, diese ihn angeblich einengenden Verhältnisse gab es nicht mehr. Er vermißte sie etwas und schob ihnen doch gleichzeitig zu, ihn erledigt zu haben, erledigt von Rainer mit seiner andauernden Musik im Kopf, überall, zu jeder Zeit, Otis Redding, Wilson Pickett, James

Brown, die Supremes, mit seinen Flacons, Cremes, Gesichtswassern und den toupierten Haaren am Hinterkopf, bald eine Tunte mit besonderen Unterhosen, taillierten Hemden und Jacken, den engen Hosen, der permanenten Sorgfalt, die er auf sich verwandte und die er für soviel freier hielt als seine Art. Und selbst Gerald, freier als er, wie ihm vorkam, wenn der sofort von diesem oder jenem Mädchen zu erzählen anfing, das er gerade vorher getroffen habe, das eine Mädchen hübscher als das andere.

Das Mädchen, mit dem sie sich beide einmal beschäftigt hatten, weil sie es hin und wieder in der Hochschule trafen, war von Gerald schon längst wieder abgetan worden. Sie sei nicht sein Typ gewesen. Wenn man sie sich näher ansehe, werde er jedesmal das Gefühl nicht los, sie stinke. Eine nasse Frau. Nasse Frauen fand er für sich zuviel, sie sollten trocken sein, kühl, gleichmäßig glatt mit kleinen, festen, kindlichrunden Hintern, durchgehend schlank, eben schön, überall gleich, fotografieartig am ganzen Körper in ihren einzelnen Bewegungen, insgesamt ähnlich wie auf den ausgeschnittenen Bildern, den Fotos aus Zeitschriften, die Gerald sich auch in seinem Zimmer an die Wände gesteckt hatte,

Fotos, herausgenommen aus dem Kopf und als Vorstellung an die Wände projiziert, von den Zimmerwänden zurückgefedert in den Kopf als ein feststehender Bildraster für die Außenwelt, ein festes System von Bezugspunkten aus glatten nackten Hautstücken, flachen kleinen Hintern, kindlichrunden Wölbungen, Schultern, gebeugten Nacken, Haar, das weich wegfällt und nicht riecht, die Achselhöhlen ausrasiert, kleine weiße Mulden, die Brüste kaum merklich nach unten hängend mit der Spitze nach oben, Körper, ohne Gewicht ausgedacht, äußerst fragile Gestalten in leichten, elegant lose dekorierten Kleidungsstücken, zu leicht, um sie fester an sich heranziehen zu können, sie anzufassen, ganz eingetaucht in ein poröses, feinkörnig sprödes Licht, die Gesichter in dem elektrischen Licht halb weggerutscht bis auf einige angedeutete Linien, Lippen, Wangenknochen, das Kinn, die Stirn sich fortsetzend immer so weiter in einem imaginären Raum, ausgedehnt im Kopf und dort in dem randlosen Raum flackernd, das Flackern der Bilder selbst auch imaginär, immer weiter eines ins andere geronnen.

Wenn Gerald davon, von Frauen, redete, hörte sich alles so einfach an, unkompliziert, klar und eindeutig, und es war dann auch für ihn so einzusehen. Andererseits stimmten diese Bilder, die Gerald ihm vorhielt, dann doch wieder nicht, nicht für ihn, obwohl er davon fasziniert war, wie Gerald ihm das klarmachte, was das Ganze mit Frauen überhaupt sollte, im Grunde nichts, weil es in jedem Fall zu wenig war am Ende, das bedeutete Erschöpfung, Beruhigung, ein leeres Umherblicken mit beinahe unverständlichem Blick auf den danebenliegenden atmenden Körper, mehr konnte dabei nicht herauskommen, es lag kein Vorwärtskommen, keine Entwicklung darin, keine andere Erfahrung in dem es tun, getan zu haben nach all der vorher unternommenen Anstrengung, es zu tun, es tun zu können.

Das schien einleuchtend gesagt, und so konnte er es selber schließlich auch in der Unterhaltung mit Gerald für Augenblicke begreifen. So einfach war es zu sehen, ohne Schwierigkeiten. Es ließ sich regeln. Zumindest in Gedanken. Gerald bot sich dafür selbst als Beispiel an. Keine Schwierigkeiten, keine Komplikationen. Aber dann eben doch wieder nicht, war er von ihm weg und war es seine Frau, die mit ihm redete, über anderes, daß sie einen Rock ausgestellt gesehen habe in der Ring-Passage, bei Siltex, der ihr gefiele, was kümmerte ihn aber genaugenommen ein Cordrock, kniefrei, dazu Netzstrümpfe, beigefarben, und dazu ein orangefarbener Pullover mit streifigem Zopfmuster. Sollte sie ihn sich kaufen. Sie brachte das Geld und konnte sich das alles zusammenkaufen, das änderte nichts außer in dem einen Augenblick, wo sie es hatte, gekauft, den Rock oder den Pullover, bunt, in der Küche ausgebreitet über dem Bügelbrett beiseite gelegt. Das sagte nichts anderes, als daß da schon wieder ein Stück mehr war, nun bei ihnen und nicht mehr nur in dem Schaufenster gesehen, ein Stück, das, vorgehalten, ihr paßte, es stand ihr gut, was er ihr ebenfalls sagte und, daß da vielleicht noch ein Paar neue Schuhe zugehörten, solche, die er an einem Mädchen gesehen hatte nachmittags auf der Straße.

Er beschrieb ihr ungefähr die Schuhe, um aber im selben Moment noch mehr damit zu meinen, nämlich das Mädchen, das diese Schuhe angehabt hatte, ohne daß er sich noch genau an sein Gesicht hätte erinnern können, trotzdem dieses Mädchen in bestimmter Hinsicht meinend und von ihr, seiner Frau, abgesetzt, isoliert und so viel intensiver anwesend als sie, seine Frau, die das sofort begriff, während er etwas davon verwechselte oder sich falsch ausgedrückt hatte, nein, das nicht, er hatte es schon so direkt gemeint, wie er es gerade gesagt hatte zu ihr, die vor ihm noch etwas dem Spiegel zugedreht war, der groß gleich hinter der Tür in ihrem Zimmer hing, etwas ratlos und verwirrt in dieser Haltung ein einsames Gefühl verkörpernd, das ihn gleichzeitig rührte und ein ebenso einsames Gefühl ihr gegenüber in ihm aufkommen ließ, zurückgesetzt in ihrer Gegenwart durch sie, die immer weiter halb dem Spiegel zugewandt dastand.

Er hörte sie sagen, während sie das neue Kleidungsstück unschlüssig in der Hand hielt, schon ein sehr fremdes Stück jetzt, das ihr nicht mehr gehörte wie etwas von jemand anderem Ausgeborgtes, das von ihr zurückgegeben werden mußte, dann tausch ich das um, wenn du meinst. Von Umtauschen war jedoch gar nicht die Rede gewesen. Er hätte ihr das zwar raten können, tausch das um, wenn es ihm darauf angekommen wäre, und fast hätte er ihr das auch einfach so aus dem Augenblick heraus gesagt, tausch es um, ganz einfach, tausch das Ding um, es steht dir nicht, hol dir dafür doch was anderes, Schuhe vielleicht, solche, die er ihr eben beschrieben hatte und die ihm aufgefallen waren an jemand andrem auf der Straße zufällig nachmittags und damit, mit den Schuhen und dem Gehen des Mädchens nah vor ihm auf der Straße, auch noch das, wieder einmal, ohne daß er das unbedingt hatte sehen wollen, nämlich verheiratet zu sein mit ihr, die er dort zurückgelassen hatte in der Wohnung, aus der er absichtslos nach draußen gegangen war in die Stadt, wo er es gleichzeitig mit den Schuhen oder etwas anderem, völlig beliebig was, wieder zufällig gesehen hatte. Dieses Mal waren es die Schuhe gewesen.

Tausch das um oder tausch das nicht um, das, worum es geht, wird nicht viel geändert, überhaupt. Das alles wird nicht angesprochen. Und es ist überhaupt nichts, keine Sache, die getan werden muß oder nicht, keine Sache, es ist nichts, wirklich nichts, dennoch wachsend, unsichtbar, eine Masse glasiger Gallerte dicht um die Körper herum, unmateriell, Zeit oder so, womit nicht gerechnet werden darf, in keinem Fall. Man fiel auf dieselbe Stelle und blieb da, auf der Stelle, demselben Fleck, wachsend als ein ausgedehnter Ort, der sich immer noch einmal auf derselben Stelle ausdehnt, glasig durchscheinend. Darum. Dahinter kommt nichts mehr. Deswegen. Wenig hing deshalb davon ab, was sie nun wirklich machen würde. Er konnte im voraus wissen, sie würde das Stück behalten, einmal gekauft. Sie hätte sich auch anderes kaufen können, völlig verschieden davon.

So sahen Gerald oder Rainer ihn immerzu mit etwas beschäftigt, das für sie gar nicht genau da war, sie auch gar nichts anging und in das sie doch jedesmal so von ihm mit hineingezogen wurden, da er sie ständig als Anlaß nahm, sich über Kleinigkeiten aufzuregen, die ihm in dem Moment gerade an ihnen auffielen, ihn regelrecht störten, eine Redewendung bei Gerald, mach dir nichts draus, forget it, dafür geb ich keinen Fick, dann Gesten, ein Kleidungsstück an Rainer, der Schlips, den er gerade trug, billig irgendwo gekauft, schräg, wodurch er sich herausgefordert fühlte, weil es ihm immer nur zeigen wollte, wie sehr sie, Gerald, Rainer, doch besser waren, beweglicher als er, immer sofort da.

Diese Kleinigkeiten zeigten ihm, daß da ein Abstand zwischen ihnen und ihm bestand. Und obwohl es tatsächlich nur Kleinigkeiten waren, auf die er sich versteifte, waren es doch für ihn nicht nur Kleinigkeiten, und wenn sie es auch allzu offensichtlich für ihn waren, meinte er ja sie gar nicht so, fraglich war nur, was er dann gemeint hatte. Er wußte es nicht. Er begriff nur, daß da jetzt ein Abstand war. Wußte auch, daß es an ihm lag, den Abstand dazwischen gelegt zu haben. Weil er für sich keine andre Möglichkeit mehr sah, weiter so selbstverständlich wie sie dazusein, zu reden, über dies über das. Dabei war alles um ihn herum wie immer, gewöhnlich.

Sein Zimmer und der Tisch in der Mitte des Zimmers unter der Korblampe mit einigen Büchern darauf, auf der einen Seite, rechts. Mit dem Block Papier auf der anderen Seite, dem Schnellhefter aus blauem Karton, der Mappe mit Notizen für die längst schon aufgegebene Arbeit.

Und immer vom Tisch aus gesehen das schräg zur Straße hin abfallende Dach gegenüber mit den drei auf gleicher Höhe liegenden nach vorn herausgeschobenen Dachfenstern, das mittlere blind, deutlich erkennbar das Glas mit Staub beschlagen. Das Fenster des Treppenhauses, das letzte Fenster, das oberste eines schmalen Treppenschachtes im Haus gegenüber, in dem er manchmal Licht brennen sah, das ein eisernes Treppengeländer aus einem schwärzlichgrauen Dunkel heraushob, ein karges Bild, ohne eine andere Bedeutung, als so gesehen zu werden.

Und dazu immer über dem Dach ebenso ohne Bedeutung ein Stück leerer Himmel, blasses Licht vormittags mit einigen Tauben darin über der Dachfläche in der Luft, die das Licht durchquerten in simplen schwankenden Flügen. Dazu gleichbleibend Geräusche von unten, der Straße herauf, ein stetiges Vorbeirutschen von Wagen, beständig sich wiederholend, von Leuten, die unten ständig vorbeigingen, ein weicher, sich dehnender Lärm. Das hatte sich nicht als bestimmte Art von Empfindung für ihn verändert, nichts hatte sich, sah er genau hin, geändert, und warum auch geändert, wie, auf welche Art verändert, ein Bild, ein Foto, wie ausgeschnitten, in einzelne Abschnitte aufgeteilt und die einzelnen Abschnitte jeweils überschaubar, aber die einzelnen Teile darin, der Tisch, das Bett in der Ecke, hinter dem rotgestrichenen hölzernen Lehnstuhl das Bücherregal, und unter den einzelnen Sachen er selber ohne Zusammenhang. Sie war nebenan beschäftigt in ihrem Zimmer, er wußte das, sie war da, obwohl er sie nicht hörte, aber sie war da wie das Kind dahinten in dem Zimmer, das er von Zeit zu Zeit unruhig werden hörte, wie immer spielend mit den bunten Plastikbauklötzen in dem Laufställchen.

Später war hinter dem zugezogenen blauen Stoffvorhang und in dem kleinen freigebliebenen Spalt in der Mitte etwas Helligkeit, das helle, fast farblose Licht sehr früh morgens nach einer ohne Schlaf untätig für sich allein verbrachten Nacht, das farblose Licht eines beliebigen anderen Tags, von ihm festgehalten im Gedächtnis. Dünner, weißlich feuchter Nebel trieb auf, verschwand, kam wieder, dasselbe. Es regnete, gleichmäßig, auch dasselbe, von ihm im Gedächtnis festgehalten.

Er hörte zu, allein in der Küche am Tisch sitzend, wie das gleichmäßige Rauschen im Lichtschacht war, das ihn keineswegs ablenkte und beruhigte, und doch hörte er weiter zu, stand auf, gedankenlos, um wieder im Zimmer vorn am Tisch zu sitzen und den Regen gleichmäßig herunterkommen zu sehen aus der Luft, die Straße, die Stadt, alle Geräusche darin dichter, enger zusammenschiebend, ein Fallen auf dieselbe Stelle, denselben Fleck, weggefallen in sich selbst, dachte er dann, ein anderes Mal, als Möglichkeiten übereinanderkopiert. Und darunter immer das, was tatsächlich da war, verschwunden, als sei es tatsächlich nicht länger wirklich bis auf ein Negativbild davon im Kopf, Tage, die hintereinander aufgereiht waren mit Bildern, gestapelt im Kopf, von etwas, das es nicht gibt, dasselbe. Jetzt Sommer, jetzt Winter und jetzt Helligkeit, jetzt Nebel, dünn aufgekommen für ein paar Tage und wieder verschwunden, es regnete, dasselbe. Das war wie Warten, das sich mehr als bloß das, was da war, ergab, wenig, weil eine Möglichkeit nach der anderen immer nur ausgedacht blieb und keine von ihnen weiterverfolgt wurde, ganz gleich auf welches Ziel hin, und sei es auch nur auf das hin, etwas wieder für sich allein zu haben wie vorher einmal, früher, dachte er, früher war das doch auch so, ich hatte das, etwas, aber etwas für mich allein, womit er den Unterschied zu früher zu fassen glaubte. Er begriff, daß er zurückdachte, älter geworden. Wie alt war er denn, wie alt, falsche Frage, falsch gestellt, unter einem Zwang, seinem. Der ließ sich nicht ohne weiteres verallgemeinern, war nicht übertragbar auf andere, Rainer, Gerald, und doch hing er mit ihnen zusammen, meinte er. Das war für ihn ein Grund mehr, den Unterschied tatsächlich zu begreifen, so wie er ihn verstand, deutlich genug und anders schwierig zu erfassen.

Jeder von ihnen war in eine andere Richtung gegangen, endgültig, Gerald zur Hochschule, das Wintersemester hatte seit ein, zwei Wochen angefangen, und Rainer war in der Stadt ansässig geworden, hatte sich schlecht und recht eingestellt auf die Verhältnisse hier, die weniger gut waren als zuvor in England, London, das für Rainer mehr wurde in der Erinnerung an das, was hier ähnlich war, Mode, Musik, aber alles hier so klein, so mickrig, die Verhältnisse dadurch kaum entscheidend verändert, meinte er abschätzig, die Leute, die er nun traf in den drei, vier Clubs im andren Teil der Stadt, wenig gute Leute, alle so deutsch beschissen, von oben bis unten, wirklich auffällig deutsch, wie man sich das so vorstellt. Sieh sie da sitzen oder gehen, so wenig jung, immer noch nicht gelernt, das zu sein, so korrekt, so plump, so wenig jung, so unelegant und schwer von Begriff, so wenig jung. Das kannst du einfach nicht mehr verstehen, eine einzige große Beschissenheit überall hier, die korrekt herumspaziert, alle bereit, beiseite zu stehen, wenn wer älteres da ist, anstatt den hinfallen zu lassen, eine alte Frau, ein älterer Mann, eine Hausfrau. Eine, von denen es so viele, viel zu viele überall, an allen Ecken zu geben schien, häßlich, mit stumpfen Gesichtern und erschreckend häßlich in ihrer dickfälligen Plumpheit, die sich überall an ihnen, am ganzen Körper, den Teilen, die davon zu sehen waren und auch den verborgenen, zeigte, Frauen mit Einkaufstaschen, damit angeblich hilflos beim Einsteigen in die Straßenbahn, zu schwerfällig und halb steif umkippend nach hinten. Doch da waren sofort drei, vier in nächster Nähe, die hilfsbereit hinzusprangen, sie zu stützen, sie aufzufangen, damit sie nicht ganz hinfielen. Aber sollten sie doch kaputtfallen, platsch auf die Fresse, hinter der sowieso nicht viel anzunehmen war außer so einem Mischmasch, eine Anhäufung konfuser Bewegungen, ineinandergeronnen und hart geworden zu einer Bösartigkeit, das ja, bestimmt, das hatte er ja selber auch in der Kaufhalle erlebt, einmal unten, vor dem Fleischstand, wo er schon längere Zeit gestanden hatte, um dann von drei, vier von solchen, die nach ihm gekommen waren, ganz selbstverständlich abgedrängt zu werden, wie von vornherein ihm gegenüber im Recht.

Er hatte sich da ihnen gegenüber gesehen, machtlos und weggedrückt von soviel Häßlichkeit, mit der sie sich erregt alle auf einmal auf einen Einwand von ihm behauptet hatten. Er fühlte sich eingeschlossen von ihrem schnell sich hochsteigernden Reden, ihren hysterisch aufgeblähten Stimmen. So, Frauen, älter geworden, aber eben noch nicht richtig alt, noch ganz da und wie, hatte er sie noch nie vor sich gehabt. Er hatte eine Ahnung davon bekommen, wie es sein müßte, einer, auch nur einer von ihnen ausgeliefert zu sein.

Man konnte sie nur totschlagen, mit einem Knüppel, aus Notwehr. Was er, ein wenig später zurückgekehrt in die Wohnung, ihr zu erklären versucht hatte und nicht konnte, wie er an ihrer Reaktion sah. Und diese Blicke hättest du sehen sollen, dieses Reden, man kann davor nur weglaufen, einfach nur noch das oder eben totschlagen, nicht zu beschreiben.

An ihnen war etwas, das man bei älteren Frauen häufig sehen konnte, eine bösartige Haltung, hoffnungslos, damit auszukommen. Eine hartnäckig sich behauptende Bösartigkeit, beziehungslos plötzlich vorhanden, an einer Winzigkeit aufgehängt und tief drin, in ihnen, in jeder einzelnen von ihnen hart geworden, versteift. Alle diese hart gewordenen vertrockneten Erinnerungen an sich selbst Jahre zurück verkommen, abgelagerter Dreck innen wie Haß, der erschrocken machte, weil er so unvorhergesehen da sein konnte, nicht genau zu erkennen warum, aber deutlich vorhanden in einem bestimmten Tonfall. Falten am Hals, um die Augen herum, versteckt gehaltenes ältliches Fleisch, an ihnen erschlafft, schlaff in den steifen Schalen der Büstenhalter hängende Brüste, Beutel, lose Säckchen, die sich in den weißen Büstenhalterschalen stauen. Näpfe. Die Schminke nur so eben angelegt. Und sie konnten noch alles. Waren noch nicht alt. Fuhren Auto, tranken Tee am Nachmittag. Machten dies, machten das. Waren oder wollten sein so etwas wie gute Kameraden, gute Partnerschaften. Dabei blieb einem selbst nichts übrig als einzugehen, wie er an seinen wenigen älteren Bekannten sah, gut situiert, sehr tüchtig, aufgeklärt, ein Dreck. In einer Ecke wurde der Dreck immer aufbewahrt, für sie schon längst nicht mehr sichtbar. Man kann das nicht erklären. Man kann das einander nicht erklären. Man kann das nicht mehr länger besprechen. Der Dreck, abgelagert in einer Ecke, ist da. Da kommt kein Tageslicht mehr hin. Es gibt eine ganze volle Bücherwand. Es gibt Sessel, in denen man bequem sitzt. Es gibt ein großes buntes Bild in einem dünnen weißen Holzrahmen an der anderen Wand. Es gibt eine hübsche Lampe, die von der Zimmerdekke herunterhängt. Man kann einander darüber nichts mehr sagen, man kann nichts mehr sagen. Man hat ein Wohnzimmer, groß und geräumig, vollständig eingerichtet, und man wohnt darin vollständig eingerichtet miteinander. Man hat so viel Gemeinsames erlebt, man kommt damit jetzt aus, am Ende. Sie werden sehen, es läßt sich nicht verhindern, und eines Tages werden Sie feststellen, es ist so. Am Ende ist man miteinander gewachsen, und man mußte es so hinter sich bringen, wie man es hinter sich gebracht hat. Etwas ist ganz sicherlich gewachsen, etwas, das entstanden ist, und das ist schon Bösartigkeit, das Haß, hübsch arrangiert zu einer dieser üblichen Geschichten darüber, wie man in all den schwierigen Jahren miteinander gewachsen ist. Plötzlich hat man das begriffen. Eine Geschichte, aus Resten erzählt, die Reste passend gemacht, die Einzelteile geordnet zu einer Geschichte, die sich anderen erzählen ließ. Um zu beweisen, wie sich alles nach Jahren geordnet hat, wie von selbst, könnte man denken. Aber hörte er genau hin, auf die Stimme, den Tonfall, die schwindelige kleine Hysterie darin, als ob sie schwanke und gleich umkippe, war es nichts anderes als eben ein Rest, übriggeblieben von irgend etwas anderem und zu einem erbärmlichen Gefühl geronnen, klein in sich zusammengezogen, ganz krümelig, darum so erschreckend.

Er dachte sich das vor ihr neu aus, hatten sie ähnliches bei den älteren Bekannten gesehen. Und es war das, was ihn erschreckte, das, dieser tote Haß, diese öde Bösartigkeit, was war das? Was verwandelte Frauen so sehr, was, das sie so werden ließ, auf einmal so viel älter geworden, dieses Unberechenbare, Gewalttätige, klebrig an ihnen klebend am ganzen Körper. Warum versteckten sie sich nicht? Älter geworden, zeigten sie sich, wie ihm oft vorkam, um so deutlicher. Und es waren doch nur Falten, schlaffe, lose Beutel, hängende, erschlaffte Fleischlappen an ihnen die Hintern, feingesprenkelt mit kleinen entzündeten winzigen Pickeln, rote Stippen, hier einer, dort einer, nicht viele, sie blieben zu zählen, lachten sie, in Rainers kleinem überheiztem Zimmer zusammenhokkend.

An dem Abend schien es wieder so zwischen ihnen zu sein, wie er wollte, daß es sein sollte, freundlich und unbelastet, beide miteinander in eine Unterhaltung geraten, die sie zusammen weiter ausspannen. Er saß auf Rainers Bett und sah sich nebenbei Zeitschriften an, die neuen, die sich Rainer seit dem letzten Mal dazugekauft hatte, englische Magazine und Tageszeitungen, und Rainer saß da, rauchte, ließ Musik ablaufen. Sie konnten auskommen an dem Abend, er war jetzt, schien es, in dem Augenblick der alte, der Freund, der Bekannte, den Rainer nun schon lange kannte, schon seit damals, seit dem Buchladen mit dem Packraum unten im Keller, eng, mit Stößen von aufbewahrtem Packpapier der eingegangenen Büchersendungen, mit Stapeln von alten zerlegten Kartons, mit aufbewahrten kleineren Schachteln, Schächtelchen und Kartons in den roh zusammengezimmerten Regalen, mit den Bündeln Schnüre, Band, ebenfalls sorgfältig von den Sendungen aufbewahrt, mit dem Buchhändler oben im Laden zwischen den Auslagetischen in seinem schwarzen, verschuppten Anzug, mit der

Frau unten in dem Kabuff neben dem Packraum beim Sortieren von alten Rechnungen mitten unter den Heiligenbildern, Kreuzen, Weihwasserkesselchen und Rosenkränzen, ringsum an den Wänden aufgehängt.

Damit verstanden sie sich immer noch ganz gut, und wie er wieder ganz der alte schien, war auch Rainer wieder ganz der alte. Sie konnten sich wieder zusammen unterhalten über sich, hier die Stadt und wie sie darin zurechtkamen, und dann über die andere Stadt, London, besser als diese Stadt hier, fremd und voll anderer Bilder mit Rainer darin, dort, weit weg, den er da besucht hatte, fremd für ihn in einer fremden Umgebung, das Fremde war aus der Erinnerung aber nun schon völlig verschwunden.

Zum Beispiel gab es dort den großen Park, völlig anders als der, den sie in der Nähe hatten, größer, weitzügiger, ungepflegter, bloß Rasen, Bäume, eine Allee, vom Reiten der Weg aufgerissen, und ein Wasser, gekrümmt angelegt, sehr groß. Das war so englisch und groß, anonym, pries Rainer ihm dort an, nachmittags in einem der bereitstehenden Liegestühle zu sitzen und zu starren, hinweg über den zerschlissenen Rasen, um dann nach einiger Zeit, den Park in seiner gesamten Ausdehnung zu durchqueren zurück in die Stadt, um noch etwas zu essen, billig in einem der vielen kleinen Eßlokale, vorbei an dem Wasser, an dessen einer Seite das Gelände ein wenig anstieg, schon näher wieder am Ausgang, die Stelle, wo sich jene Sache mit den Keksen und dem Hund abspielte in dem Roman von Beckett. Und das war das Zusätzliche überall dort, das es hier nicht gab. Er hatte Rainers ständiges Erstaunen, daß es das alles dort gab, abwehren müssen, erdrückt von dessen Art, das Besondere zu sehen, das anderen nicht auffiel und in dem sie nicht so waren wie er. Nun, hier, beide am gleichen Ort, davon entfernt, sah er es auch für sich,

den Park, die großen grünen Flächen, sehr weit nach allen Seiten ausgedehnt und ruhig an einem Morgen, an dem er allein da hindurchgegangen war ohne Gedanken bis auf den, daß er da hindurchging und es ein schöner, ruhiger Morgen war mit viel feuchtem Grün und wenig Leuten darin, einzelnen älteren Frauen mit ihren Hunden, rasch jetzt wiederholt und viel dichter, intensiver da, so daß es gerade diese Dichte war, die er für eine Notwendigkeit hielt, daß sich das ihm nicht zufällig eingeprägt hatte, abgehoben von dem, wie es wirklich gewesen war, zurückliegend und dort weit zurückliegend, einfach vorhanden mit ihm, der einmal auf Rainers Drängen an einem Morgen dort hindurchgegangen war, ohne sich dabei viel zu denken, daß er da ging, wovon er ihr hinterher in einem Brief geschrieben hatte, ich bin heute morgen zu Fuß von Rainers Zimmer aus, in dem ich morgens immer noch eine Zeitlang sitzen bleibe, nachdem er zur Arbeit gefahren ist, und dessen Fenster, so ein französisches Schiebefenster, sehr hübsch, zum Hochschieben, auf die Straße hinausgeht, so daß ich da morgens für mich allein sitzen kann in der Sonne und diese Straße vor mir habe, richtig wie man es von Bildern her kennt, mit den starren, gerade durchgehenden Häuserfronten, eine wie die andere und mit jedesmal einem auf zwei Säulen gestellten überdachten Eingang, die Säulen bunt gestrichen, die eine in einer anderen Farbe als die andere, rosa oder cremigschwarz, die Straße ganz gerade und von seinem Zimmer aus weit überblickbar,

bin heute morgen also von dort aus einmal zu Fuß in die Stadt gegangen, das heißt in die Stadt ist falsch gesagt, hier ist ja überall alles Stadt und wie wahnsinnig bewohnt, du kannst dir nicht vorstellen wie, und es macht einen Eindruck, als ob überall, in jeder nur bewohnbaren Ecke einer haust, in Kellern, Häuserwinkeln, überall, alles voller Leute, ich bin also zu Fuß einmal heute weggegangen und durch den ganzen Park vom Queensway aus, Kensington Gardens und sofort anschließend den Hydepark, ein riesiges Gelände, weit und alles grün, Rasen, Bäume, du denkst, du hast plötzlich die Stadt verlassen, kaum Leute, und völlig still darin. Vorher hatte es geregnet, so daß das Grün frisch wirkte, sehr neu, wie gerade gewachsen, und dabei wirkt gleichzeitig alles weiter verschlissen und abgenutzt, verbraucht, etwas dürftig, trotzdem gut, wohl deswegen, weil es nicht so in Ordnung gehalten ist und gepflegt mit Verboten, der Rasen, die Anlagen, die Bäume. Es hätte dir sicher auch gefallen, und ich habe an dich dabei gedacht, daß du hier mit mir hindurchgegangen wärst, ich wäre gern mit dir zusammen an diesem Morgen hier gewesen, spazierengegangen mit dir mitten in London im Grünen. Jetzt denke ich wieder an dich, sehr zärtlich, wie immer, von ihm hingeschrieben im Stehen in einem Postamt, ein Brief an sie und nichts mehr als das, jäh und wirklich überschwemmt in Gedanken an sie mit Vorstellungen von ihr dort in der Stadt, einem anderen Ort, schreibend, daß du hier bei mir wärst, mit mir zusammen.

In seinen Gedanken, entfernt von ihr, in einer anderen Umgebung, unvertrauter als die gewohnte, schien ihm, als ob sie oder das, was mit ihr und ihm zusammenhing, das Gemeinsame oder das, was sie beide dafür hielten oder halten wollten, offenbar mehr geworden war oder, und damit sich selbst beruhigend als einer schönen Vorstellung davon, möglicherweise sogar mehr war trotz des Widersprüchlichen. Es war mehr, voller, hatte sich offenbar jetzt wirklich mit all dem von ihm oft Geforderten, mit all den Kleinigkeiten gefüllt, die ihm an ihr zu fehlen schienen, als sei es tatsächlich mehr geworden und gerade, da er das fühlte, entstanden, während er an sie zurückdachte, sie sich damit neu einbildete und sie wirklich so meinte, neu, und nicht mehr länger so, wie sie war oder er sie zu kennen glaubte.

Sie war plötzlich nicht mehr sofort erreichbar nebenan, eine Tür weiter oder in der Küche, sie kam ihm jetzt anders vor, war etwas ganz anderes geworden, das auch stark war in sich selbst, also nicht nur ausgedacht blieb, obgleich in dem Augenblick nichts anderes war als etwas nur Gedachtes irgendwo mitten in einem leeren hellen Raum, hell und freundlich der Raum, nur für sie, so daß es genaugenommen bloß war, daß sie auch nicht für ihn dasein könnte, weit weg von dem, worin er sich gerade befand, in London, Rainers gemietetem Zimmer, allein, an sie zurückdenkend und das ihr schreibend und doch nicht wirklich ihr.

Es war, sehr einfach, die entgegengesetzte Möglichkeit von etwas, das nicht mehr möglich war, nämlich sie nie getroffen zu haben und doch sie beide gleichzeitig irgendwo anwesend in ein und derselben Wohnung im gleichen Augenblick, und genau das war es, was er von ihr wollte, und, das Paradox vervollständigend, nicht, genauso stark nicht wollte. Zusammen ergab das Abhängigkeit, eine private anhaltende Misere, eine seltsame Niederlage für sie beide, nicht ganz faßbar, hier, hier war sie, und hier hatte sie angefangen, eine Niederlage, die dauerte und nach außenhin so etwas wie Liebe war. Und er liebte sie auch, sie liebte ihn, er wußte nicht ob deswegen, weil es bei ihm so war, so daß ihm auf der Rückfahrt vorkommen wollte, er sei offensichtlich nur deshalb fortgefahren, um zu ihr jetzt so zurückkommen zu können, oder einfacher: um einfach zurückzufahren zu ihr, die ihn erwartete und die Zeit, eine Woche oder zwei, in denen er abwesend gewesen war, damit verbracht hatte, ihn zu erwarten für den einen Augenblick, da er die Wohnungstür und darauf ihre Zimmertür öffnete, sie anzusehen, sie ihn ansehend. Gleich darauf, nachdem sie ihn oder er sie umarmt hatte, er wieder ihren Körperdruck an sich spürte und sie ein paar Sätze dazu sagten, war es schon wieder das Gewohnte wie seit langem, obwohl er gerade erst angekommen war.

Er sah ihre Hautcreme neben der Tischlampe liegen, ihren bekannten Pullover, die Strümpfe, es war, als entstünden wieder die alten kleinen winzig roten Pickel auf der Haut am Gesäß neu, die er nackt sie auf dem Bauch im Bett vor sich ausgestreckt liegen sehend, wieder sah, wenige, kaum auffällig sichtbar. Alle gewohnten Sachen waren wie immer da. Der Spiegel. Die Bücher, die sie lesen wollte. Durchgesehene, aufbewahrte Zeitschriften.

Dort, mehrere hundert Kilometer von ihr entfernt, hatte er von all dem genauso gewußt, wie sich ihm das hier wieder zeigte, und trotzdem, die Intensität, mit der er es da gewußt hatte, war in demselben Moment verschwunden, als er sie erreicht hatte, die Tür zu ihrem Zimmer in der Wohnung öffnend, sie hinter sich schließend. Er hatte nichts dazu gemacht, zu dem, was vor ihm abgebildet war in der Luft, unsichtbar, doch erkennbar mit Linien, Umrissen, Schatten, mit den eingedrückten Stellen in der länglichen violetten Tube Hautcreme neben der Tischlampe auf dem kleinen Hocker an der Seite, und auch sie noch einmal da, ebenfalls mit Linien, mit Schatten, verdoppelt. Aber der Raum dazu, hell und leer, war aufgelöst.

Jetzt war es nur noch ihr Zimmer, groß genug, um alles mit hineinzunehmen, was ihr gehörte. Dieses: was ihr gehörte, dieses: es gehört mir, du da, ich hier, hatte es dort, von ihr abgerückt, nicht gegeben. Jetzt war es da, ohne daß einer von ihnen das direkt ausgesprochen hätte, in allem, mit einem Ruck. Und er war es, nahm er an, der das zuerst wieder bemerkte, dieses: was mir gehört, und das da gehört dir und das und das mir, momentlang erstaunt, ungläubig, daß es so überhaupt sein konnte. Wohin war aber in ihm der leere helle Raum verschwunden, wo seine Bereitschaft sie in sich einzulassen ohne ein Mißtrauen ihr gegenüber, ohne auf sie zu warten, zu lauern, auf ihre einzelnen Bewegungen, ihre Schritte, das, was sie nicht gesagt hatte, aber meinte mit dem, was sie sagte, wodurch war sein Verlangen nach ihr wieder aufgelöst, nach ihrer Wärme, ihrem Nahsein, dieses Verlangen nach ihr, das als eine diffus vertraute Herausforderung körperlich da war in allem, was gerade um ihn herum war, ein unkompliziertes Verlangen nach ihrer Hand, es zu tun, vertraut, ihren Oberschenkeln, auseinanderzuklappen, gleichfalls vertraut, ihrem Gesicht, weich und sichtbar entspannt und zugleich konzentriert zurückgefallen auf das Kissen unter ihm, oder wie abgeknickt, nach hinten gekippt über die Lehne eines Stuhls, vertraute Haltungen und Vorgänge, mach weiter, mach weiter, es kommt gleich, sofort, gleich, im nächsten Augenblick, so ist das gut, o ja, gut, mit einem feinen Zittern dicht unter der Haut am ganzen Körper gekräuselt und weggleitend, um für sie beide so etwas wie eine gute Vergangenheit eines Tages darzustellen, dächten sie dann an sich selbst zurück, und deshalb waren sie beide weiter damit einer am anderen beschäftigt, ohne sich zu erschöpfen, er mit ihr, wie sie an ihm weitermachte, ohne sich dabei ganz zu erschöpfen, bis es dann kam, plötzlich, ganz schnell, in einem Augenblick.

So einfach, verkürzt, war es jedoch nie, und würde nicht zu erreichen sein, fragte er sich. Was hatten sie dann beide dabei falsch gemacht, irgendwann einmal, an irgendeiner Stelle, was war daran immer noch falsch, was mit ihr, mehr noch mit ihm, der sich gehenließ, doch jetzt wieder auf sie zutrieb mit seinem ganzen Körper, offen für sie, geöffnet mit allem, Vorstellungen, Plänen, Gedanken, darin sie immer miteinbezogen war. Sie gingen raus und sahen sich beide Kino an, flimmrig, und in dem weißen Flimmern vor ihnen im Dunkeln wieder aufgetaucht, nur diesmal an einer anderen Stelle das Grün, ein Park weit ausgedehnt mit einer Allee, sehr still, und darin von weitem auftauchend ein Reiter, die Hufe des Pferdes, die weich Sand aufwarfen in kleinen schwarzen Brokken. Da sieh mal. Er erkannte plötzlich dieses eine Bild. Genau da bin ich auch gegangen an dem Morgen, du erinnerst dich, London, als ich da war. Hinter den Bäumen waren bräunliche glatte Häuserfronten zu erkennen, geschlossene, durchgehende Wände, aufgeteilt in einer strengen einfachen Symmetrie. Er erinnerte sich. Der Zusammenhang schien mit einem Mal vollständig zu sein, mit ihr nun im Kino zusammen, ohne die Gegenwart anderer.

Sie wollten nun noch einmal einfacher miteinander auskommen, dachte er sich aus in der Annahme, daß sie das ebenso sah und wollte, wie er es für richtig hielt, mit ihr ins Kino gehen, sich was ansehen und danach darüber reden, daß der Film gut gewesen sei oder schlecht, je nachdem. Und mit ihr im abgedunkelten Raum vor all dem schnell sich bewegenden flimmrigen Weiß und den schnell sich bewegenden Gesichtern darin, die ihn von ihr wegzogen, wußte er zwischendurch kurz von neuem, daß sie da neben ihm war und das auch sah, die Gesichter, die nah herankamen und sich groß hin und her bewegten, das Weggehen und Wiederkommen und immer wieder Weggehen von Personen auf ein und derselben Stelle, dieses Mal aus den schwarzen quer über eine Asphaltbahn gelegten Schlagschatten von Bäumen heraus, ein anderes Mal aus einem Zimmer, ohne die Tür hinter sich zuzuziehen und dann wieder aus einem Auto, das schon lange mit laufendem Motor in einer Seitenstraße stand, das Auto von außen gesehen am Straßenrand geparkt mit zwei, drei Personen innen hinter den hochgedrehten Scheiben, die sich nicht bewegten, und durch dieses Sehen schien er mit ihr herausgekommen zu sein aus dem dichten Zwang, der zwar so lose schien, oberflächlich betrachtet, doch dicht war mit ihm, Rainer, Gerald, beiden, Rainer und Gerald zusammen, um mit ihr noch einmal klarkommen zu können, es noch einmal zu versuchen, neu und ganz anders als vorher mit ihr anzufangen wie schon einmal vorher, früher. Denk dran. Ein Gedanke wie ein großes Vorhaben, das nicht gelingt, der Gedanke gar nicht gut? Da waren sie beide schon einmal gewesen, standen da, weit weg. Und da, weit weg, die anderen, jeder für sich, von ihnen beiden abgerückt. Alles, was störte, weil es zu nah herangekommen war, mußte wieder beiseite geschoben werden, zunächst einmal. Wie es dann weiterging, würde sich schon herausstellen, und dann so, daß sie beide das akzeptieren konnten, nicht nur wieder einmal er allein.

Es schien ihm für den Moment richtig, daß er sich von den andern fernhielt, denn genaugenommen, was gingen ihn schon die Clubs an, von denen Rainer ihm erzählte, was waren sie anderes als Puffs, wie Gerald gesagt hatte, um es sich irgendwie zu verschaffen mit jemandem, der ihm dort auffiel und von dem er immer schon im voraus wußte, daß er sich das von dem beschaffen konnte für ein- oder zweimal, aber so, wußte er, war das auch nicht, trotzdem konnte man das zunächst einmal so begreifen, um eine Trennung zu markieren, ich bin hier, du da und da sind auch deine Clubs, deine besonderen Orte, ich hab da nichts zu suchen, Orte, Räume, wie er wußte, ausgeleuchtet mit wattig gedämpftem Licht, elegant abgeschattet, gepflegt, die Musik passend ausgewählt in der Musikbox, und die Luft riecht etwas nach Blumen, die in einer großen Jugendstilvase an der Seite auf der Theke stehen, Nelken, gebündelt und mit Parfum vorher, bevor abends geöffnet wird, besprüht und auch zwischendurch besprüht, damit das schön geordnete Bündel aus knalligrotem Kunststoff duftete, unauffällig wie sich Rainer unauffällig das Haar am Hinterkopf toupierte, um eine vollere Frisur zu bekommen, und so wie er unauffällig-elegante Unterwäsche trug, knappsitzende dreieckige schwarze Höschen, Höschen mit besonderem Zuschnitt, in denen sich als wulstig-rundliches Gebilde an einer Stelle der Hoden, etwas durch die Enge angehoben und nach vorn geschoben, mit dem zur Seite gerutschten, darüber liegenden Glied abzeichnete, ein glatter, glatt herausmodellierter Wulst.

Davor, vor solchen intimen Sachen, verblaßte das Gemeinsame, die andere Stadt und ihre gemeinsam verbrachte Zeit dort. Er machte sich das klar. Daß es wirklich wenig war, was sie verband, ein paar herübergerettete Klischees davon, wie es gewesen war, Krümel, zerbröckelt und noch nicht weggeworfen. Die mußten weg, und damit Rainer. Ebenso Gerald, ein Krümel, übriggebliebeben aus einer Zeit, die ebenfalls vorbei war, ein Klischee, auf das sie sich, dieses Mal Gerald und er, geeinigt hatten, um miteinander auskommen zu können, wenn sie sich trafen.

Immer hörte er Gerald nur weiter über dasselbe reden, Mädchen, Ficken, Brüste, die Hochschule, und sah ihn immer in der gleichen Art auf sich zukommen, wenn er gelegentlich abends noch aus Gewohnheit zu ihm hineingegangen war, weil er ein Zimmer in demselben Viertel hatte, das Zimmer immer aufgeräumt und sauber, ohne Flecken irgendwo, halb dunkel und leise darin Unterhaltungsmusik, durch die er Gerald in seiner kurzen Lederjacke und in der beigefarbenen Cordhose auf sich zur Tür hin zugehen sah, schmal, schmächtig, ein wenig lächelnd und wie gerade zum Fortgehen bereit. Auf dem Tisch lag immer ein Buch aufgeklappt, in dem er gerade gelesen hatte oder nicht, aber ein Buch lag aufgeklappt da auf dem Tisch unter der schrägen Außenwand mit dem vorhanglosen quadratischen Fenster.

Der Heizofen lief, sehr klein gestellt, und hielt das Zimmer in einer geringen gleichmäßig dünnen Wärme. Er setzte sich in den Sessel daneben, Gerald zurück an den Tisch, ihm etwas zugewandt, mehr aber noch dem Zimmer. Er fragte, wie es ging. Es ging so. Wie immer, nichts Besonderes. Ob er sich schon den neuen deutschen Film angesehen habe. Warum sollte er ihn sich angesehen haben, er erhoffte sich davon auch keine Weisheiten. Man könne sich denken, wie der aussehen würde. Genauso beschissen wie das, was geschrieben wurde, genauso scheißig uninteressant. Also beschissen. Alles. Aus. Am Ende. Nichts mehr los. Das macht dich auf die Dauer krank. Lies ein paar Zeilen, und diese paar Zeilen werfen sich um. Mein Gott, was die sich alle so ständig einfallen lassen, nur weil die mal irgendwann zu schreiben angefangen haben. Der Schnee ist tröstlich, das ist alles, was er ist, und macht entlegene Dörfer einsam. Klein, aber mein, ungefähr so, wen interessiert das.

Automatisch schaltete sich der Heizofen in regelmäßigen Abständen ein und wieder aus. Die Musik lief gleichmäßig weiter, nur unterbrochen von hineingeschnittenen Ansagen, wow, it's your number one station, Radio Caroline, ga, ga, ga, it's moody moody a googy go, eine Sendung von Alka-Seltzer, that's it, baby. Er besah sich die Bilder, die Gerald neu an die Wand zu den übrigen geheftet hatte. Etwas war zwischen Gerald und ihm da, etwas Gemeinsames als ein Rest immer noch, begriff er, schließlich hatte Gerald vorher lange genug bei ihnen gewohnt, doch war das alles nicht mehr wiederholbar, zu dürftig geworden, sah er jedesmal nachher ein, wenn er spät zurückging, an der Autogarage vorbei, über den Platz mit den drei, vier kleinen Bäumen, darüber der Mond, weiß. Gegenüber zog sich die Mauer des Klosters hin, er dachte, daß sich etwas zwischen ihnen verändert hatte, bloß was und wie, unscheinbar und innerhalb einer kurzen Zeit, obwohl sehr gering, offenbar doch entscheidend. Wie ließ sich das klarmachen, woran genau ablesen, an ihm selber etwa, weil er sich zu sehr in vielen Kleinigkeiten geändert hatte, wie Gerald ihm vorwarf. Er hatte sich verändert, er war es, der schlechter geworden war zu früher, einfach mieser und mickriger, sagte Gerald zu ihm, so nörgelig. Immer nur am Nörgeln, immer nörgelig, was falsch sei an anderen, keine Beweglichkeit mehr, älter geworden. Er habe sich richtig festgesetzt in seinem Wusel. Die Wuselei sei größer geworden. Und was das für eine Wuselei sei, wüßte er wohl selber nicht. Der Vorwurf machte ihn betroffen. Er stellte sich vor, wie, das ging nicht. Es stimmte, er konnte nicht mehr klarkommen, er hatte die Übersicht verloren, das Gefühl für die Differenzen, die Gerald ihm vorhielt. Aber er wollte weiterkommen mit sich, weiter vorankommen mit dem, was an ihm hing. Eine Änderung gehörte dazu. Jede Änderung war so gut wie keine oder eine andere, alles gleich. Damit ließ sich auskommen, anscheinend aber nicht mehr mit Gerald, der sah, daß er nichts mehr von dem tat, was er früher gemacht hatte, anders, bloß wie wußte der auch nicht genau zu sagen, aber wirklich anders. Und das war, was zu schwierig war, um es genau festzustellen, das Unterschiedliche, nicht zu fassen, was sie beide, Gerald also auch, anging. Jeder wähnte sich dem anderen überlegen, und das machte das Sprechen zu schwierig. Dabei hatte er nur mal wieder zu Gerald hingehen wollen, etwas mit ihm reden und sehen, was er machte.

Er las und hörte Musik, wie immer, das sah er doch, und er hatte das auch getan, als er noch bei ihm in der Wohnung sein Zimmer hatte, nur daß jetzt was zu fehlen schien, er sah das plötzlich als so arm an, es war arm. Auf dem Unterschied, dem Verschiedenen, ohne von der Stelle zu kommen, zu beharren.

Er gab es auf.

Also war auch das mit Gerald für ihn vorerst einmal geregelt. Es war klar, sie hatten sich jeder verändert. Er konnte sich nun, von Gerald ebenso wie von Rainer distanziert, allein auf das ausrichten, was zu ordnen war, und das war sein Verhältnis, zu ihr, seiner Frau. Es gab Vorstellungen in ihnen beiden zusammen, die mehr zu sein schienen als bloß eine Absicherung, daß es mit ihnen gelingen würde. Diese Vorstellungen waren nicht einmal falsch gewesen, große ruhige Gedanken, die sich aus ihnen heraus nach vorn bewegten und einen Raum bildeten, in dem sie beide mit allem, was jeder für sich behalten wollte, leben konnten, entwickelt ohne darüber zu reden, es war so und nicht anders, die Dinge, die Sachen für sie darin vorhanden und für jeden zu gebrauchen, eine neu gestrichene Wand, ein Stück Wand in der Küche, wo vorher noch, bevor er in die Wohnung eingezogen war, ein Schrank gestanden haben mußte, so daß dort nicht tapeziert worden war, mit dc-fix zugeklebt, dann ein einzelnes Möbelstück, das sie sich noch zu Hause gekauft hatte für die Wohnung später, in der sie mit ihm zusammen leben würde, ein billiges Stück, einen einfachen Sekretär für ihre persönlichen kleineren Sachen, Schmuck, Briefe, unten in den Fächern Pullover, die Unterwäsche, kleine weiße und sehr sauber wirkende Büstenhalter, Unterhöschen, weiß, ebenso klein, zu den Büstenhaltern passend, dasselbe Spitzenmuster wie auf den runden kleinen Schalen des Büstenhalters, Körbchen, in denen ihre nicht sehr vollen weißen Brüste lagen, halb in den Mund zu nehmen, mit einem verhältnismäßig großen braunen Kreis um die Nippel. Geschirr hatte sie gekauft. Sie hatte sich geschminkt und war zu ihm übers Wochenende gefahren und blieb anderthalb Tage. Sie waren weggegangen, mit der Straßenbahn irgendwohin gefahren, sich was anzusehn. Sie waren zurückgekommen, hatten sich was angesehen, einen Film, alles blieb wiederholbar.

Er fand sie hübsch, wenn er sie, unbemerkt von ihr, ansah, ihre Beine, ihren Hintern, den Nacken, das Haar, damals noch ganz kurz geschnitten, jetzt lang gewachsen. Das lange Haar stand ihr gut zu dem etwas blassen kindlichen Gesicht. Und einmal hatte er sie gehen gesehen, er wußte nicht wie, aber er fand es schön, wie sie ging und über den Weg kam, weit weg von ihm, ohne ihn sehen zu können, oder er sah ihr zu, wie sie sich auf der Tanzfläche bewegte unter den anderen Tanzenden, anmutig, trotz der etwas ekkigen Bewegungen beim Tanzen und nicht ganz so schwingend, ein hübsches Bild, hübsch. Darin lagen die Schwierigkeiten nicht, das konnte so bleiben, ihre Bewegungen, wenn sie ging, ihre Drehbewegungen beim Tanzen unter den anderen, und so gut er konnte, wollte er die Schwierigkeiten, die trotzdem da waren, jetzt nicht mehr aufkommen lassen, hatte er sie so vor sich in der Wohnung oder draußen in der Stadt, nachmittags, von ihm wie von außen gesehen. Sie schob das Kind in der Sportkarre vor sich her und war sommerlich leicht gekleidet in dem ärmellosen hemdchenartigen Pullover und dem kurzen Leinenrock, ohne Strümpfe, das Haar fiel ihr auf die Schultern und war an den Spitzen etwas gewellt, und sie ging sehr gerade aufgerichtet nach vorn in die Leute hinein von ihm weg, keineswegs abstoßend, wenn sie ihn einmal überhaupt abgestoßen hatte, was er nicht mehr verstand, ihr wie abwesend aus dem Kaffeegeschäft mit Ausschank augenblicklang von außen zusehend, wie sie dort ging und die Sportkarre vor sich herschob. Sie ging weiter von ihm weg, entfernte sich unter den anderen Leuten, die auf dem Bürgersteig durcheinandergingen an den Schaufenstern vorbei in der Sonne, die noch sehr warm schien, weich, gefiltert, weißlichgelb die Helligkeit draußen an dem Nachmittag, eine Straße, Wagen, die Leute, betriebsam.

Diese Nachmittage kamen vereinzelt immer noch einmal. Er ging mit ihr und dem Kind nach draußen, besah die Schaufenster, Sachen, und riet ihr, sich dies zu kaufen, das, Kleinigkeiten, die dann manchmal später bei ihr im Zimmer auch tatsächlich lagen, eine olivgrüne Schirmmütze aus Feincord, Strümpfe, die angezogen beim Gehen glimmrig schimmerten. Sie setzte die Mütze auf, verknautschte sie etwas, trug die Strümpfe ein paarmal zu einem kurzen Rock, das Bild abgerundet, wie er das mit ihr vorher aus einem Augenblick heraus zusammengestellt hatte nach einem dieser Spaziergänge, darüber abends mit ihr in eine Unterhaltung gekommen, ruhig, ohne Hast, einander zugewandt vorn in seinem Zimmer, sicher des anderen, daß der verstand, wie man eben war, sie so, er so, nicht anders, dabei keineswegs gleichgültig, das und das und das gemeinsam wieder untereinander aufgeteilt, nicht länger grundsätzlicher Erörterungen wert.

Hinten im Zimmer schlief schon das Kind, früh zu Bett gebracht. Es hatte sich erkältet, und man mußte aufpassen, daß sich die Erkältung nicht verschlimmerte. Der nebelig feuchte Morgen, an dem sie mit dem Kind wieder einmal in den Park gegangen war, war schon zu naß und kalt gewesen, das Kind für das Wetter Ende Sommer nicht warm genug angezogen. Nichts Schlimmes wahrscheinlich, aber man mußte aufpassen, wie sie sehen konnte. Es kann schon jetzt ganz gut laufen, erzählte sie ihm, es macht ihm Spaß zu laufen, das Herumlaufen tut ihm gut. Es, das Kind, war eben größer geworden und wollte mehr Beschäftigung, wollte nicht mehr nur die bunten Plastikbauklötze aus dem Laufställchen ins Zimmer werfen. Das war sehr einfach für sie zu sehen, bildete er sich ein.

Sie saßen zusammen im selben Zimmer vorn und blätterten Zeitschriften durch. Es war warm im Zimmer und still, die Stille gelegentlich unterbrochen vom trockenen Geräusch beim Umblättern. Schallplatten hatte er nicht auflegen wollen, im Radio war keine Sendung, die sie sich hätten anhören können. Am Rand auf dem Tisch lagen einige neue Bücher. Er stellte sich vor, wie sie zu lesen sein müßten, und er würde sich damit Zeit lassen, sie langsam hintereinander lesen irgendwann in der nächsten Zeit.

Leer setzten solche Abende ein und ruhig, sie hatten beide Zeit, beschäftigten sich, ohne wirklich etwas zu tun. Ihre Arbeit, die Geld brachte, hatte sie erledigt, er hatte nicht gemerkt, wann, es spielte keine Rolle, der Tag war weg, vorbei, von sich aus hätte er nicht sagen können, wie verbracht, und das war auch unwichtig. Er hatte etwas getan, und sie hatte etwas getan, es reichte aus, ruhiger geworden, gewöhnlicher alles wieder um sie herum mit einfachen Vorgängen wie vorher eigentlich noch nie, und diese Vorgänge vermittelten ihnen das Gefühl, etwas gemeinsam zu besitzen, das sich nicht einfach herstellen ließ durch gekaufte Sachen, einen Rock für sie, einen neuen Pullover, gelbe Lackstiefel, neu gekauft, einerseits, die Bücher, die bei ihm neu herumlagen und in denen er zwischendurch blätterte, andererseits.

Manchmal passierte etwas, an dem sie zusammen teilnahmen, etwa: daß da gegenüber in dem Haus jemand gestorben war, und sie hatten das, an so einem ruhigen Abend gesehen, nicht, daß jemand dort gegenüber gestorben war, nicht das Sterben selbst und wie, sehr rasch, auf einmal, von einem Augenblick auf den anderen, wie es gekommen sein mußte, nicht das hatten sie gesehen, nicht das, der Tod, der plötzlich einfach anfing bei irgendwem dort in dem Haus gegenüber, ein eigenartiger Gedanke, der Tod ein Gedanke, der nicht mehr zu Ende gedacht werden kann, aber plötzlich von selbst aufhört, ohne ganz aufhören zu können als eben der Satz, ich bin tot, dachte er, hör mal, wie sich das anhört, ich bin tot, wollte er ihr dazu sagen, ich bin tot. Beide sahen sie nur den äußeren Vorgang daran, und das war der plötzlich in ihre Seitenstraße einbiegende Unfallwagen, der laut mit dem Hornsignal die übliche Stille in der Straße brach und direkt unten vor dem Haus gestoppt wurde, die Häuser in einer gewissen Höhe angeleuchtet vom Blaulicht, das ruckartig rundherum an den Fronten aufleuchtete und sich in den Fenstern spiegelte.

Vom Balkon blickten sie darauf herunter und sahen noch einen Wagen einbiegen, größer und wieder mit Blaulicht kreiselnd auf dem Dach des Fahrerhauses. Mehr Leute sammelten sich unten um die beiden Wagen, auf denen das Blaulicht sich weiter kreiselnd drehte, zweimal, ruckartig herumgeschleudert über die Häuserwände. Ein Arzt in weißem Kittel stieg schnell aus dem zweiten Wagen und verschwand gegenüber in dem Hauseingang wie vorher die beiden uniformierten Helfer. Sie sagte neben ihm, das muß ein schwerer Fall sein, wenn noch so ein Wagen kommt, so einer, und meinte den größeren weißgespritzten Notarztwagen, der zuletzt gekommen war. Ein schwerer Fall, wer weiß, was. Wo es passierte, in welchem Stockwerk, war nicht zu entdecken. Vielleicht ganz oben, wo alle Fenster dunkel verhangen blieben und niemand bisher herausgeschaut hatte wie sie vom Balkon oder aus den übrigen Fenstern, an denen sich Gesichter zeigten, die hinunterblickten auf die Ansammlung von Leuten, Männern mit Frauen, Spaziergängern mit Hunden, die unruhig zwischen den Leuten herumschnüffelten, auf die Wagen mit dem beständig weiter herumkreiselnden Blaulicht und dahinter die anderen Wagen, die eingebogen waren und nicht weiterkonnten, Polizei war dazugekommen und ebenfalls in dem Haus verschwunden. Eine Bahre wurde aus dem ersten Wagen geholt und gleich darauf wieder zurückgebracht, es war, wie sie sahen, keine Bahre gewesen, vielmehr eine Art Tragsessel, die Bahre wurde erst jetzt geholt. In dem untersten Fenster des Treppenhauses konnten sie die beiden uniformierten Männer noch einmal mit der Bahre sehen. Alles schien sich dort irgendwo in dem Haus, in einer Wohnung und in der Wohnung dort in einem bestimmten Zimmer rasch von Augenblick zu Augenblick zu verändern, wurde gefährlicher, konnten sie spüren. Sie meinte, es sei vielleicht eine Frau mit einer Fehlgeburt, die blutete und weiter blutete immerfort, warum nicht eine Frau, blutend in einem Bett zurückgeworfen auf sich selbst in den Kissen und Laken. Ich bin tot. Er begriff, was sie damit sagen wollte.

Man dachte, sah man so etwas, zuerst immer gleich an ältere Leute, hilflos beim Sterben in einem Bett und ohne noch etwas richtig sehen zu können von dem, was um sie herum vor sich ging, ganz allein mit dem Sterben beschäftigt oder damit, daß sie alt waren und es nur ein kleiner Anfall war, der sie runterdrückte ins Bett und den es zu überstehen galt, nur daß sie nicht mehr richtig sehen konnten, alles blieb schattig für sie, abgeschattet alles um sie herum, dunkel und dumpf die Luft, das Atmen, die Geräusche, das Licht, obwohl alles Licht angeschaltet war in dem Zimmer. Ein älterer Mann, eine ältere Frau. Dort in einer der Wohnungen. Umgeben von Wohnungen darüber, darunter, nebenan, in einem Zimmer. So etwas mußte dort ihnen gegenüber jetzt passieren, während sie auf dem Balkon standen und hinunterblickten. Warum nicht eine Frau, ja, noch jung, die blutend in einem Bett zurückgeworfen lag und nicht mehr zu transportieren war, warum nicht so etwas statt der alten Leute, an die man dachte. Das, bestimmt. Die Polizei, die dazugekommen war, stimmte dann, ja. Sie hatte recht. Es mußte etwas Derartiges sein, und es war sie neben ihm, die darauf gekommen war, sich womöglich selber so daliegen sah, immerfort blutend und blutend, träge und zähflüssig, aber nicht aufzuhalten das Bluten, ja, und dabei weniger werdend, ohne sich noch rühren zu können. Es wurde schlimmer und nichts hörte auf, nichts von dem, das Daliegen und Bluten und sie in einem Bett mit all den Frottierhandtüchern, vollgesogen mit Blut, schwer geworden, verklumpt. Zwischen ihnen war ausgemacht, daß es eine Frau war, nicht viel älter als sie neben ihm auf dem Balkon, die dort gegenüber mehr und mehr abnahm, verblaßte, nachdem das kleine Gebilde in ihr drin weg war, aufgefangen von einem Frottierhandtuch. Und dann war diese Frau plötzlich tot, ganz schnell. Die Tragbahre wurde leer zurückgebracht. Kurz darauf kam auch, sauber in seinem weißen Kittel, der Arzt zurück und verschwand im Fahrerhaus des großen Wagens, auch, wie ihnen vorkam, gleichsam wie die Bahre leer zurückkommend und einen Moment lang wie ein sehr sauberes scharf gezeichnetes Bild in dem schwärzlichen Grau der mit Wagen und Leuten vollgestopften Straße, ein weißer Kittel, weiß in dem leeren Halbkreis um den Notarztwagen herum. Die Wagen rollten dann auch schon weg, die Ansammlung von Passanten zerstreute sich schnell. Wieder lag unten die Straße leer wie gewöhnlich abends mit hin und wieder durchfahrenden Taxis und vereinzelten Spaziergängern, die langsam hinter ihren Hunden hergingen, stehenblieben und weitergingen.

Aber wie um für sie beide, die noch etwas länger auf dem Balkon stehengeblieben waren, den Vorgang abzurunden, sahen sie einige Zeit darauf einen jungen Mann allein aus dem Haus kommen, verstört und sehr abwesend, als sähe er es noch immer, habe das noch vor sich, was das auch gewesen sein möchte, Handtücher, naß-klumpig von schwärzlichem Blut und aufeinandergelegt im Spülstein, das Bett mit einem völlig schlaffen Körper darin, ganz durcheinandergeraten, das Zimmer, in dem alles Licht angeschaltet war, das oder anderes immer noch vor sich auf der Straße draußen, unter ihnen. Er blickte, während er dort unten an der Hauswand lehnte, fortwährend zu Boden und begriff nicht, ging weiter und begriff nicht, stand wieder. Sie sahen ihm nach, wie er zwischen den Wagen abwesend verschwand. Und dann, sehr viel später, rief er sie aus der Küche zu sich heraus auf den Balkon, wo er noch allein stehengeblieben war. Ein schwarzer länglicher geschlossener Wagen mit dem Stadtwappen kam angefahren und hielt am Straßenrand unten vor dem Haus. Eine Bahre wurde herausgezogen. Die uniformierten Männer, andere, andere Uniformen ebenfalls mit dem Wappen der Stadt auf den Jackenärmeln, trugen sie ins Haus. Sie sahen sie wieder am untersten Fenster des Treppenhauses innen vorbeigehen und nicht lange darauf zurückkommen mit der Bahre zwischen sich, die sie vorsichtig ausbalanciert hielten. Auf der Straße blieb niemand mehr stehen. Vereinzelte Spaziergänger gingen vorüber, ohne den Wagen zu beachten. Am Ausgang der Seitenstraße schoben sich schnell hintereinander einige Wagen vorüber.

Die Bahre hatte einen Gummiüberzug mit Reißverschluß, der zugezogen war. Undeutlich zeichnete sich unter dem Kunststoffüberzug der Umriß eines Körpers ab. Ich kann nichts sehen, sagte sie neben ihm. War da wer drunter? Ein Körper, ja, tot. Ohne Brille konnte sie das nicht genau erkennen. Sie hätte jetzt gern gewußt, ob es wirklich eine Frau war, die fortgeschafft wurde, oder ein Mann, aber so wichtig war das auch wieder nicht, für keinen von beiden. Es war eine Bahre, nichts anderes, eine Bahre mit einem Überzug aus Kunststoff, dessen Reißverschluß bis oben zugezogen war, und darunter, flach ausgestreckt und lang, lag irgend etwas Undeutlichbleibendes, das, vorsichtig im Gleichgewicht gehalten, in den Wagen geschoben wurde und weg war, wie gleich darauf auch der Wagen wieder weg war, verschwunden um die Ecke beim Fotogeschäft, dessen Fenster hell war, ein weißer, rechteckiger Kasten Licht, in dem kleine schwarze Kästen in verschiedener Höhe hingen, Fotoapparate, an Nylonfäden aufgehängt. Es war noch nicht spät, vielleicht gegen neun. Ab und zu blieb jemand vor dem Schaufenster stehen und sah länger hinein, und ab und zu Wagen, meist Taxis, die über die Kreuzung fuhren und hier beim Fotoladen wieder auf die größere vierspurige Asphaltbahn einbogen,

ein sehr belangloser ruhiger Abend mit belanglosen sehr gewöhnlichen Vorgängen, von denen sie beide zusammen etwas mehr gesehen hatten. Der eine Vorgang, den sie sich länger angesehen hatten, ging sie nichts an, er blieb für sie ohne Bedeutung. Sie hatten nur zugesehen, wie sich unten etwas abspielte mit vielen Bewegungen, einigem Hin und Her, mit Leuten, die sich unter ihnen auf der Straße angesammelt hatten und dann wieder zerstreuten, mit Wagen, Personenwagen, Taxis, gestaut. Sie hatten auf dem Balkon nebeneinander gestanden und zugeschaut, sie hatten beide etwas gleichzeitig gesehen. Mehr konnte das gar nicht für sie bedeuten, nicht mehr sein als eben das, und das war so, nicht anders, geregelt, dadurch wieder etwas mehr zwischen ihnen beiden in Ordnung gebracht, nahm er an, sie beide wie zusammengetan zu einem Bild, das ihnen zeigte, sie kamen aus, ganz gut mit solchen Abenden, so ähnlichen Vorgängen, den kleinen Erlebnissen und dem Reden darüber nachher, um einander sagen zu können, da ist etwas passiert, ja, was, sieh mit zu, ja, die Leute, überleg mal, das ging schnell, ja, es ging schnell, wirklich, ja, so ist das eben, und tot, fortgeschafft, dann bist du weg, ja, aus, zu Ende, wirklich, einfach weg, da kann man nichts machen, ja, ich find das gut, ja, es geht so schnell, wenn es schnell geht, ja, ohne Schmerzen, ja, was wirst du dann machen? Und um zu denken: wir haben das gesehen, jeder für sich, ja, aber zusammen, ja, die Leute, die Wagen, ja, und es ist einfach nichts, ja, nichts weiter, ja, erstaunlich, wenn man bedenkt, ja, das wirklich, was macht man dann.

Ein Abend, still und sehr ruhig miteinander verbracht, das bekommt man hinterher nicht mehr ganz so zusammen. Verschwommen, mit viel Nässe in der Luft, die an der hohen gläsernen Seitenwand des Hochhauses entlangtrieb, hatte es begonnen, mehr winterlich zu werden. Über den leeren, hinter dem Hochhaus liegenden gepflasterten Platz gingen drei Männer trotz des dünnen Fisselregens sehr langsam auf die Bude zu, die außerhalb seines Blickfeldes lag, kleine Männer im früh einsetzenden Dunkel. Ihr Überwurf über der Arbeitsjacke leuchtete rot auf, etwas phosphoreszierend in dem roten Farbton einer Ampel oder Baustellenmarkierung, verwischt in dem nassen Sprühen. Wagen rollten schnell in Schüben dicht hintereinander am Straßenausgang vorüber. Sie zogen ein helleres heftigeres Sprühen hinter sich her, und momentlang blieb es in dem Ausschnitt wieder leer, bis der nächste Schub Wagen vorüberrutschte.

Er lehnte sich gegen den Rahmen der Flügeltür, sah hin. Oder er saß, spät aufgestanden, vormittags noch etwas länger in der Küche am Tisch und sah hoch durch die Oberfenster nach draußen. Es war still. Ungespültes Geschirr häufte sich auf dem Abstellbord neben dem Spülstein. Einige Sachen von ihr, ein Pullover, ein Rock, Strümpfe, zusammengeringelt, lagen auf dem Bügelbrett. Darunter, umgekippt auf dem Boden die gelben Lackstiefel, die sie sich gekauft hatte, als sie aus den vierzehntägigen Ferien von der Küste mit dem Kind zurückgekommen war in die Wohnung, um weiter dazusein, wie von ihm zurückgeholt, noch einmal und wieder, so gut es ging, mit Vorstellungen, die einmal entstanden waren in ihnen, nun leer. Aber es ging, es ging so, Tag um Tag in dem Glauben voreinander, es erreicht zu haben, irgendwie, damit es weiterging, mit denselben Forderungen wie vorher, nur daß sie nun neu angefangen hatten, sagte er sich, sie hatten das erreicht, das war es. Sie konnten beide beruhigt sein. Es war geschafft.

Sie hielt sich gewöhnlich im Mittelzimmer auf, das Kind hinten, er saß vorne und hörte die Geräusche von draußen, den Verkehr, die Betriebsamkeit, gedämpft, die kleineren Geräusche, ihre Schritte im Flur an der Tür, das Zuklappen einer Tür, innen. Er hörte das Kind unbeholfen durch den Flur tappen zu seiner Zimmertür heran und sah an der gehämmerten Glasscheibe dessen rundlichen Schatten, gegen die Scheibe gestützt, das untere Rechteck der Tür, sah den Schatten verschwinden und wiederkommen, er wackelte vor und zurück. Fiel weg nach hinten. Das Kind begann zu weinen, dünn und hoch. Er hielt dies wimmernde Weinen nicht lange aus, stand auf und wollte hingehen, aber sie hatte das Kind bereits aufgehoben und trug es zu sich in die Küche.

Er drehte die Musik lauter, so daß die Geräusche in der Wohnung dahinter verschwanden. Gegenüber war das Dach mit den drei nach vorn herausgebauten Fenstern. Wenn er sich an die Seite der Flügeltür zum Balkon hinaus, wo das Radio mit dem Plattenspieler auf dem lang an der Wand angebrachten Brett stand, hinstellte und schräg in die Richtung des Hochhauses sah, lag da die Ecke eines sich nach hinten ziehenden Daches und darunter die schräg nach vorn zur Straße hin abfallende Fläche eines sich anschließenden Daches, beschmutzt mit weißlichem Taubenkot, wie gewöhnlich, alles war wie immer da, aber ruhiger geworden, mehr stillstehend.

Nachmittags ging er manchmal in die Innenstadt. Es war kälter geworden, kein Regen mehr. Aber daß er da durch die Straßen schlenderte, war nicht wie sonst, er ging unsicher an den Läden entlang, vorbei an den Schaufenstern, sich dies und das ansehend, flüchtig, und holte sich ein paar neue Zeitschriften, mit vielen Bildern, von denen er sich welche ausschnitt. Andere, die schon länger an der Wand hinter ihm steckten, nahm er ab und heftete dafür die neuen an, die sich wenig von den abgenommenen unterschieden. Gerald, der jetzt seltener zu ihm kam, besah sich die immer zuerst. Sie redeten über Bücher, die Hochschule. Es ging so. Wenn Gerald wieder weg war, ging er zu ihr ins Zimmer, wo sie beschäftigt war, oder hinüber zu dem Kind, um sich für einen Augenblick um es zu bemühen, es sprechen zu lehren, da, da, da, da, mach das mal nach, tatata, das Kind mußte jetzt endlich sprechen lernen, es war schon so groß und konnte immer noch nicht richtig sprechen, kein Wort, nur Laute, naß gelallt, lala, lalalala, verseibert. Sie würde sich von jetzt an mehr darum bemühen müssen, was sie doch auch schon tat, das hieß, sich vorgenommen hatte für die nächste Zeit, erwiderte sie. Jedesmal aber hatte sie sich das bereits vorgenommen, sagte er, warum es denn nicht ausgeführt würde. Ausgeführt, ausgeführt, sie sei doch dabei, es auszuführen. Das könne er aber nicht sehen, aber sehen konnte er, daß das Kind noch immer auf demselben Stand war wie vorher, kein Wort, nur ein Lallen brachte es heraus. So ging das nicht weiter, durfte es nicht. Das, wie es gemacht wurde, war zu wenig. Nur wie sollte er es machen, wie er sich darum kümmern, wenn sie das machen konnte und zwar besser, weil sie doch ständig damit umging, mit dem Kind, und damit an einem Tag mehr zu tun hatte als er. Er kam immer nur dazu. Sie mußte es doch tagsüber in allem versorgen, und da gab es viele Gelegenheiten wußte er, sich um das Kind zu kümmern. Das Kind. Das weiterhin da war. Mehr nicht. Das da war. Es war doch nicht da. Warum sah sie das nicht ein, warum weniger offenbar als er. Das war es doch nur, worum es ihm ging. Das war es doch nur, worum es ihm ging. Das Kind. Um das Kind. Man mußte sich einfach mehr darum kümmern. Es war doch da. Das Kind. Es war da. Wenn du einmal das tun würdest, sagte er, und zu dem Kind dort an der Breitseite des Tisches auf seinem hohen Holzstühlchen: mein Gott, was hast du für eine Mutter. Ich mach's aber doch schon. Ja, das schon. Und wie weiter? Er redete mit ihr darüber, vernünftig, ohne sich sofort wieder dabei aufzuregen, vernünftig und ruhig, wie ihm vorkam, und hielt das auch selbst für wahr, daß er sich wirklich ernstlich darum sorge, noch spät abends, wieder bei ihr im Zimmer.

Er merkte, wie sie ihm zuhörte, und dieses, daß sie ihm zuhörte, war so zufällig, empfand er. Es war für sie jetzt wahrscheinlich wieder dasselbe Reden wie immer, ein Reden von ihm, das sie gewohnt war, das sie beide erschöpfte.

Sie war müde, sah er ein, für lange Erörterungen war es einfach abends zu spät, an diesem Abend. Dann, an einem anderen Abend, war es aber auch schon wieder zu spät für sie. Offenbar war es immer für sie zu spät. Zu spät, für alles, zu spät. Jedesmal, immer schon im voraus, zu spät. Und das war wie die Sache mit dem Park, in den sie auch erst immer spät nachmittags gegangen war, sicher nicht grundlos, aber zu spät. Und dies wollte nicht aufhören. Und dabei war es gar nicht das. Etwa das Kind jetzt wieder. Du wirfst mir das immer wieder vor, ich bin das leid, immer wieder dasselbe vorgeworfen zu bekommen, immer wieder dasselbe von dir zu hören, immer wieder das zu hören, das kannst du wohl nicht mehr begreifen, glaub ich, das geht wohl nicht. Beschwerst du dich? Du beschwerst dich! Und ich? Aah, da ist natürlich immer kein Grund für vorhanden. Er mußte ihr das ruhig sagen, hatte ihr das aber doch auch ganz ruhig gesagt. Und sie hatte das sofort wieder auf sich bezogen als einen Vorwurf, um den es dabei aber gar nicht ging. Es ging um das Kind. Das war da und seiberte lallend vor sich hin in dem viereckigen Laufställchen in der Ecke seitlich am Fenster in dem hinteren Zimmer. Das war es, das Kind.

Zum einen war es für ihn wirklich nur das, worum es ihm ging. Sie hatte schon verstanden. Das andere war: er saß am Tisch in ihrem Zimmer, das er für sie im Sommer angestrichen hatte, mühsam und sauber, zuerst vorgestrichen, dann mußte das Zimmer austrocknen, dann strich er das Zimmer nochmals, stellte andere Möbelstücke für sie hinein, machte das Zimmer wohnlich, sie konnte damit zufrieden sein. Er hatte sich überlegt, als sie wortlos abgereist war, daß es notwendig sei, das zu tun, und er hatte sich dabei Mühe gegeben. Einiges hatte er dabei überbewertet, als er das tat, zum Beispiel das mit Rainer und dem Zimmer für sie, aber er hatte immerhin zwei Tage lang gestanden und die Wände mühsam abgerollt, mit weißer Farbe überall betröpfelt. Er hatte sich dabei vorgestellt, wie alles mit ihnen danach werden würde, fast zwangsläufig. Von unten, von der Straße her hatten sie ihn in dem Zimmer auf dem Tisch stehen gesehen, Gerald und das Mädchen aus der Nähe, als die nachmittags vorbeigegangen waren, erstaunt darüber, daß er das machte. Aber er hatte das getan, und nachher, als er das Mädchen in dessen Zimmer allein aufsuchte, in dem es wie gewöhnlich unaufgeräumt aussah, mit Sachen, Wäschestücken überall in den Ecken und Abfall, wußte er, daß es richtig war, das getan zu haben. Es war dringend notwendig, daß sie ein eigenes Zimmer bekam, vor allem unter solchen Umständen, bei den Verhältnissen. Das Zimmer hinten, in dem sie noch immer schlief, war viel zu groß und mit beliebigen Möbelstücken vollgestellt, die sie nicht viel angingen, zwar angingen, das schon, wie das Laufställchen des Kindes, doch nicht mehr abends, wenn das Kind weg war, schlief. Sie mußte daneben noch etwas anderes haben, einen Raum, geschlossen, nur mit ihr darin. Außerdem störte ihn dann auch das Kind weniger. Mit dieser Neuordnung und dem Zimmer, freundlich eingerichtet in der Mitte für sie, wollte er sie überraschen, wenn sie zurückkäme.

Das Mädchen begriff. Es riet ihm zu, ihr doch einfach nachzufahren, wenn er schon einmal daran dächte, und erzählte ihm von der Nacht dort an der Küste in einem Hotel mit ihr zusammen und dem Kind. Eine Woche war sie schon fort. Das Wetter war sehr heiß, und er nach all dem Durcheinander vorher, sagte er sich, brauchte auch etwas Ruhe, vielleicht dort an der Küste. Ja, an der Küste. Er war noch nie vorher dagewesen, kannte das Meer nicht, wie es herankam und auslief über den Sand, den Strand hoch. Trotzdem war das nicht genau der Grund. Er war aufgestört worden von allem, ganz durcheinander, und das wiederholte sich bei jeder Kleinigkeit.

Alles war vorher doch zu viel gewesen, das Ausgehen abends, das ständige Weggehen zusammen mit den anderen in den Keller am Ring, die vielen Möglichkeiten, die er sah und die immer außerhalb von ihm persönlich geblieben waren, obwohl er mittendrin saß, am Tisch seitlich der Tanzfläche sitzend und der Musik zuhörend, In The Midnight Hour, von einer Bläsergruppe gespielt, Saxophon und Trompete zu den Gitarren am anderen Mikrophon, anschließend ohne Übergang eine Otis-Redding-Nummer, härter, genauer, der Text vereinzelt dazwischen und zusammen eine Maschine, die weiterrollte, Töne, Musik, ein Schlagen, dicht zusammengedrängt in einem Augenblick das Singen, die Stimme, dazu wieder eine Bläsergruppe von unten hochziehend, laut im Raum um die Bewegungen der Tanzenden herum, aus der er hin und wieder auch sie, seine Frau, auftauchen sah, für ihn deutlich herausgehoben unter den anderen Mädchen ihr Haar, ihr Gesicht, eine Bewegung, die grade aufrechte Haltung.

Ihm kam es unwirklich vor, daß das da vor ihm auf der Tanzfläche unter den anderen seine Frau war, allein, ohne ihn, in ihren Tanzbewegungen von ihm abgetrennt, und er konnte sich einbilden, während er ihren Bewegungen kurz zusah, sie war es nicht. An den Tisch zurückgekehrt war sie es aber doch wieder, und die Verwunderung verschwand, als sie etwas zu ihm sagte. Er mußte sich ihr wieder wie vorher zuwenden, ihr wieder wie gewöhnlich antworten, irgend etwas auf irgendeine Bemerkung sagen. Daß die Musik diesmal gut sei, eine gute Gruppe, gut, besser als die vom letztenmal. Das war nicht besonders anstrengend, erforderte von ihm keine besondere Aufmerksamkeit, und er antwortete ihr auch genauso wie den anderen, sprach mit ihr, weder aufmerksam noch unaufmerksam, daß die Musik gut sei, diese Gruppe sei gut, besser als die, die sie vorher gehört hätten. Rainer fing an, von den Clubs in London zu erzählen. Die Tanzfläche war leer. Auf dem Boden des Podiums lagen die Musikinstrumente. Hinten, in dem Halbdunkel an der Bar, hielten sich andere Mädchen auf, die er beobachtete, hübsch angezogen, in kurzen Röcken, Rippenpullovern, orangefarben, und plötzlich viel hübscher und reizvoller als seine Frau, und selbst das Mädchen bei ihnen am Tisch auf einmal hübscher als sie, seine Frau neben ihm, die mit ihm redete und der er antwortete, daß die Musik, wirklich, die Musik wirklich gut sei diesmal. Die anderen waren schon deshalb reizvoller, weil sie nicht seine Frau waren, keines der Mädchen dort drüben oder das Mädchen bei ihnen am Tisch, aber nicht nur deswegen in dem Moment für ihn hübscher als sie neben ihm und dann doch nur wieder deswegen, dachte er, als er nachher wieder mit ihr in der Wohnung war, zusammen im Badezimmer, müde, verschwitzt, und noch etwas von ihr wollte, das, was er vorher unten in dem Musikkeller an den meisten anderen Mädchen mehr zu sehen geglaubt hatte, etwas anderes, mehr als eben an ihr, seiner Frau, die jetzt vor ihm am Waschbecken stand und das Gesicht vorgestreckt hielt, näher an den Spiegel herangehalten, um sich besser mit dem kleinen wolkigen Wattebausch das Gesicht abreiben zu können, vorsichtig, und vorsichtig es dann eincremend, das Gesicht, die Hände, während er immer noch weiter hinter ihr stand und ihr zusah, müde und verschwitzt, das Haar über der Stirn naß und verklebt, dreckig, wie er plötzlich meinte, dreckig und verschwitzt und etwas durcheinander, sein Gesicht hinter ihr Gesicht gehalten, die weiße gesäuberte Gesichtsfläche, sein Gesicht war mit diesen angeklebten fettig-nassen Haaren, sah er, während gleichzeitig weiter das andere da war, in ihn eingedrungen, das, was ihm an den anderen Mädchen aufgefallen war und das an ihnen so direkt doch gar nicht vorhanden gewesen war wie es ihm jetzt nachträglich vorkam angesichts dieser sauberen leeren Müdigkeit bei ihr, dieser Trägheit, so träge, schwerfällig, so wenig anwesend da vor ihm bis auf einen dünnen cremigen Geruch. Was kurz darauf gewöhnlich kam, war, so kam ihnen beiden nachher vor, ein einziges Mißverständnis gewesen, bei dem unklar blieb, von wem oder was es ausgegangen war, von ihm, von ihr, wie sie sich einander insgeheim verdächtigten, wiederum ein Mißverständnis, quer zwischen ihnen, unsichtbar eingerammt in einen unsichtbaren Grund, auf dem sie standen und sich miteinander abmühten.

Es war nicht, wie sie leicht hätten annehmen können und wie sie manchmal, meistens, auch leichtfertig annahmen, bloß die Müdigkeit nach einem Abend, an dem es spät geworden war für sie wie auch für ihn, obwohl er diese Müdigkeit nicht so sehr spürte, weil er gewöhnlich morgens später aufstand. Und es war nicht ihr eingecremtes Gesicht, nicht ihre eingecremten Hände und nicht, daß sie vor dem Spiegel stand, schwerfällig geworden und sauber hergerichtet, nicht ihre Stimme, die wenigen halb schon gedankenlos nebenbei gegebenen Antworten von ihr, oder daß er hinter ihr stand und darauf wartete, daß sie endlich fertig würde mit ihrer Säuberung, was sie vielleicht nervös gemacht haben konnte, nicht das und daß sie dann wenige Augenblicke später in ihr Zimmer ging, von ihm schon abgewandt, ohne ihn zu verstehen, wobei er sich aber nicht völlig sicher war, ob sie ihn nicht doch irgendwie verstanden hatte und nur so tat, als habe sie es nicht, weil es für sie schon zu spät geworden war an dem Abend, so daß er ihr nachgehen mußte und dabei immerfort weiter auf sie einreden, wie stumpf sie sei, wie träge und schwerfällig, verschlampt, sagte er, mit einem Male auf die Unordnung in dem Zimmer zu sprechen gekommen, den aufgeklappten Sekretär mit den aufgehäuften Sachen darin,

Papier, Briefe, Schachteln, Schächtelchen, Dosen, buntbeklebt und von ihr irgendwann einmal aufbewahrt, weil sie die Dose oder das Schächtelchen hübsch gefunden hatte für irgend etwas, das da hineingepaßt hätte, Glaskugeln für eine Halskette, die nie angefangen worden war, Schmuck, der da aber nie hineingelegt worden war, die Dose, die bunten Schachteln blieben leer und der Schmuck, Armbänder oder Kettchen lagen verstreut unter dem Papier, Prospekte, Zeitschriften, Zeitungsausschnitte, alte Rechnungen und Briefe, mit der Zeit angesammelt als durcheinandergeratene Stöße auf der heruntergeklappten Schreibplatte.

Zusammengenommen ergab das alles keinen Grund. Er konnte nicht ausreichen für sie beide, wachsend und wieder zerfallend und wieder anwachsend, unsichtbar, man kennt das. Sonst nichts. Eine einzige andauernde Wiederholung, akzeptiert als Grund, sichtbar geworden erst durch diese Wiederholung, unsichtbar, in Nebensächlichem. Denkt man. Und das Erstaunen darüber war genauso etwas Gewöhnliches, das sich fast selber schon zu sehr verbraucht hatte als ein immer gleichbleibendes Erstaunen. Sonst nichts. Man kennt das, dieses unaufhörliche Sichsummieren von Dingen, Sachen, Gesehenem, das sich in Augenblicken als einziges, was sicher zu sein scheint, zeigt, jetzt hier, im hinteren unaufgeräumten Zimmer, Windeln, gespült und aufgehängt auf einem auseinandergeklappten Gestell, ein Geschenk, von wem, vergessen, Windeln mit schattigen bräunlich verwischten Flecken in dem sehr losen, leichten Gewebe, Windeln, ihre Strümpfe, farbige Strümpfe, ihre

Schuhe, gedankenlos am Bett abgestreift, der offenstehende Sekretär, das Papier, der Stapel älterer Zeitschriften in der Ecke daneben.

Wenn man genau hinsah, war das etwas, was immer da war, fast nichts, nichts mehr, um sich darauf zu einigen, daß es das war, womit man ohne aufzuhören wirklich leben konnte. So. Er. Sie. Man. Erstaunlich. Man konnte, wenn man wollte, darüber staunen und sagen, so ist es. Dann darüber lachen, so ist es. Dann nichts mehr machen, weder etwas sagen noch lachen, zuletzt. Ihm erging es jedenfalls so. Und das, was er von anderen hörte, ohne daß man ihm das ausdrücklich erzählt hätte, war dasselbe, so ähnlich oder ganz anders, dasselbe. Von ihr wußte er nicht, ob sie das auch so sah.

Sie schnitt ihm die Fingernägel an der rechten Hand kürzer. Links konnte er sie sich selber kürzer schneiden. Er hielt ihr die Hand hin, sie nahm die einzelnen Finger und schnitt ihm die Nägel daran kürzer, ungefähr so kurz, wie er sie sich selber an der linken Hand abgeschnitten hatte. Er hielt diese Hand zum Vergleich für sie daneben. Das war das Beispiel, einfach genug. Und deshalb konnte davon gesagt werden, lächerlich einfach, es sind nichts als Fingernägel. Man kann sie, ganz einfach, abschneiden, lachend, so ist es. Sie wachsen eben nach wie alles andere. Filmen könnte man es. Dann würde sichtbar, es ist nichts, die Fingernägel wachsen. Das konnte man so sagen, sicher, schließlich war es das aber doch eben nicht, nicht so, jedenfalls nicht so ganz einfach, wie man das sagen konnte in jedem Fall, ohne daß es falsch gewesen wäre. Aber sie, die Fingernägel, wuchsen nach. Das war daran das Entscheidende, begriff er, nicht das Abschneiden, obwohl notwendig, daß man auch das tat, wie man sich eben wäscht oder die Haare schneiden läßt.

Gerald würde abwehrend gesagt haben, es ist nichts, hör auf, um damit zu meinen, es ist so, das da, was da liegt oder hängt, aufgehängte Windeln auf einem scherenartig ausgebreiteten Leichtmetallgestänge, oder der Staub da, leichte grau-dünne Gewebe, Flocken in den Ecken, unter dem Bett, der Staub, der Abfall, der in die papiernen Tragetaschen aus der Kaufhalle gestopft war, mehrere solcher Taschen unter dem Abstellbord in der Küche nebeneinandergestellt, wo auch die Ölkannen standen mit dem Heizöl, alles immer nur das, ohne zu sehen, daß es nicht nur das war, was getan werden mußte, und es nicht nur eine einfache Anstrengung war, auf dem Tisch in der Mitte des ausgeräumten Mittelzimmers zu stehen, hochgereckt, um auch die Decke weiß nachzustreichen in dem weiß gestrichenen Zimmer, das für sie allein dasein sollte.

Wenn es immer nur das gewesen wäre, hätte er alles sofort wieder vergessen können und ruhig in der Wohnung warten, bis sie aus den Ferien zurückgekommen wäre, was er lange vorher schon, noch bevor Rainer aus England zurückgekommen war, sich vorgestellt hatte. Daß er nämlich zurückbliebe, allein, vierzehn Tage, drei oder vier Wochen, je nachdem, um die Abschlußarbeit zum Examen in aller Ruhe anzufangen und fertigzumachen, er hätte sie dann gemacht und Schluß, die Bücher zurückgebracht. Es wäre einfach gewesen, eine kurze Zeit intensiver Arbeit, die Gedanken dazu nacheinander abgewickelt, die er sich im Kopf schon zurechtgelegt hatte. Schwierig war das nicht. Er hatte es bei dem Mädchen gesehen, das über Pädagogik und Kinderbuch am Beispiel Erich Kästners geschrieben hatte, knapp fünfzig Seiten mit Literaturangabe und Nachwort, unkompliziert und gerade das Notwendigste.

Er hatte sie darüber ausgefragt und den Eindruck bekommen, daß es einfach war. Die Bücher zu seinem Thema lagen schon gestapelt auf dem Tisch. Er hatte hineingesehen, die Fragen waren tatsächlich einfach: erstens, gibt es ein Pädagogisch-Eigentliches, das überhaupt in der Dichtung relevant wird? Zweitens, gibt es ein Dichterisch-Eigentliches, das zugleich pädagogisch bedeutsam ist? Auf solche Weise müßte es möglich werden, eine innere Beziehung von Dichterischem zu Pädagogischem sichtbar zu machen. Dichtung ist Kunst, ihre Kategorien sind ästhetische. Dichtung ist sprachliches Kunstwerk. Zitatende. Und: das Ästhetische wird im Wort, das einen Sinn trägt, immer ethisch-pädagogisch relevant. Zitatende. Wenn diese Zusammenhänge geklärt sind, wird es auch möglich sein, jene Gefährdung der Kinder und Jugendlichen durch Comics näher zu bestimmen, über die in der einschlägigen Literatur so viel und oft so wenig überzeugend geschrieben worden ist. Wir zweifeln nicht daran, daß es eine Gefährdung gibt, wir zweifeln nicht. Zitatende. Das Material, das dabei benutzt wird, stammt aus einer Umtauschaktion Gute Jugendliteratur gegen Schund, die in einer kleineren Stadt, etwa 32 000 Einwohner, durchgeführt wurde und die fast 19 000 Hefte verschiedenster Art, darunter 15 000 Comics, erbrachte. Die Felszeichnungen der Primitiven tragen magisch-künstlerischen Charakter, sind echt, ursprünglich, unverbildet und wahrhaftig wie das Leben selbst. Die Comics sind fabriziert, unecht, mißgestaltet und verlogen, führen in eine Urwelt primitiver Bilder und Symbole zurück. Der große Unterschied zur Bildersprache unserer Vorzeit ist, daß in jenen prähistorischen Wandbildern von Altamira oder jenen Mosaiken von Ravenna oder was immer man sich vorstellt, eine große elementare Sprache gesprochen wird. Die Bildersprache von heute wendet sich an einen Analphabetismus des Geistes. Zitatende. Widerspruch. Rainer zeigte ihm, als er darüber redete, die Phoebe Zeitgeist, verboten, Ess-Ess, dagegen Wilhelm Busch. Die Urheber der Comics haben aus dem, was bei Busch Kunst war, einen Konsumartikel gemacht. Widerspruch, Phoebe Zeitgeist, Ess-Ess. Die Deformation des Menschlichen ist allgemein. Zitatende. Und: daß die Comicbooks eine Welt in Unordnung zeigen, geht letztlich darauf zurück, daß die Ordnung unserer eigenen wirklichen Welt ebenfalls zu wünschen übrigläßt. Zwischen Intelligenz und Comics-Lesefreudigkeit besteht keinerlei Zusammenhang. Die Intelligenten lesen also nicht mehr und nicht weniger Bilderhefte als die Unintelligenten. Sie werden sich auf vegetarische Kost umstellen müssen, denn außer diesen Pflanzen gibt es kein Leben mehr in ihrem System, leben Sie wohl. So'n Quatsch, sagte er.

Das Mädchen hatte vor ihm am Tisch gesessen, ihm zugewandt, es redete, die kleinen muskulösen Oberschenkel breitgedrückt. Zurückgelehnt auf der Schlafcouch daneben, die mit einem rosa Tuch verdeckt war, das Tuch angeschmutzt und verschlissen, was nicht besonders auffiel, da so ziemlich alles in dem kleinen verschlagartigen Dachzimmer vernachlässigt war, unaufgeräumt mit mehreren Papiertüten voll Abfall, mit nicht mehr brauchbaren Strümpfen von ihr, alten Brotenden und leeren Milchtüten, Zigarettenstummel und Asche, dem verschlissenen Teppich, dem hohen Kleiderschrank, sah er die etwas breitgedrückten Schenkel des Mädchens, fettlos und daher hart und fest, mit winzigen blonden Härchen darauf, und wollte in dem Moment weg, nun plötzlich wirklich ihr nach an die Küste, von der er das Mädchen erzählen hörte. Sie gab ihm recht. Es war alles schwierig in seinem Fall, und sicher läge es auch an ihr, seiner Frau, daß alles, vieles so fest geworden war. Sie könne ihn verstehen, sie, seine Frau manchmal gar nicht. Sie ist oft zu, innen, ich meine, vielleicht einfach schüchtern, traut sich nicht genau, denk ich mir, und ist daher unsicher, irgendwie, ich meine, wenn man sie reden hört, verstehst du, ist sie manchmal ganz anders. Aber vielleicht war sie einfach so ein Typ, irgendwie, und wenn, da könne man nichts machen. Sie selbst sei anders, ja, anders, hörte er sie von sich sagen.

Wie anders? Er sah sie wieder direkt an, das kleine runde, im Gegensatz zu den fettlosen Beinen etwas fleischige Gesicht war nah vor ihn hingehalten und machte wieder jenen saugenden Eindruck wie manchmal schnell in einem Augenblick, eine nasse Frau mit einer nassen haarigen Dose zwischen den Beinen unter dem Rock. Wenn er jetzt wollte, wenn er jetzt sich mehr, weiter vorbeugte und ihren Kopf jetzt nach hinten drückte über die Stuhllehne zurück, die Beine von ihr breit auseinandergestellt, den Roch hochgeschoben, überlegte er, dabei gleichzeitig auf sie, seine Frau dort an der Küste konzentriert, wohin er so dringend wollte und dann schnell am nächsten Tag auch mit dem Zug nachgefahren war, gleichsam um sie wieder einzuholen mit einem neu gestrichenen weißen Zimmer, ganz für sie allein in der Wohnung, doch er war ihr ebensowenig ruhig nachgefahren wie er das Zimmer für sie ruhig gestrichen hatte, sondern drängend, nur hastig drängend auf was zu?

Während der Bahnfahrt, die von Köln aus bis in den Abend gedauert hatte, waren es nur bestimmte ausschnitthafte Vorstellungen von ihr, die sich während des letzten Stücks, das er bis zum Küstenort mit einem Bus fahren mußte, für ihn gedrängter wiederholten, wie es sein müßte, wenn er mit einem Male wieder bei ihr wäre in einer anderen Umgebung, unbelasteter von ihrem Umgang.

Er glaubte, daß es wirklich so kommen müßte, wie er sich das ständig während der Reise vorstellte, eingezwängt in einem überfüllten Abteil am Fenster und in sich eingesackt, während er draußen eine flache Landschaft vorbeiziehen sah, Häuser, größtenteils auch flach, Klinkerbauten, die Fenstereinfassungen weiß gestrichen, Fenster ohne Gardinen und manchmal mit einem Spiegel am Fensterkreuz, um die Straße überblicken zu können von einem Sessel aus in einer Ecke, alles sehr sauber, geordnet, klein und überschaubar angelegt. Im Abteil um ihn das Reden, diese wie verstopft sich anhörende weiche Sprache, ein Sprechen, weich in die Kehle zurückgedrängt, höflich, cigaret, wilt U een cigaret? Alstublieft. Nou, dank U wel. Het weer is nog zo mooi! Ach! Wat een heerlijke zomer hebben wij dit jaar! Nou, dat is geen zomer, werkelijk niet. Nu is het nog mooi. Cigaret? Alstublieft. Und weiter wieder neue weite grüne Flächen, sauber aufgeteilt, draußen. Ein leerer Bahnhof, durch den der Zug hindurchfuhr, Gebäude aus Holz, die Bahnsteigüberdachung aus Holz. Ein kleiner Bahnhof. Und dazu weiter unruhig jene Vorstellungen kreisend in ihm, von ihm wiederholt, nicht bewußt, zusammengestückelt. Daß sie gelöst vor ihm stünde. Sehr zärtlich. Frei. Ihn zu sich heranziehend. Daß sie so einfach vor ihm stünde. Ihn ansehend. Sehr zärtlich. Frei.

Und gelöst. Daß sie vor ihm stünde. Sehr zärtlich ihr Körper. Unbedeckt. Frei. Ihn zu sich dicht heranziehend. Daß sie gelöst vor ihm stünde. Sehr einfach. Nackt. Ihn an ihre Nacktheit heranziehend, die er verdecken würde, nackt. Zwei unbekleidete Körper, wortlos zusammengedrängt, schubhaft neu, nackt. Immer derselbe Vorgang. Er kam in ihm hoch und trieb ihn vorwärts auf sie zu, stumm am Fenster des Abteils sitzend, über sich das wenige Gepäck, eine Tasche, rasch vollgestopft, und jetzt draußen die blauschwärzliche, nach Regen aussehende Dunkelheit mit dunklen großen Wülsten darin an einer Seite, Hügel, die dicht aneinandergeschoben waren und plötzlich hinter einem völlig kahlen glatten Feld einsetzten als ein ununterbrochener schwarzer Streifen, der die dunkel liegende ebene Fläche wie ein Wall absicherte gegen die Dunkelheit darüber und dahinter, ohne daß dazwischen irgendwo Lichtpunkte waren.

Das waren schon Dünen, mit hartem Gras und niedriger Flechte bewachsene Kuppen, tot und ausgetrocknet, ein breiter Streifen, durch den sie zwei, drei Tage später mit dem Kind in einem gemieteten dreirädrigen Strandwagen zurückzogen vom Meer weg zu dem Zimmer, das sie in einem vor der Küste gelegenen Ort bekommen hatte und ein garagenartiger Anbau war, der das Sommerhaus genannt wurde, provisorisch eingerichtet mit gerade dem Notwendigsten, einem Gaskocher, einem Klappbett, einem einzigen Stuhl, der aus Korb geflochten war, in dem sie abends gesessen hatte, das Kind zwischen den ausgebreiteten, hochgestellten Beinen unsicher schwankend. Er hatte sich das, von draußen geräuschlos herangekommen, einen Augenblick durchs Fenster angesehen, bevor er hineingegangen war,

sie, da sitzend, mit dem Kind, das offenbar gerade gegessen hatte, beschäftigt, und weiter sie da vor ihm in dem niedrigen Korbsessel mit auseinandergestellten Beinen und dem Kind ungeschickt zwischen den Beinen, die nackten, bloßliegenden Schenkel schon gebräunt, und immer noch einen Augenblick weiter sie dort sitzen sehend, in dem kahlen, leer wirkenden und etwas öden Raum in dem Licht mit dem Kind beschäftigt, das unsicher zwischen ihren auseinandergestellten Beinen schwankte, zufrieden, daß sie sich mit ihm beschäftigte und sie darin, in der Beschäftigung, ganz verloren, nichts als ein gewöhnliches Bild in dem einen Augenblick, als er das vor sich hatte, vorsichtig draußen neben der Tür am Fenster stehend und hineinblickend in den Raum, den er sich so niemals hätte ausdenken können mit ihr und dem Kind darin, beschäftigt auf eine dichte, enge Art, doch sehr einfach, so daß er sich völlig beruhigt wieder hätte umdrehen können, ohne ein Geräusch zu machen, und wieder verschwinden, lautlos, wie er gekommen war, mit dem nächsten Bus die leere flache Strecke bis zur nächsten größeren Ortschaft zurück und von dort aus wieder mit dem Zug weiter zurück eine halbe Nacht lang, um sich beruhigt und erschöpft in der Wohnung schlafen zu legen und lange bis in den nächsten Morgen hinein zu schlafen, wo dann dieser ganze große Aufwand vorher und dieses kleine wie zusammengeschobene Bild mit ihr und dem Kind zwischen den auseinandergestellten Beinen bereits wieder verschwunden gewesen wäre, wenn er sich bei der Gelegenheit nicht doch auch einmal das Meer, das er noch nie gesehen hatte, war er nun schon einmal da, gern angesehen hätte, wie es ankam in sich brechenden, übereinanderschwappenden Wellen, graugrün, mehr grau als grünblau das Wasser, viel Wasser, mit einem schmutzig-flockigen, perlenden Gischt auslaufend gegen den mit Holzsplittern, Flaschen, hier und da halb verborgen, und den Blechverschlüssen der Flaschen übersäten Sandstrand.

Weit hinten lag das Wasser sehr hoch, noch einmal zu sehen auf den paar Fotografien, die sie davon gemacht hatten, Wasser, das massig in hochgewellten, überlappenden Zügen aus dem verschwimmenden Hintergrund herankam gegen sie mit dem Kind oder ihn mit dem Kind vorn, und das war wenig, gerade nur eine Erinnerung, äußerst privat, von der er noch nicht einmal Rainer etwas hatte erzählen können, der nach ihrer Rückkehr noch immer im Mittelzimmer wohnte, aber bereits ein Zimmer gefunden hatte, das er einige Tage darauf bezog, so wie sie sich einige Tage darauf dann auch jene gelben Lackstiefel kaufte, von denen er ihr dort an der Küste zusammen mit dem für sie neu gestrichenen Mittelzimmer erzählt hatte, daß es sie nun endlich zu kaufen gab, Lackstiefel in den verschiedensten Farben, die sie beide lange vorher schon in einer Zeitschrift abgebildet gesehen hatten und die ihr besonders gefielen.

Die Stiefel gab es jetzt zum Winter überall zu kaufen in den Schuhgeschäften, und wenn er nachmittags ohne sie allein in der Stadt herumschlenderte, hatte er sie auch an anderen Mädchen vor sich, gelbe Lackstiefel, eigelb und glänzend oder lackrot oder weiß, aber anders jedesmal wieder als an ihr, obwohl sie bei ihr genauso fest an den Beinen saßen, sie schienen trotzdem fester, strammer an den Unterschenkeln des Mädchens zu sitzen, das ihm gerade auf der Straße aufgefallen war, das ihm entgegenkam, ihn überholte, vor ihm die Straße überquerte.

Er drehte sich danach um, etwas suchend, begriff er dann, und dann wieder, wiederum wie etwas suchend an einer anderen Stelle, womit sie jedesmal nichts mehr zu tun hatte, nicht sie, zurückgelassen in der Wohnung oder mit dem Kind gleichfalls unterwegs in der Stadt, um noch einzukaufen. Er war von ihr entfernt, aber noch viel entfernter von dem Mädchen, dem Gesehenen unmittelbar vor ihm auf der Straße, beunruhigt von allem, was er gerade vor sich hatte, irgendwie suchend und davon ausgeschlossen.

Auf dem Rückweg ging er noch einmal durch das Schnellimbißrestaurant. Er traf dort Gerald, wie immer in seiner kurzen Lederjacke und nun dazu einen kurzen, viel zu kleinen Kinderschal lose um den Hals gebunden. Gerald saß allein an einem Tisch mitten unter den Jugendlichen, Schülern meistens, die nachmittags bis in den Abend hinein sich dort aufhielten in losen, lebhaften Gruppen, bunt durcheinander mit Mädchen, die Gerald hier ungestört lange beobachten konnte, wie sie aus dem etwas tiefer gelegenen Teil des Restaurants, wo das Büfett war, die drei, vier Treppenstufen hochkamen und vorbeigingen, sich zu den Jungen setzten. Er fragte sich, wie Gerald das sehen mochte, während er sich ihm gegenüber hinsetzte, müde und leer von dem ziellosen, unruhigen Umherschlendern. Die sieht doch gut aus, sagte Gerald. Er sah einem Mädchen nach, das hinunter zum Büfett ging, die Haare lang, sie hingen lose den Rücken herunter, der Rock kurz, dazu blaßgelbe Strümpfe, die leicht changierten. Er erkannte das Mädchen wieder. Er hatte es schon vorher in der Stadt gesehen und sagte, ja, gut, wirklich, sieht wirklich gut aus. Schlecht gelaunt, fragte Gerald. Nein, wieso. Ich dachte. Er sah ihn an und blickte dann wieder weiter runter in den tiefer gelegenen Teil. Mochte der denken. Sich weiter mit den Frauen beschäftigen, Frauen, wie er, Gerald, die Mädchen nannte, Frauen, das ist eine gute Frau, sieh mal, und das ist eine gute Frau, alles Klitorisfrauen, bei denen jedes Gefühl weit vorne saß, die anderen waren naß, nasse Frauen waren Vaginafrauen, die er nicht mochte. Und er schien ständig damit beschäftigt zu sein, sie alle irgendwie so aufzuteilen, während er vor einem Glas Cola saß und sie beobachtete, zurückgelehnt auf dem Stuhl, sehr lässig, mit dem kleinen Kinderschal um den Hals gebunden, das Gesicht darüber schmal, etwas spröde und schorfig geworden die Haut, die Lippen dünn, ein altes Kindergesicht, dachte er, als er sich Gerald vorstellte, wie der hier schon länger so gesessen haben mochte, allein an einem Tisch mitten in diesem Lärm. Er dachte, ist der alt, achtundzwanzig, ein Greis, noch sehr jugendlich, aber alt, ein Greis, der sich nachmittags hierher setzte und immerzu

Mädchen nachsah, Klitorisfrauen mit dem Gefühl vorn im Schlitz, jetzt, und jetzt wieder, während er einem anderen Mädchen zusah, das vom Büfett mit einem Glas Coca-Cola heraufkam und sich zu der Gruppe am Tisch gegenüber setzte. Der Rock zog sich weit die Schenkel hoch, so daß der verstärkte Strumpfrand zu sehen war, der sich an der Seite in einer Spitze zusammenzog. Gerald lachte. Und sonst? Nichts sonst. Schon den neuen Film gesehn? Welchen? Von Budd Boetticher. Ist gut, nicht. Gut. Der Plan ist einfach. Einer sitzt auf einem Stuhl allein in einem Zimmer und starrt auf die Tür. Wer wird gewinnen? Legs Diamond hält die Pistole hin und sagt Hallo, ist da, im Fenster, aus dem er den andern rausspringen läßt. Die zwei Typen von dem rennen auf die Straße, leicht abzuknallen, und Legs holt sie sich. Die Eleganz dieser Szene ist die Eleganz von Musik, die man nicht hört. Die lassen nichts liegen, sagte Gerald. Alles prüfen, das Beste behalten. Technisch haben sie den besten Wirkungsgrad. Bei Hegel ist der Verbrecher der vom Absoluten Verlassene, eine ganz gute Definition von Freiheit, find ich, Aufhebung der Entfremdung, die Vermittlungen werden einfach durchschlagen. Was die Sachen bei uns so abstrakt macht, ist das Geld, die gehn einfach auf die Dinge zu, mit so 'ner partiellen Idiotie. Aber keine überwertigen Ideen und all der Überschuß im Kopf, nicht der ganze miese Leerlauf wie bei den Leuten hier.

Über den Platz draußen bewegte es sich überall unruhig durcheinander, nach fünf, Büroschluß, und rings um den Platz waren die Leuchtreklamen an, verlöschten und gingen ruckartig steif schnell wieder an. Dieses Verlöschen und Aufleuchten war ebenso lebhaft wie über dem Platz verstreut die Leute, die durcheinandergingen, die Schienen überquerten und dann von den Schienen plötzlich zurücktraten, wenn eine Bahn einbog oder unter dem Restaurant weggezogen kam und zur Haltestelle rollte, gleichmäßig sich verlangsamte und neben dem schmalen Glaskasten mit den Kinoplakaten hielt. An dem vitrinenartigen Kasten drängten sich mehr Leute zusammen, schwarze Umrisse gegen das Licht, Leute, die frei hatten und nun auf ihre Bahnen warteten, um zurückzufahren in ihre Zimmer, ihre Wohnungen, und die dann da waren, erwartet oder nicht erwartet, nicht sehr, gar nicht, allein. Sie hatten alle irgendwo ein Zimmer, eine Wohnung, mit Sachen vollgestopft, die sich mit der Zeit an bestimmten Plätzen angesammelt hatten. Schuhe an ein und derselben Stelle, jahrelang hingestellt unter einem mit einem kleinen karierten Vorhang verkleideten Abstellbord in der Küche, in dem auch die durchgesehenen Zeitungen und Zeitschriften lagen, die Anzüge, Jacken, Hosen und Kleider auf Bügeln im Kleiderschrank, die älteren Sachen aus dem Schrank genommen und in den großen schwarzen Koffern verstaut. Unter dem Spülstein stand der Abfalleimer, das Radio und der Plattenspieler standen in dem größeren vorderen Zimmer in der Ecke neben der Balkontür, und an weißgestrichenen Wänden waren Bilder aufgehängt. Gegenüber lag das Badezimmer, wo in einem Stoffbeutel die dreckige Wäsche aufbewahrt wurde, Unterwäsche, Hemden, die Windeln hingen zum Trocknen auf einem einfachen Gestell, und in der Badewanne stand die kleinere Wanne aus gelbem Kunststoff. Er wußte plötzlich, daß er sich seine eigene Wohnung vorgestellt hatte, aus der er nicht mehr herauskommen konnte, wenn er heraus wollte, was nicht sicher war, sobald er sie sich irgendwo draußen vorstellte, und dann doch sicher war, wenn er sich selber wieder darin sah. Nicht aus der Wohnung. Die war gut. Die Wohnung war billig und bequem. Man war immer gleich in der Stadt. Wo heraus aber dann, wenn nicht aus der Wohnung. Also doch heraus aus der Wohnung. Nein, nicht. Nur zurück wollte er in solchen Augenblicken nicht. Dafür gab es keinen Grund außer dem, daß sie da war mit dem Kind, womit er doch zurechtkam, sagte er sich, er kam damit doch wirklich zurecht, so wie man damit eben zurechtkommen konnte, nicht allzu schlecht, trotzdem dort wie herausgetrieben, wofür es aber ebenso keinen genauen Grund zu geben schien wie dafür, daß er jetzt schon zurückgehen sollte oder auch etwas später, noch später, nachher. Dann lag es eben doch an ihr, dazu an dem Kind. Sagte man es so, war es nicht richtig. Es war genauso, wie wenn er in ihrem Zimmer saß, spätabends, der elektrische Heizapparat lief, und er war noch zu ihr hineingegangen, während sie sich bereits hingelegt hatte. Dann waren es auch immer bloß diese kleinen banalen Details, die er aufnahm, die eingedrückte violette Tube Hautcreme auf dem niedrigen Hocker neben ihrem Bett, ihre zusammengelegte Unterwäsche auf einem Stuhl und am unteren Rand des Spiegels gleich hinter der Tür jene stumpfen, kaum deutlich zu erkennenden Flecken, wo das Kind hingefaßt hatte, sich selbst nah im Spiegel vor sich sehend.

Das war immer noch da, wenn er sich wieder in seinem Zimmer aufhielt, untätig mitten in den Erinnerungen, wie es denn vorher war, im Sommer, besser als jetzt, mußte er zugeben. Sie waren alle zusammen weggegangen, irgendwohin, tanzen, Musik hören in dem Keller oder italienisch essen. Und warum setzten sie das vom Sommer her nicht weiter fort, nachdem sich alles wieder etwas mehr beruhigt zu haben schien. Gerald war da, nicht weit von ihnen entfernt, Rainer etwas weiter weg, das Mädchen ganz in der Nähe.

Außerdem waren sie gewöhnlich zu Hause, für die anderen leicht erreichbar.

Manchmal wartete er sogar ausdrücklich auf einen von ihnen, Rainer, Gerald oder das Mädchen. Und sie kamen auch hin und wieder. Rainer gewöhnlich donnerstags nachmittags, wenn er frei hatte, um mit ihm wie anfangs in die Buchhandlung zu gehen oder durch die Stadt. Abends kam gelegentlich Gerald. Zwischendurch das Mädchen, das nun die Abschlußprüfung hinter sich gebracht hatte und auf Anstellung wartete. Sie saßen vorne bei ihm im Zimmer und hörten Schallplatten, neue, die er sich auf einem seiner Gänge durch die Stadt gekauft hatte. Nachher gingen sie gewöhnlich noch weg, um irgendwo ein Bier zu trinken. Rainer erzählte von der Gruppe, die im Moment im Story am Ring spielte und gut sei, außerordentlich, erstaunlich gut für den Bums, sie sollten sie sich einmal anhören, es lohne sich. Es wurde spät. Danach saß er dann wieder mit ihr in der Küche. Sie stellte die Sachen für das Kind am nächsten Morgen zusammen, füllte Milch ab und kochte sie auf. Sie ging ins Badezimmer. Er konnte sie dort sich hin und her bewegen hören. Wasser begann zu fließen. Das Geräusch war hell, sehr klar, und er dachte, Wasser, das läuft, es wird gleich wieder abgedreht, dann ist es still, dann ist es wieder sie, die hereinkommt, schon abgeschminkt.

Sie stellt die Schuhe zusammen, die vor dem Abstellbord durcheinanderliegen. Räumt den Tisch ab. Sieht sich suchend um. Sie geht hinüber in ihr Zimmer. Er wird nach vorn in sein Zimmer gehen, noch nicht so müde, um sofort einschlafen zu können, aber auch nicht mehr frisch, um noch angestrengt lesen zu können. In der Wohnung wird es still sein. Leer. Nebenan liegt sie im Dunkeln und schläft. Hat das Oberbett hoch an den Kopf herangezogen, so daß der Kopf kaum noch zu sehen ist. Hinten im Zimmer liegt das Kind, gekrümmt zu einem rundlichen Wulst, der sich ruhig hebt und senkt.

Das ist es. Er hat das oft genug gesehen. Das ist es, immer weiter das, so eng und so wenig, durchsichtig wie das Geräusch des fließenden Wassers im Badezimmer, auf das er lauschte, bis mit einem Male alles wieder so war, rasch von einem Augenblick auf den anderen verändert. Sie stand am Tisch in der Küche, klein im Licht und klein mit ihm in dem viel zu großen Küchenraum, der das Licht schwach wirken ließ. Der große Raum mit der hochliegenden abblätternden Decke schien das Licht aufzusaugen.

Auf dem Schrank lagen die zwei großen alten Koffer, in denen alte Kleidung aufbewahrt wurde, die wahrscheinlich schon schimmelte. Der Raum war feucht. In großen verschwommenen Placken hatte sich um die Fenster herum unter der Tapete die Feuchtigkeit festgesetzt. Die Fenster schlossen schlecht. Die Holzrahmen hatten sich verzogen, und wenn Regen dagegendrückte, begann nach und nach sich auf dem Fensterbrett Wasser anzusammeln, Lachen, die größer wurden und herunterzutröpfeln begannen trotz des davorgelegten Aufwischtuches.

Die ganze Küche wirkte abends in dem schwachen Licht schmutzig und vernachlässigt mit Sachen von ihm, von ihr und dem Kind, gerade so weggelegt, wie es gepaßt hatte, ohne daß sich einer von ihnen dabei etwas gedacht hatte, bis es in so einem Augenblick wieder war, als sei ihr Mißtrauen gegeneinander, dieses lästige störende Gefühl, das sich zwischen ihnen beiden über eine lange Zeitspanne hinweg herangebildet hatte, dort hineingezogen, so daß es jetzt wirklich nur noch diese Sachen waren, ein Pullover von ihr, die gelben Lackstiefel, die von ihm nicht länger mehr zu übersehen waren. Sie waren da und zuviel, alles viel zuviel, jetzt wirklich zuviel und wie selbständig geworden.

Sie verstand nicht, weinte, du siehst alles so falsch, was soll ich denn noch machen? Konnte er das wissen? Er wollte das nicht mehr von ihr hören, nicht mehr, nichts, ihre Stimme nicht mehr, die vom weinerlichen Gefühl zugeschwemmt war. Er ahmte sie nach, aaah, ja, ja, was soll ich denn machen, ja, was soll ich denn machen! Das eigene Schreien regte ihn noch mehr auf. Was wollte er denn von ihr überhaupt, sah sie das denn nicht ein, was wollte er denn, nichts, nichts wollte er von ihr. Nur das. Und dann wieder etwas ganz anderes. Dieses. Warum gab sie ihm das nicht, dieses, nichts Bestimmtes, das. Er begann noch einmal gegen ihr Weinen anzuschreien und konnte wieder sich selbst laut schreien hören, weg, weg, das wollte er dieses Mal endgültig. Oder meinetwegen hau du doch ab, hau endlich ab, je eher desto besser, hier, er stand hastig auf, kopflos geworden, wobei sie vor ihm zurückwich, sah er noch, sie hatte Angst, geschlagen zu werden.

Hier, und er ließ sie stehen, um im Flur aus seiner Jackentasche das Geld zu holen, nimm das. Er warf das Geld auf den Tisch. Hier, hier, nimm das und hau ab, hau schnell ab, schnell, verschwinde, atemlos und genauso überstürzt gesagt, wie er aufgestanden war. Also los, los, mach doch schon, hau ab, hau ab. Sie starrte ihn an. Ihr stummes hartnäckiges Starren und das zurückgehaltene Weinen ließen ihn bereits wieder erschlaffen. Erschöpft setzte er sich zurück an den Tisch, lächerlich erschöpft von nichts, von nichts, mein Gott, nichts, lachte er verständnislos mit dem Kopf schüttelnd auf. Nichts. Er hatte sich aufgeregt wegen nichts und war wegen nichts deshalb jetzt völlig wirr im Kopf, hysterisch aufgeregt, mochte sie denken, er ist hysterisch, regt sich wegen nichts auf. Trotzdem war da was. Was? Was war das denn? Nichts. Da lagen umgekippt ihre gelben Lackstiefel. Durch die Tapete seitlich des Fensters schimmerten verwischt Placken Feuchtigkeit. Sie stand unbeweglich vor ihm zurückgewichen am Spülstein. Nichts. Es war nichts. Verrückt. Jede Anstrengung war umsonst. Er war nicht durchgekommen. Es war schon zu spät. Nach eins. Und das Licht war trüb. Sie hatte die Schüssel gespült, in der sie morgen früh den Brei für das Kind anrühren würde. Ein sauberer Teelöffel lag daneben. Und daneben stand die Packung Gries. Einfache Sätze. Aber jeder Satz war falsch. Er dachte sich durch sie hindurch. Nichts. Sie stand da an den Spülstein gelehnt und sah immer weiter auf denselben Punkt. Dieser Punkt war er. Irgend so ein Knoten da am Tisch. Nicht zu begreifen. Wie mußte sie ihn hassen, oder noch nicht einmal hassen, einfach nur nicht verstehen, wo es nichts zu verstehen gab außer einer Müdigkeit, an der er herumzerrte. Sie gab nicht nach. Wirklich verrückt. Er gab ja schließlich auch nicht nach, warum sollte sie immer nachgeben. Immer? Wann gab sie schon nach, selbst wenn sie nachgab, wie sah das denn aus, als ob sie eine riesige Anstrengung vollzöge ganz weit weg von ihm, damit er das nur ja auch merke, daß sie nachgab, immer sie, dabei war er es doch, der nachgab, ohne keinmal zu vergessen, es sie deutlich merken zu lassen, er war's, er war's, nicht sie, der jedesmal nachgab, als ob das eine riesige Anstrengung bedeute, so ganz von hoch oben etwas zu ihr herunterzureichen, und was, was war das denn? Nichts! Sie haßte ihn noch nicht einmal, dafür war das einfach viel zuwenig. Sehr gut. Was er ihr geben wollte, war zuwenig, es reichte noch nicht einmal aus, daß sie sich enttäuscht fühlte, oder anders gesagt, ihn hassen konnte, es war gar nichts. Sie war viel, oh, so viel, er konnte es nur nicht fassen, was, das, sie, sie meinte sich selbst, lächerlich, wenn er nicht verstand. Jetzt war es wieder er. Und gleich? Es gibt kein gleich, hau doch ab, hau du doch ab, nein, warum nicht, warum nicht, warum nicht, ganz einfach, ich will nicht, aber wenn ich will, dein Pech, ganz persönlich. Das waren andere einfache Sätze. Er konnte sich durch sie hindurchdenken und kam nirgendwohin damit. Mein Gott, mein Gott, worum geht es denn jetzt schon wieder? Um nichts! Den anderen! Du redest absolut Quatsch. Aaah, Quatsch, ja, so sah sie das alles, was alles, alles, das hier, was so um sie herum war, sie selber, er, sie, immer wieder sie, immer wieder er, das hörte nicht auf, für keinen. Jeder muß das bis zum Ende wissen. Niemals etwas weggeben für nichts. Genau das wollte sie wissen, stimmt's? Mein Gott, mein Gott, es hörte tatsächlich nicht auf. Da hast du's! Wer, du meinst mich, wen sonst, mich, ja dich, ah, so meinst du das, ich geb dir gleich ein paar Schläge vor das Plätzchen, wenn du mich noch einmal schlägst, ich schlag dich kaputt. Kaputt, kaputt, kaputtmachen wollte er sie, kaputtmachen, ja, kaputtmachen, er war noch lange nicht kaputt, würde sie sehen, noch lange nicht kaputt, eher würde sie dabei kaputtgehen, endgültig, dann aus, weggeworfen, auf den Müll, aus, vorbei, warum haust du nicht endgültig ab, zieh Leine, los, mach schon, hau ab.

Ohne sich zu bewegen, stand sie an den Spülstein gelehnt und sagte nichts. Er saß am Tisch, immer noch in der Jacke, mit der er von draußen hereingekommen war, er hatte noch etwas gegessen, während sie die Windeln des Kindes ausgespült und sich zum Schlafengehen fertiggemacht hatte und schlafen wollte, weil sie müde war und sonst nichts. Sie fing ja schon wieder an! Gab nicht nach, weil sie sich immer so im Recht fühlte! Woher kam sie denn? Darauf lief alles hinaus. Wenn du jemanden hättest, der dir abends sagt, wie schön du bist, unermüdlich immer dasselbe sagt, und du hättest nach und nach eine vollautomatische Küche zusammengekriegt! Dieser Gedanke ließ sich ohne weiteres in einzelne Bestandteile zerlegen. Die Anwendung war, sie langsam im Mund zergehen zu lassen. Dafür war es schon zu spät, dachte er, kaputt, sie sagte nichts mehr und er sagte nichts mehr, einfach zu kaputt, sie waren beide müde, das Licht in der Küche war schlecht, ungespültes Geschirr stand herum, oben auf dem Schrank die schwarzen alten Koffer mit den alten Klamotten, eingemottet für den Sommer, er rauchte eine Zigarette, beide hatten sie Angst, irgendwann war alles vorbei, dann wieder irgendwann fing alles weiter von vorne an, man konnte schließlich nicht einfach aufhören, sondern mußte immer weiter so reden, ohne daß etwas gesagt wurde, weil keiner von ihnen etwas sagte, sondern sich alles mögliche zu irgend etwas dachte, was gar nicht erwähnt worden war in diesem Zusammenhang. Und in einem anderen Zusammenhang auch nicht. War es dasselbe. Dann. Nämlich jetzt. Hier. Während er am Tisch saß und eine Zigarette rauchte, die Asche abstreifte auf dem Holzbrettchen, es schon spät war, sie erschreckt vor ihm zurückgewichen war an den Spülstein. Aber wenn sie jetzt wegging, ganz gleich, ob nur in ihr Zimmer, die paar Schritte, um sich schlafen zu legen, erschöpft und verweint, und schnell, wie er wußte, einschlafen würde, war es genau das, was er nicht hatte erreichen wollen. Eigentlich niemals, das war klar, niemals, weil er etwas völlig anderes hatte erreichen wollen, in diesem besonderen Fall, jetzt, hier, an diesem Abend. An einem anderen Abend aber auch.

Sie konnten deshalb zunächst einmal nur so da in der Küche bewegungslos einander gegenüber bleiben, er am Tisch, sie vom Tisch abgerückt, zurückgewichen gegen den Spülstein, zunächst immer so in dieser zuletzt eingenommenen Haltung, stumm, er auch, wie zurückgesetzt durch ihre Stummheit, hinter der er deutlich ihre Abneigung spürte ihm gegenüber, wie er dasaß am Tisch und ebenfalls nichts mehr sagte, sondern nur an der Zigarette rauchte und die Asche abstreifte auf dem Holzuntersatz, den sie natürlich wieder spülen mußte, er spülte ja nicht das dreckige Geschirr sauber, er nicht, er saß vorn in seinem Zimmer, das war alles, was er machte. Sie wußte sofort, noch während sie sich das vorstellte, daß das so auch nicht stimmte. Sie konnten beide deshalb in dem Augenblick nur erstarrt einander gegenüber verharren, ohne sich zu bewegen. Selbst diese Bewegungslosigkeit hatte nach und nach etwas System angenommen. Man konnte das System anfassen. Es war eine Zigarette, die er rauchte, dessen Asche er auf dem hölzernen Brettchen abstreifte, und der Spülstein in der Küche, gegen den sie sich müde zurücklehnte, ohne sich zu bewegen, den Blick auf dasselbe gerichtet.

Ich will nicht mehr. Die Wände im Badezimmer sind grünlich blau gestrichen. So leicht schien es zu sein, aufzustehen, und, nahm er an, auch ihr fiel es so leicht aufzustehen und wegzugehen, die persönlichen Sachen, wenige, die jeder gern mitgenommen hätte, in eine Tasche gepackt. Die Wohnung würde leer zurückbleiben, drei Zimmer, Küche in schlechtem Zustand, Bad, was man so Bad nannte, ein Toilettenbecken, ein Spülstein, eine Badewanne, kaltes Wasser, ein Boiler war zu teuer, dazu der Flur, leer, mit einigem Mobiliar versehen, würde leer zurückbleiben bis auf das hintere Zimmer, wo das Kind in seinem Ställchen schlief. Eine leere Wohnung, in der Stadt, die hinter ihnen zurückbleiben würde, wenn sie dann, jetzt, weggingen, beide auf einmal, zu gleicher Zeit in eine andere Richtung, um für sich etwas Neues zu suchen, jeder für sich allein, wieder unabhängig, einfach so, einen anderen Zusammenhang aufbauend außerhalb, draußen, irgendwo in einem anderen Viertel, sie dort, er dort, die Stadt war groß genug, daß sie sich vorerst nicht wiederzusehen brauchten auf der Straße, zurückgelassen, hinter sich gebracht diese Wohnung und das Kind und sich selber in einem bestimmten Zustand, diesen Zustand mit einem Tisch, an dem er starr sitzen konnte, und einem Spülstein, an dem sie starr, ohne sich zu bewegen, lehnen konnte. Die Flecken. Der Knoten. Das alles. Nichts. Wahrscheinlich würde er die Stadt hier überhaupt verlassen. Er würde ganz ausziehen, in eine andere Stadt ziehen, wo er wieder allein wäre, ohne jemanden zu kennen.

Er würde sich dort eine passende Arbeit suchen und ohne Schwierigkeiten auskommen für sich allein und nicht immer jeden Tag von neuem mit jemand anderem, mit ihr, nicht länger mehr mit ihr, so, diesmal so, auf sie lauernd, wo sie gerade war und was sie dort machte, und sie ihn belauernd, daß er da in seinem Zimmer saß, ohne daß sie etwas von ihm hörte, still, offensichtlich mit gar nichts beschäftigt, während sie dagegen noch immer trotz des Kindes, das er ihr natürlich völlig überließ, eine andere Arbeit zu erledigen hatte, um Geld zu bekommen. Daß sie das meiste Geld beschaffte, war dabei gar nicht einmal das Entscheidende. Sie bekam es ja schließlich hin, ohne daß sie sich viel anstrengen mußte, so wie er es hinbekam, noch immer etwas hinzuzuverdienen. Aber sie sah ihn in seinem Zimmer sitzen, weggehen, wiederkommen, wieder in seinem Zimmer vorn sitzen, von ihr entfernt, obwohl nur nebenan oder sogar direkt am Tisch in ihrem Zimmer und spürte seine Abneigung gegen sie, die vielleicht gar nicht immer sie direkt meinte. Was meinte er aber dann damit, was meinte er überhaupt, wenn er so dasaß und mit ihr zu reden anfing, was hatte er vorher gesehen, draußen, wo, mit wem draußen geredet, mit Gerald, mit Rainer, wahrscheinlich wieder einmal über sie, wie immer, und sie hatten sie dabei mit anderen verglichen, wie die waren, Frauen, andere Frauen, besser als sie, natürlich, nämlich viel geschickter, freier, bloß da und deswegen mehr als sie. Was wollte er denn also noch immer von ihr, was sie von ihm, wie, sicher nicht so, wie es war, verschüttet, doch wollte, sie, wollte, er, wollte, wirklich, irgendwas, wollte, ja, was, und wenn auch bloß das, manchmal zusammen in eine Spätvorstellung freitags oder samstags zu gehen und sich einen Film ansehen oder Schallplatten hören, aber nicht so, alles durcheinander, ständig mißtrauisch. Sie wollte, war bereit, das mußte er zugeben, in vielem so zu sein, wie er sich das vorstellte, und sie war auch so, gab er ihr zu, um sich abzuwenden, nach draußen zu gehen und es nicht mehr zu sehen, sobald er wieder draußen war.

Jedesmal war es für ihn ein befreiendes Gefühl, wieder unten aus dem Haus herauszukommen und sich einzufügen in die anderen Geräusche und Bewegungen, den Verkehr, die Leute, beschäftigt mit genauen Zielen, Aufgaben, die zu erledigen waren. Er hatte Zeit und konnte darin herumgehen, sich das ansehen, das Geschiebe, die Geräusche hören, Wagen, Leute, von alledem er sich wie von etwas Sicherem umgeben fühlte, das immer da war, eine feststehende Ordnung aus Geschäftszeiten, offenen Kaufhäusern, den einzelnen Ständen in den Hallen mit genau abgeteilten Waren, alles voll, aufgehäuft.

Sonderangebote, dekorierte Schaufenster, das Schaufenster eines Frisiersalons mit den vielen kleinen auf eine Glasplatte gestellten Metallröhrchen, silbern oder vergoldet, und daraus hochgeschoben glatte und matt feucht schimmernde rosafarbene, cremige Stummel, spitz, an einer Seite abgeschrägt, verschiedenfarbige Lippenstifte, Puderdosen, ebenfalls angeklappt, viele, und dazu passende Samttäschchen, Kämme, Spiegel, danach das Schaufenster mit Damenunterwäsche, ein Juwelierladen, an dem er vorbeiging, gedankenlos, trotzdem gleichzeitig voller Absicht, über die er, wie er merkte, sich nicht ganz klarzuwerden vermochte. Das, was er bemerkte, was ihm immer schnell in einem Augenblick auffiel, war meistens nicht deutlich genug. Es bedeutete immer mehr, wußte er, ohne zu wissen, was dieses Mehr war. Anderes trat dagegen wieder zu deutlich aus einem Zusammenhang heraus, Lippenstifte, aufgeschraubt, so daß der rosafarbene Stummel etwas heraussah, diese glatten schwachgetönten Enden. Wenn er aber auch das genauer begreifen wollte, die Bedeutung, die hier offener war, was war es dann wieder, was er sah, Lippenstifte, viele, die in einem Schaufenster ausgestellt waren, Lackstiefel am Bein eines Mädchens, das gerade vor ihm herging und die Straße zur anderen Seite hin überquerte, Geschäfte, Leute, die aus den Geschäften herauskamen und etwas Bestimmtes vorhatten, das für sie zu erledigen war, mehr war das nicht, mußte er sich sagen.

Das befreiende Gefühl hatte er schon längst wieder verloren, und jetzt war es wieder eine schwankende Unruhe, während er durch die Stadt ging, als ob er in einem viel zu großen Bild herumtappte, in dem er etwas vermutete, das unklar blieb, wie in einem Vexierbild, in dem man nach etwas Bestimmtem zu suchen hatte, einer Figur, die darin aufgelöst war als ausgesparter Raum, der an irgendeiner Stelle sicher vorhanden war und sehr präzise den Umriß der gesuchten Figur oder des gesuchten Gegenstandes abgab. Hier, an dieser Stelle in der Stadt, wo er sich gerade befand, blieb dagegen unsicher, ob überhaupt so etwas, und sei es nur als ausgesparter Raum, als leere Stelle, sich darin befand, in seinem Kopf unermüdlich verändert, neu zusammengestellt. Er tappte durch die Straßen weiter an den Geschäften entlang.

Rechts lag der Neumarkt mit dem erloschenen Springbrunnen.

Die Bänke waren fortgeschafft worden, auch die bauchigen großen Blumenkübel, die den Platz den Sommer über hatten verschönern sollen und auf die ältere Leute hingestarrt hatten, müde und fertig vom Stadtbetrieb, dem Lärm und dem Hin und Her der anderen Leute. Sie hatten auf die grünen buntgefleckten Ballen mitten in dem unruhigen Treiben gestarrt. Auch die Kübel auf der neu angelegten breiten Fußgängerstraße anschließend waren fortgeschafft, und um die Straßenbeleuchtung wurden bereits Weihnachtsdekorationen angebracht, Tannenkränze mit roten breiten Bändern umwickelt.

Er war oft so absichtslos durch die Stadt gegangen, häufig nachmittags mit Gerald, dann ebenso häufig mit Rainer oder auch allein, nur um herumzugehen, zu sehen, sich treiben zu lassen, und solche Gänge zwischendurch gehörten ebenso selbstverständlich dazu, hier in der Stadt zu sein, mittendrin, wie die Aufenthalte in dem Parkstück mit ihr, dem Kind. Das Herumgehen hatte für ihn dieselbe geringe Bedeutung, nämlich einfach dazusein wie alles andere und alle, offen nach allen Seiten und noch nicht bedrückt, mit Absichten belastet, etwas anderes finden zu müssen als Beweis, daß mit ihr und ihm nur noch wenig stimmte, gerade weil scheinbar sich zwischen ihnen alles wie gewöhnlich ergab. Er hatte sie, wie sie ihn. Sie konnten zueinander hingehen, sich nebeneinanderlegen, aufeinander, sich zusammen bewegen, sprechen, nicht mehr sprechen, stumm sein, jeder in seinem eigenen Zimmer. Sie konnte ihn in Ruhe lassen, er sie. Das Kind tappte unsicher schwankend aus dem hinteren Zimmer in den Flur. Und das war wie gewöhnlich und immer weiter wie gewöhnlich. Es blieb so, wenn er draußen in der Stadt herumging, wie bei so vielen, den meisten anderen Leuten auch, konnte er sich dann sagen und fragen, was denn, übertreib nicht, oder: mach das doch nicht schlimmer, als es ist. Es war gar nicht schlimm. Er hatte seine Pläne, seine Vorhaben, er mußte sich darüber erst genauer klarwerden, sie ordnen, irgendwie würde schon was dabei am Ende herauskommen, es gab so viel zu tun, obwohl Rainer oder Gerald, wenn sie ihn danach fragten, was er so mache, und er ihnen sagte, nichts, im Augenblick nichts, sehen konnten, er tat nicht nur im Augenblick nichts, sondern überhaupt nichts mehr von dem, was er gewollt hatte und worüber er sich mit ihnen gelegentlich unterhalten hatte. Von dem anderen, womit er sich abquälte und immerzu beschäftigte, wußten sie nichts oder wenig, und wenn sie davon etwas erfuhren, blieb es für sie unverständlich. Das. Was das war. Und was nur noch mit ihm allein zu tun hatte. Und das er ihnen auch gar nicht erklären konnte, zum Beispiel dieses ziellose Herumlaufen nachmittags in der Stadt. Das lange untätige Herumsitzen bei sich im Zimmer. Dieses Starren auf den einen Fleck, den es nicht gab, aber das Starren war da. Es war verworren, knotig, hing mit allem zusammen, mit Gerald und mit Rainer, doch nicht so, daß das eindeutig genug gewesen wäre, um es vor sie hinzustellen und zu sagen, sieh dir das mal an, hier diesen Knoten, auf diese Art geknüpft, und hier diesen Knoten, auf diese Art geknüpft, zusammengenommen ein einziges widersprüchliches Geflecht aus vielen Knoten, Antworten, Gegenantworten, Rechtfertigungen und Vorstellungen, Erlebnissen, Wunschbildern und Absichten, die versteckt gehalten wurden. Daß einer von ihnen darin sich völlig verfängt, zappelt und hängenbleibt, eine winzig kleine, kaum deutlich sichtbare Figur mit einem kleinen weißen Körper, ein kleiner, weißer, nackter Körper mit kleinen weißen nackten Armen, kleinen weißen nackten Beinen, die sich in dem Geflecht verfangen hatten. Sie. Einer mußte schließlich auf der Strecke bleiben. Sie. Das war gleichsam abgemacht. Und sie war es. Sie rennt über eine Straße, die Kreuzung dort bei dem Hochhaus, Wagen kommen schnell und dicht hintereinander aufgefahren heran, ein Wagen schleudert sie weg, gegen einen anderen Wagen. Alles geschieht sehr schnell und ist nur ein einziges zusammengeschobenes Geräusch, der stumpfe Aufprall ihres Körpers gegen die Karosserie, die Bremsen, das Schleifen von Gummi auf dem Asphalt, mehrere dicht nachgekommene Wagen, die aus der Bahn geraten, und sie wie leichter Plunder, ein Stoffballen, sich überschlagend in der Luft. Fast gleichzeitig kommt auch das Aufklatschen des Körpers auf der Straße, tot, sie, in dem Blechgerümpel, zuckt hier noch unregelmäßig mit einem Bein, das andere Bein verborgen, unter ihr abgeknickt, das Gesicht ist nicht mehr genau zu erkennen. Wie, wenn er zurückkäme, und sie wäre schon weg. Abtransportiert. Er übertrieb. Außerdem wäre das dann auch nicht seine Schuld. Sie war schließlich alt genug, allein über die Straße zu gehen. Mußte eben besser aufpassen. Keiner, niemand, der mit einem anderen zusammen lebte, stand fest, gesichert. Und dieses Schwanken gehörte dazu. Das einzige war, daß er nur zu warten brauchte, sich einmal eine Zeitlang nicht mehr rühren, und es so sein zu lassen, wie es war, er würde mit einem Male nachher sehen, daß es sich von selbst geändert hatte, verschoben und wieder geregelt, alles, womit er und sie vorher umgegangen waren, würde dann wieder neu dasein, noch einmal wie vorher.

Er erinnerte sich, daß ihm das auch schon einmal von den älteren Bekannten gesagt worden war, die so etwas schon hinter sich gebracht hatten. Er sollte es auch einmal von sich aus einsehen, daß es gar nicht nötig war, daß einer dabei draufging, sie, auf der Straße überfahren. Oder, und das nur so eben gedacht, sein Verlöschen, wenn er überhaupt noch da war, was er gar nicht mehr richtig sah, er war ja schon gar nicht mehr da, war schon ausgeschlossen, und es war unwichtig geworden, ob ausgeschlossen durch sich selbst, während er weiter draußen in der Stadt herumging, stehenblieb, wieder zurückging, wegging, sich neue Zeitschriften kaufte und in einem Kaffeeladen mit Ausschank eine Tasse Kaffee trank, rauchte und auf die Leute sah, die draußen an der Fensterwand vorbeigingen.

Er trank den Kaffee aus und ging weiter, wie die anderen scheinbar beschäftigt, schnell, oder nachlässig, von einer Gangart plötzlich in die andere gefallen, um sich immer weiter unter den anderen auf der Straße herumzubewegen, ohne dabei aufhören zu können, andauernd zu sehen, sich etwas anzusehen, die Läden, die Leute darin, Schaufenster, in den Schaufenstern die ausgestellten Sachen, bunte Hemden, elegante modisch geschnittene Hosen, französischer Breitcord, mit breiten Ledergürteln, buntfarbige Socken, Socken aus Frottierstoff, breite Schlipse, Jacketts, Kleider, silbrige Strümpfe, Stiefel, wollige violette Röcke,

und jedes einzelne Teil war gleichzeitig auch immer wieder an den anderen zu sehen, die ihm entgegenkamen, ihn überholten, vor ihm die Straße, seinen Blick kreuzten und schräg hinter anderen Leuten wieder verschwanden, ein Mädchen in kurzem violetten wolligen Rock, der die Beine lang wirken ließ, dazu hohe, eng und fest an den Beinen sitzende Wildlederstiefel, das lange Haar sehr leicht um das Gesicht frisiert, dazu ein Mann in einer tief auf den Hüften sitzenden engen Hose mit breitem Gürtel, das Hemd türkisfarben, die Jacke auf Taille geschnitten, lang, aus weichem samtigem Stoff. Alles schien so genau zueinander zu passen und häufte sich um ihn fortwährend herum, Knie, sehr weit frei gelassen von einem Rock, der eng saß, der Pullover graubraun mit Zopfmuster, darin der rundliche Abdruck von Brüsten, der das streifige Zopfmuster breiter auseinanderzog, Gesichter, die sich drehten, Mädchengesichter, offen, frei, sehr unkompliziert, schön, schön zurechtgemacht, jung, so jugendlich und sehr einfach, wie er zu sehen glaubte, immer anders, es wiederholte sich andauernd um ihn herum als etwas Einfaches, Unkompliziertes, bedrückend lebendig, bunt, bewegt, überall, Beine, Füße, an der Stelle, fortgezogen, an einer anderen Stelle in dem Gewirr wieder aufgetaucht, dort, anders, andere Beine, Knie, Gesichter, Abdrücke von Brüsten, Titten, die beim schnellen Gehen unter dem Pullover, dem Kleid, einem Mantel etwas auf und ab hüpften, Titten, Titten, Fotzen, versteckt zwischen den Beinen oben, Schenkel, Knie, die halbe Drehung eines Gesichts, ein Mädchen, das lachte, das Haar zur Seite gerutscht, nach vorn gefallen ins Gesicht und aus dem Gesicht wieder mit einer kurzen Handbewegung nach hinten geschoben, fast so wie auf den Bildern, ausgeschnitten, an die Wand gesteckt, in einer durchgehenden anhaltenden Bewegung, lebendig, sehr lebendig, lebendig festgehalten mitten in einer Drehung.

Sie bewegten sich, drehten sich so viel freier, lebendiger auf der Straße nachmittags, beschäftigt, aber frei, wohin er sich auch wandte, wieder so lebhaft, frei, vor ihm aufgehäuft, während er mitten darunter abnahm, weniger wurde und herumschwankte, eine schlechte Figur, die er machen mußte, beeindruckt von der Lebhaftigkeit, dem bunten Gedränge. Er wollte das auch so haben, so sein, wollte mehr davon für sich, wie selbstverständlich, so, hier, nun, jetzt, er, mitten darunter, wollte gleich deutlich anwesend sein, gleich stark, lebendig, dazu war das alles ja da, Sachen, Körper, einzelnes, in dem Augenblick jetzt und immer, gesteigert, um selbst damit gesteigert dazusein, während ihn das im selben Augenblick aber auch ebenso heftig abstieß, ihn mehr und mehr bedrückte, das hier, so bunt, so lebhaft, so wie es sich ihm jetzt zeigte, war das ja gar nicht wahr, nicht so, wußte er, und dies war nicht da, gab es nicht, nicht für sie, sie war nicht so, warum eigentlich nicht, sie war aber nicht so, obwohl sie mitten darin sich genauso bewegen konnte, doch nicht so, nie, so war es nicht bei ihr, wenn sie darunter war. Sie war nicht diese ausgesparte Stelle, die Figur, umrissen von den anderen, eindeutiger erkennbaren Umrissen, sie, seine Frau, sie, die ausgesparte Stelle, war es nicht, wonach er herumsuchte, wenn er nachmittags dort herumging, zuerst selber unbeschwert aus dem Haus herausgekommen, frei in seinen Bewegungen unter den anderen Leuten und ohne ein besonderes Ziel außer dem Kiosk mit den Zeitschriften oder dem Kaffeeladen mit den runden Stehtischchen, den Schaufenstern, den Sachen darin, die er sich im Vorübergehen ansah, selbstverständlich, und dann, an irgendeiner Stelle angelangt, plötzlich nicht mehr selbstverständlich, sondern hastig, überstürzt immer weiter nach vorn in einen leeren Raum hineingetrieben, den er selber unsichtbar überall mit hinbewegte.

Innen erschöpft kam er zurück, aber mit etwas vollgepumpt und darauf versessen, fast gierig, das jedoch nicht in die Tasche zu stecken war, nicht einzupacken in Plastikbeutel und zuzuschnüren, zusammenzubündeln, Knie, der Abdruck von Brüsten in einem Pullover, einzelne Brüste, nicht Brüste, Titten, Schenkel, Fotzen, die Nässe, Haar, die Drehung eines Körpers, eine bestimmte Bewegung, alle diese einzelnen Teile und all das Gehen darunter, dieses andauernde Gehen von ihm mitten darin, das ihm aber immer wieder nur zeigte, daß er zurückgehen mußte, die Treppe hochgehen in die Wohnung, vierter Stock, Altbau, die Wohnungstür aufschließen.

Er konnte nicht irgendwo anders hingehen, konnte nicht weggehen, um irgendwo anders zurückzukommen mit jemand anderem. Man ging nicht weg und kam woanders an, was sich aber doch sehr einfach regeln ließe, allgemein vereinbaren. Dann ging man genauso herum und traf auf wen, mit dem man irgendwo anders hinging. Statt dessen mußte überall jeder nun noch einmal zurück in seine eigene Beschissenheit, von Seich in seine, Cymaniak in seine, er in seine eigene Beschissenheit zurück und darin festgesetzt mit dem alten Dreck, dem Muff, der schon seit immer da war und den man nur noch größer machen konnte, um sich bis zum nächsten Male dahin zurückzuziehen, das hieß, unten einen schäbigen Hausflur zu durchqueren, in dem es ständig muffig roch und der dunkel war, der Fliesenboden war gesprungen und an der Seite um die Briefkästen herum mit Postwurfsendungen und Prospekten gefleckt, von Haus zu Haus, an alle Hausbewohner, Faltprospekte mit Sonderangeboten von neuen Möbeln. In der Ecke neben dem Kellereingang waren Tüten mit Abfall hingestellt worden. Das untere Fenster des Treppenhauses war verstaubt, es fiel nur wenig Licht auf den unteren Treppenabschnitt. Erst weiter oben wurde es heller. Er öffnete die Wohnungstür und trat ein. Als erstes sah er wieder die Sportkarre im Flur stehen. Gleich darauf hörte er die üblichen Geräusche aus dem Badezimmer, wo sie mit dem Kind war, nicht verschwunden, nicht bereits abtransportiert, tot, weg, sie war nicht überfahren worden oder einfach mit dem Kind verlorengegangen in der Stadt, wunderte er sich, als er sie hörte und dann, wieder in sein Zimmer gegangen und am Tisch sitzend, noch einmal hörte, jetzt im Flur, wo sie sich mit dem Kind bewegte, das offenbar in sein Zimmer wollte, weil es durch die gehämmerten Glasscheiben innen Licht sah.

Im Zimmer war es warm. Das Zimmer war groß und geräumig. In der Mitte stand groß der Tisch. Neben der Tür in der Ecke das Bett. Die Bücher in einer Reihe auf dem Brett, das sich niedrig längs der Wand hinzog. Am Ende des Brettes das Radio. Die

Schallplatten. Der Plattenspieler. Still, ohne eine Bewegung, blieb er am Tisch sitzen, in sich zusammengezogen, eine schäbige Figur, klein, schlapp, zurückgefallen in sich selbst, krümelig, ein in sich zerfallener Rest, der sich einbildete, ich kann nicht mehr, wie, wohin, bedrückt, ich kann nicht mehr, alles um ihn herum war leer.

Er hatte zurückgefunden in sein Zimmer an den Tisch, tastend, von sich selber abgerückt und so wieder auf sie zugehend, unsicher, etwas hilflos, was er aber zu unterdrücken versuchte, als er bei ihr wieder anfing, ich habe heute nachmittag in der Stadt Schuhe gesehen, weißt du, mickrig und ungeschickt damit beginnend, das vor ihr herauszulassen, was er meinte, obwohl er ihr nur die Schuhe beschrieb, flach, mit Blockabsätzen, so ungefähr, verstehst du, die Hand dabei zu einer flachzangenartigen Öffnung gekrümmt. Das war dann schon wieder etwas ganz anderes. Er hatte etwas anderes gemeint, gewiß, nämlich den Rest. In ihm selber auseinandergefallen, so daß er noch einmal damit von vorn anfangen mußte. Mit den Bildern. In der Zeitschrift, die er aus der Stadt mitgebracht hatte und die sie nun durchsah. Er schaute mit zu und alles wiederholte sich für ihn, was er draußen gesehen hatte, bedrückend deutlich in ihrer Nähe, jene Bewegung, der Rock, der eng saß, an den Oberschenkeln gespannt, bei dieser Bewegung, breitbeinig hingestellt, und dann bei jener Bewegung, den Oberkörper ruckartig herumgedreht ins Bild, so daß jetzt der Pullover, dessen genaue Beschreibung an der Seite des Bildes stand, Wollqualität, Ausführung, Größe, Farbe, von welcher Firma, sich eng spannte, dann ein Gesicht, lachend, dieses Gesicht, lachend, sehr lebhaft, jung, vergrößert, nur Lippen, diese kleinen geschwollenen roten Wülste, dazwischen die Öffnung, ein Mund. Die Lippen konnte man für bogenförmig gekrümmte lebendige Dinger halten, feuchte, entkrustete Dinger, Dinger von irgendwas, das weich war. Auf einem anderen Bild war es genauso. Als sie sich das nun zusammen ansahen, hatte alles gar nichts mehr mit ihr zu tun, obwohl es ihm vorkam, als seien es auf einmal die ausgesparten Stellen in einem Vexierbild, jetzt, gemeinsam gesehen, auf den Kopf gestellt das Bild und darin die gesuchte Figur, gefunden, da, eindeutig, da vor ihnen, da, die Finger, die Lippen, ein Gesicht, die mit einem Ruck stillstehende Figur, diese Figur hier oder was, wer, das, was er gesucht hatte, da war es doch, anwesend, und sie beide, genaugenommen nur er, hilflos davor, hatte sie nun gefunden.

Für sie, die sich das auch genau ansah, wie man sich in einer Zeitschrift Bilder ansieht, war es bloß ein Grund, ihn nicht richtig zu verstehen. Er sollte sie damit zufriedenlassen und sie nicht andauernd auf etwas hinstoßen, nicht ihr das anpreisen, das da, das da, das da und da das, da das, da das, das, da, für sie, doch nicht für sie, wehrte sie ihn ab, sie wollte das gar nicht immer. Warum nicht? Gut, meinetwegen. Nein, nicht so auf diese Art, gut meinetwegen! Er merkte, es ging nicht mit ihr. Oder was, wie? Oh, so träge, so schwerfällig. Das war sie nicht. Doch. Zu langsam, und dann zu schwer von einer Stelle auf die andere zu kriegen. Nein. Sie verstand ihn jetzt nicht, worum es ging. Grundlos begann er sie in die Enge zu treiben, merkte er das denn nicht, immer in die Enge. War sie ein Tier? Wenn sie ein Tier wäre, ein wenig, wenigstens etwas davon. Ein Vogel, buntgefiedert, ausstaffiert mit bunten Federn und so? Hahahaa, ein Vogel, nicht so. Nein. Kein Vogel. Eine Masse Fleisch, eine Wärmemasse, irgend etwas, das weich war, entkrustet, bogenförmig gekrümmt. Etwas Weiches, Angeschwollenes. Lebendig, unkomplizierter, einfach etwas, das da war, so, und etwas, das ein wenig mehr feucht war, schwer. Etwas, das sich rührte, fortbewegte von dieser Seite auf die andere. Schwappend? Sie meinte verärgert, was er denn noch eigentlich verlange, was noch mehr, was sie sein solle, in die Enge getrieben. Er sah das ein. Die Heftigkeit ihrer Antwort war nicht so gemeint. Dann sei ja alles gut. Nein, nein, eben nichts sei gut, so einfach könne sie es sich auch wiederum nicht machen. Immer, ständig mache sie es sich mit ihm zu einfach, zu einfach, völlig billig, durch nichts aufgestört, gar nicht berührt, aber so billig könne sie es auch nicht haben. Deine Suppe schmeckt mir nicht mehr. Was? Nun ging es schon wieder um etwas völlig anderes. Du liebst mich nicht. Nein, sagte er, wirklich, ich liebe dich nicht, das nicht, denkend, geht es darum? Wie hatte sie das gemeint, dieses: du liebst mich nicht, und wie war seine Antwort für sie zu verstehen und mußte für sie zu verstehen sein, nein, ich liebe dich nicht, wirklich nicht! Laßt uns das doch ein für allemal kaputtschlagen, das muß doch endlich mal weg, aufhören, verwirrte sie immer nur von neuem, immer noch einmal zuletzt, hier, die Falle, die sofort zuklappte, wenn man sich bewegte, nur ganz wenig bewegte, kaum mehr als ein winziges Zucken. Diese Scheiße überall, die wie Scheiße stinkt, muß weggespült werden. Wir meinen das beide nicht so, wie wir das jedesmal sagen, heißt es hinterher, plumps, ab in den Lokus, ziehen, wegspülen.

Langsam und träge auseinandergezogen kriecht die weißlich graue Flüssigkeit von der Handfläche abgeschüttelt den Beckenrand hinunter zum Abflußloch. In einer Toilette nachmittags, sehr still, abgeschieden, stehen zwei ältere Männer dicht nebeneinander, starr aufgerichtet, nur die Hände vorne an der Hose angestrengt bewegt, paß auf, es kommt. Spritzt heraus in zuckenden kurzen Schüben, weißlich grau gegen die Fliesenwand, und das Gefühl, das jeder dabei kurz hat, bleibt beschränkt auf jeden allein, schon gleich darauf geronnen. Man stellt sich dann wieder nach draußen und wartet. Ich liebe dich. Ich liebe dich nicht. Ich liebe dich. Nicht. Lieber eine Cola. Aufmachen, Popkorn verteilen. Die gelblichen Körner. Sie quellen im Mund auf. Werden größer. Auf einmal hat man so viel davon im Mund. Vorher auf der Hand hatten sie kaum Gewicht, waren leicht wegzublasen, obwohl sie nach viel aussahen. Und sie schmecken nach nichts. Die glasig milchige Flüssigkeit, die an den Fingern klebt, schmeckt auch nach nichts. Sie hat den Mund davon voll, mit Speichel vermischt, und bekommt und bekommt sie nicht herunter, möchte das wieder auskotzen, weil es ein zu glibbriges Gefühl ist. Und wirklich, es schmeckt fade und fühlt sich glibbrig im Mund an, daß man kotzen möchte. Von innen aus dem Magen kommt es hoch. Der Glibber muß aber runtergeschluckt werden. Ich liebe dich. Wo kann das in einem auf derselben Stelle sitzen bleiben, unverändert, über Jahre hinweg, Tag für Tag, immer gleich. Nein, ich liebe dich nicht. Das stimmte. Er wußte es, er tat es nicht, konnte es nicht tun, es war kein Tun, keine Tat, ein Herumlaufen war es, plump im Kreis herum, aus dem er herauskommen wollte. Er sah sie an.

Da, vor ihm, war sie auf dem Stuhl. Er stand davor, unsicher, und rauchte eine Zigarette. Auf dem Tisch stand eine angetrunkene Flasche Coca-Cola. Womit hing nun, an dieser Stelle, was zusammen, er mit ihr, sie mit den Bildern, im dunkeln gelassen, die Bilder, im dunkeln gelassen, mit ihm, er mit den Bildern, die Bilder mit ihr, sie mit ihm in einem Bild, das Bild als Vorstellung, nicht seine, nicht ihre, von niemandem? Die Coca-Cola, geschüttelt und aufgemacht, zischt quietschend innen hoch als ein bestimmtes Gefühl von etwas, das schaumig braun ist und in ihnen überquillt.

Einmal war er durch die Stadt gegangen und hatte sie ganz weit weg gesehen, und einmal war sie auf der Straße gewesen und hatte ihn unter den anderen Leuten auftauchen sehen, auch ganz weit weg. Ein anderes Mal saßen sie alle zusammen in einem Zimmer und redeten fortwährend. Schließlich gingen sie zusammen ins Kino und sahen sich einen amerikanischen Farbfilm an, in Technicolor, mit Jerry Lewis. Dann war das Kind da und schrie. Bald darauf hörte es auf zu schreien. Es richtete sich auf und stand unsicher schwankend in dem Laufställchen. Sie sagten auch nicht mehr viel. Die Zeitschrift lag auf dem Tisch, durchgeblättert, sie wurde zu den anderen weggelegt. Schließlich wurde der ganze Stapel mit anderem Abfall, der in Papiertüten und den Plastikeimer gestopft worden war, nach unten in den Keller getragen, dort in eine Mülltonne geschüttet. Er ging weg, Freunde kamen, sie unterhielten sich, er ging noch einmal mit ihnen weg und kam wieder. Sie war dann weggegangen, oder lag schon im Bett und schlief.

Er überlegte sich, lange und umständlich, ob er noch zu ihr hineingehen sollte oder nicht, während er im Badezimmer nah vor dem Spiegel stand, ohne sich zu sehen. Ihm fiel auf, wie still es nun war. Erst nach einigen Augenblicken hörte er Geräusche, sehr geringe, kleine, von denen er sich nicht vorstellen konnte, was sie verursacht hatte und auf die er hinhörte, als ob sie entscheidend für die Lösung wären, ihm die Entscheidung abnehmen könnten, noch zu ihr hineinzugehen und im Dunkeln sich neben sie zu tasten, ein wenig unbeholfen und befangen und wie auf der Hut, bei dem kleinsten Anzeichen von Unwillen ihrerseits, sollte sie den zeigen, verschlafen murmelnd, wo kommst du denn her, wie spät ist es, es ist spät, was ist los, sich sofort wieder zurückzuziehen, es gar nicht erst zu einer tatsächlichen Entscheidung in dem Augenblick kommen zu lassen, um vielleicht dann mit einer kleinen Geste ihren Unwillen über die Störung verschwinden zu lassen, denn das einzige, woran er wieder festzuhalten begonnen hatte, war diese Wachsamkeit ihr gegenüber, ein ständiges Auf-der-Hut-Sein, von dem er wußte, daß es mickrig war, aber er fühlte sich darin sicher.

Er hatte den Verdacht, sie lasse es bloß immer so mit sich geschehen, und dieser Verdacht blieb. Er wollte ihn gar nicht einmal erst bestätigt haben bei solcher Gelegenheit, obwohl ihm klar war, wenn er später allein noch wach in seinem Zimmer lag und dann noch immer gern zu ihr hinüber gegangen wäre, die eine Hand an sich heruntergeschoben unter den Gummizug der Hose zwischen die Beine und dort lose mit dem gekräuselten Haar und dem schlaffen losen Hautgefältel beschäftigt, daß es gar keine Bestätigung seines Verdachts sein konnte, wenn sie so verschlafen reagierte. Trotzdem hätte es ihn in dem Moment nur noch weiter von ihr weggetrieben, wenngleich, sagte er sich, dieses Abgestoßensein von ihm durch sie selber, summiert über eine kurze Zeit hinweg, tatsächlich ein für allemal etwas zwischen ihnen entschieden haben würde, wonach sie, jeder für sich, sich freier bewegen konnten. Statt dessen blieb das, nämlich endgültig miteinander zu brechen, nur etwas Ausgedachtes, mit dem er oder auch sie, gewöhnlich er, sich behalf, alles weiter zwischen ihnen beiden hier in der Wohnung in einer unentschiedenen Schwebe zu halten, mal zu seinen

Gunsten, mal zu ihren, ein Zustand, der nicht mehr weiter zu entwickeln war und der auch nicht mehr damit zu entschuldigen war, noch während alles zwischen ihnen mehr und mehr durcheinandergeriet und fester wurde, es sei nichts, nur eigentlich wieder so ein einziges Mißverständnis, in dem jeder von ihnen steckengeblieben war. Dabei war wieder einmal nichts Bestimmtes vorgefallen, nie, niemals war etwas Bestimmtes vorgefallen, das sie gegeneinander als Beweise benutzen konnten, daß es nicht mehr stimmte, trotzdem wurde alles um sie herum dichter, fester, und sie erstarrten darin, je länger nichts grundsätzlich zwischen ihnen geklärt worden war, wie es weitergehen sollte, nicht so, bloß wie, wenn sich nichts fassen ließ. Ein Abend, an dem sie miteinander ausgekommen waren, genügte nicht, und das, was er nachmittags draußen gesehen hatte, genügte auch nicht. Zudem, eine alte Sache, wenn man es genau sagte, wußte er, stimmte es nicht, nie, niemals, schon immer. Andeuten konnte man es nur, umschreiben, ein Starren war es auf immer denselben Fleck. Deshalb war es zum Schluß auch immer nur das Gefühl, sich eine Niederlage eingehandelt zu haben, er, nicht sie, weil sie sich so viel sicherer ihm gegenüber behaupten konnte und ihn zwang, an irgendeiner Stelle zum Schluß nachzugeben. Mit einem Deutlichwerden ihrer Schwäche endete es dagegen nie, obwohl alles bewies, was sich in solchen Momenten verschoben hatte, und was hatte sich nicht verschoben, fast nichts, das nicht irgendwann einmal von ihm gegen sie verwendet worden war, um sie, ja, was denn eigentlich, im Grunde nur zu überzeugen, ja, von was denn, es war ihre Niederlage, die sie einmal zugeben mußte. Aber gerade die Offensichtlichkeit ihrer Niederlage machte alles wieder umgekehrt. Es war zum Schluß immer er, der im Unrecht war, er hatte ihr unrecht getan. Alles war wieder seine Schuld. Der ganze Dreck flog ihm zurück ins Gesicht. Denn sie war es doch, die deutlich sichtbar aufgegeben hatte. Sie war zu bedauern. Jetzt stand sie ganz allein da mit nichts mehr gegen ihn. Er hatte ihr alles weggenommen, und sie war schwach, mußte man zugeben, sie litt unter ihm. Darüber konnte er auch nicht mehr mit Gerald oder Rainer reden, und wenn er einmal mit einem von ihnen darüber sprach, sah es sehr einfach aus, laß sie doch machen, kümmer dich nicht so viel darum. Ja, und dann? Nichts, und dann. Du verstehst nicht. Ich meine, was dann. Eben nichts. Wenn sich nichts ändert. Dann auch gut? Wenn nicht, dann nicht! Aber so ist das doch gar nicht. Du übertreibst. Wie? Versuch das doch mal, alles so sein zu lassen. Dein Unverständnis ist ihr Unverständnis. Vertausch einmal die Seiten. Deine Seite gegen ihre. Alles ist nur Psychologie, leicht zu durchschauen. Man kann also sehen: Besorgnis als Mittel zur Befriedigung der Eitelkeit, ein Krankheitsgefühl, der Lärm, das große Gepolter, hin und her, es gibt keinen Platz mehr für einen selbst. Dasselbe konnte man dann auch zu ihr sagen, kümmer dich nicht darum, laß ihn doch machen. Alles war Psychologie. Leicht gesagt. Hier stand was rum und da stand was rum, was leider bedeutete, daß er sich noch zu gedulden hatte. Aber wenn sie nun doch noch wartete, daß er zu ihr ins Zimmer käme und im Dunkeln sich an ihr Bett herantaste, wenn sie gehört hatte, wie er wiedergekommen war, und nun wach lag, auf ihn wartend, vielleicht nur um ihn verschlafen zu fragen, wo kommst du denn noch her, was ist, wie spät ist es schon?

Im Dunkeln wäre ihre Stimme ein Loch, in das er hineinfallen würde. Danach lag es an ihm, wieder aufzustehen und hinüberzugehen in sein Zimmer, um sich ebenfalls schlafen zu legen, oder weiter dort im Dunkeln auf ihrem Bett sitzen zu bleiben, die Zigarette auszurauchen und dann zu ihr hineinzukriechen, sie abzutasten, ihren ganz gewöhnlichen Körper, weder zu fett noch zu mager, aber eben ihr Körper, der so eigenartig in zwei Teile zerfiel, der Oberkörper eher noch mädchenhaft-kindlich, schmal, schlank, mit den kleinen birnenförmigen Brüsten, die man halb in den Mund einsaugen konnte, und dann der untere Teil breiter, die Hüftknochen ausgebreitet, der Hintern fest, ein breites Gesäß, gut zum Anfassen, weich zum Sichdrauflegen, stämmige Oberschenkel, die dann zu den Knien hin wieder schlanker wurden, gleichmäßig schlanke Beine, über die er langsam hochtasten würde, sein Gesicht in ihre Achselhöhle gedrückt, eine weiche warme Mulde, während sie langsam wieder in ihren Schlaf kommen würde, so daß er sie auf die andere Seite drängen mußte, herumwälzen auf den Bauch, um so über ihren Rücken gleiten zu können, was sie mit sich geschehen lassen würde, aber eben nur das, wie sie eben nur das tat, ihn streicheln, müde, ohne Gedanken an das, was sie gerade tat, ihn streicheln, weiter stumpf die Hand auf und ab bewegend, das Hautläppchen hoch und runter schob, bis es bei ihm kommen würde, klebrig naß. Herumwälzen sollte sie sich aber doch statt dessen. Anschwellen. Eine dunkle warme Schwellung, die ihn warm einhüllte, eine weiche Erregung, in der sich alles bewegte, innen, außen.

Wie diese Ansprüche befriedigt werden sollten, war für sie zuerst keine Frage gewesen. Er hatte sich von ihr das genommen, was er wollte, und sie hatte sich das, was er wollte, nehmen lassen, damit einverstanden, weil ihre Vorstellungen scheinbar dieselben waren, ineinandergemischt, eine einzige Vorstellung, was zusammen zu erreichen wäre, bis sie dann, je mehr sie sich daraufzubewegten, mehr und mehr auseinanderzuklappen begannen, ohne daß sie es zunächst bemerkten. Sie dachten, wir gehen zusammen weiter, vorwärts, zusammen, aber es war nur eine Bewegung, sonst nichts, die jeder allein machte, so daß plötzlich bestimmte Gesten, von ihr, von ihm, bestimmte einzelne Bewegungen, das Anhalten plötzlich und dann wieder plötzlich das Weitergehen und dazu bestimmte Sätze, Wörter, Redewendungen, die sich wiederholten, ihre Stimme, seine Stimme, nicht länger zu ertragen waren, seine Art der Zuwendung und ihre Art der Zuwendung, zu verschieden, das Drehen, einer bewegungslos, der andere sich bewegend, beim anderen Mal umgekehrt, der andere bewegungslos und der eine sich heftig auf dem anderen oder auf den anderen zu bewegend, sie den Kopf nach hinten abgeknickt über die Stuhllehne, stumm, er schwitzend gegen sie gedrängt, und sie schwitzte nicht, oder jedenfalls kaum, während er immer schwitzte, etwas sagen wollte, wie ist es, ist es gut, stöhnen wollte, so ist es gut, so, gut, stöhnte, und sie nichts sagte, beim nächsten Mal umgekehrt. Für sie mochte das zu äußerlich sein, wie er ihr das klarmachte, für ihn nicht äußerlich genug. Jeder schien sich in eine entgegengesetzte Richtung fortzubewegen, fühlte sich getäuscht, während es für sie anfing, bei anderen so einfach auszusehen, auf jeden Fall einfacher als bei ihnen. Die andern gingen zusammen, immer, zusammengeklappt zu einer Bewegung von Gehen, Sprechen, Weitergehen, ein Mann, eine Frau, zusammengeklappt. Oder Rainer. Der konnte in einen Club abends gehen, dafür zurechtgemacht. Während bei Gerald sich alles immer von selbst erledigte, es hörte bei dem einfach wieder auf, von ihm in Gedanken aufgelöst. Das Bild verschwand einfach für Gerald wieder. Das war zwar vereinfacht gesehen, es gab für sie auch Schwierigkeiten, aber Gerald erledigte sie immer schon im voraus mit sich allein, es gab für ihn nicht diese Art von Nässe und dieses Schwitzen, keine klebrige Feuchtigkeit, keine Nässe, und Rainer brauchte bloß zum Spülstein zu gehen, sich die Hände abzuwaschen, den Bauch, die in sich zusammengezogene Flüssigkeit kroch langsam den Beckenrand hinunter zum Ausgußloch und verschwand, er konnte es eine Affäre nennen, aufgelöst in nichts mehr danach. Sie dagegen blieb, war nicht auflösbar in nichts mehr danach, keine Erinnerung, kein Bild, erstarrt in einer vagen Pose und in dieser vagen Pose beliebig als Bild aus der Erinnerung, wenn benötigt, wieder hervorzuholen, halb abgewandt und dabei etwas nach vorn gebeugt beim Abrollen der Strümpfe.

Die Strümpfe, vom Bein abgerollt, blieben zusammengeringelt auf dem Boden an der Stelle liegen. Sie waren nicht zu übersehen, so daß er ruhig und sich selbst überlassen noch kurz in der Küche etwas länger hätte sitzen bleiben können und eine Zigarette rauchen, dabei leer durch das breite Oberlicht hoch in die leere Helligkeit zu starren, die dort über dem Dach des rückwärtigen Hausabschnitts hoch ausgedehnt lag, sehr hell und sehr leer, gelegentlich durchsetzt von etwas farblosem Blau die Helligkeit vormittags mit der sich drehenden scharf gezeichneten Silhouette des blechernen Schornsteinaufsatzes darin, wenn es etwas windig war.

Während er das sah, konnte er völlig zufrieden sein, sich selbst überlassen und noch nicht ganz da. Er wollte noch nichts sagen, nicht ihr antworten müssen, ob er noch Geld habe, oder daß einer, wenn nicht, was von der Bank abholen müßte. Und auch das wäre nicht schlimm gewesen, wenn sie sonst ausgekommen wären, irgendwie, und dabei kamen sie irgendwie auch aus, nur fummelig und wirr, denn was er dauernd von draußen mitbrachte, waren andere Bilder, voller als die, die er von ihr hatte, spürte sie, durch diese anderen, fremden Bilder in die Enge gedrängt und dadurch in eine abwehrende Haltung ihm gegenüber getrieben, ganz gleich bei welcher Gelegenheit und was das war, von dem er ihr erzählte, anscheinend so zufällig und nebenbei, aber voller Absicht gegen sie erzählt, daß er in der Buchhandlung gewesen war.

Auf dem Rückweg hatte er gesehen, wie eine Frau angefahren worden war und dann auf der Straße lag und schrie, entsetzlich, widerlich, sie schrie, schrie einfach drauflos vor Schreck. Dabei hatte sie kaum etwas abbekommen, ein paar Hautabschürfungen, Prellungen, der Strumpf an einem Bein hatte eine große Laufmasche und etwas Blut sickerte langsam die Strumpfmaschen herunter. Das Schreien war laut und hoch, es hörte sich wie ein trockenes hysterisches Kreischen an, das nicht aufhörte. Die Frau ließ sich nicht beruhigen. Sie saß neben dem Wagen auf der Straße und sah die umstehenden Leute erschreckt an und schrie nur immerzu. Zwischendurch hörte sie nur auf zu kreischen, um nein, nein zu sagen, ebenso hoch und laut herausgeschrien. Ich hab Durst, Durst, schrie sie, es tut so weh. Sie wollte ein Glas Wasser. Die Frau war sie. Oder dann hatte er beobachtet, wie eine Frau einfach nur mit einem Kinderwagen vor ihm eine Zeitlang hergegangen war. Nicht einmal der Kinderwagen hatte bei der Frau gestört. Sie war gleichmäßig schnell vor ihm hergegangen. Und diese Frau, wiederum, war sie nicht. Alles verdoppelte sich für sie. Jedes, wovon er ihr erzählte, hatte immer noch einen anderen Sinn, der auf sie bezogen war wie jene Ansammlung von Details in einer Zeitschrift, die er ihr aus der Stadt mitgebracht hatte. Trotzdem war er es hinterher, der nirgendwo mehr hin konnte, ohne daß sie nicht vor ihm stand.

Nein, er ging nicht mehr, zurückgekommen, zu ihr ins Mittelzimmer. Er lag allein auf dem Bett in seinem Zimmer im Dunkeln, hatte sein Zimmer mit dem Tisch vor sich. Die Vorhänge waren nicht völlig zugezogen. Draußen schien es hell zu sein. Er konnte noch nicht einschlafen und stand wieder auf, und stellte sich auf den Balkon. Er fror in dem Schlafanzug. Die Luft war naßkalt. Am Ausgang der Straße links, jenseits der breiten, vierspurigen Fahrbahn, stand das Hochhaus, ein dunkelliegender Block, hochkant gestellt. Dahinter, auf dem Platz, parkten Wagen, Taxis. Die Fahrer hielten sich in der Bude außerhalb seines Blickfeldes auf, die erst abends geöffnet und die ganze Nacht bis gegen fünf Uhr morgens betrieben wurde, eine Imbißstube, die innen sehr eng war, ein Tisch, einige Stühle, der Kühlschrank, die Vitrine mit den ausgestellten belegten Brötchen, darauf ein Einmachglas mit eingelegten gekochten Eiern in einer grünlichen Flüssigkeit. An der Wand hinter dem Tisch hing eine gerahmte Fotografie eines Mannes. Irgendein Mann in einem Sonntagsanzug fotografiert. Er erinnerte sich, daß schräg um eine Ecke der Fotografie ein schwarzes Seidenband gespannt war. Wahrscheinlich war das Band noch immer um die Fotografie gebunden. Es gab wohl keinen Grund, es abzunehmen. Die Taxifahrer würden sich daran gewöhnt haben. Sie machten in der Bude nachts Pause. Weit hinten, auf der anderen Seite des Platzes, hinter der Bude, aber mehr zum Hochhaus hin, gingen an einer Baustelle eine Reihe gelber und roter Lichter an und aus. Es war dunkel, grau, verstaubt, die Häuser gegenüber, die Häuserfronten, alle Fenster dunkel, es mochte nach zwei Uhr sein, rechts die Straße hinunter über die Kreuzung an der Ecke mit dem Lebensmittelgeschäft standen links und rechts aufgereihte Wagen, auf deren flachgewölbten Dächern sich matt das Licht der Straßenbeleuchtung widerspiegelte in kleinen, in sich gebrochenen Lachen, Splitter von Licht, unregelmäßig über jede einzelne Dachfläche verteilt. Alle Geräusche waren verschwunden. Einen Augenblick war es völlig still. Es fiel ihm deutlich auf, als er von neuem einen Wagen irgendwo herankommen hörte, und plötzlich wußte er, daß er dies alles haßte, hier die Straße, die Wagen, die da hintereinander parkten, die abgestellten Taxis auf dem Platz, immer das Hochhaus, die Fenster gegenüber, dahinten die Bude mit der Fotografie eines Mannes im Sonntagsanzug und mit dem schwarzen Seidenbändchen um eine Ecke gelegt, die Taxifahrer, die Taxifahrer, die Taxifahrer, die Stadt hier, auf diese Art, hier, mit ihnen darin in einer Wohnung, hier, in dieser Straße, in die ein Taxi einbog und mit abgedrosseltem Motor auf die breite Fahrbahn links zufuhr, die es mit einem raschen neuen Start gerade überquerte, um hinter den anderen auf dem Platz aufzufahren und zu halten. Die Wagenlichter verlöschten. Wie bei den vier, fünf anderen Wagen, die schon dort hielten, blieb nur oben auf dem Dach das kleine Kästchen angeschaltet mit den gelben Buchstaben Taxi, Taxi, Taxi, Taxi.

Die Stadt, zu eng geworden, kein Platz, keine Stelle, um einfach einmal wieder stehenzubleiben, um zu sagen, da ist das, nicht sie, war für ihn nur noch eine Ansammlung von immer denselben Stellen, denselben Punkten, durch die er immer wieder von neuem hindurchlief, und jetzt, an allen Punkten, saß auch sie, seine Frau, von selbst dorthin transportiert. Er hatte sie überall mit sich herumgeschleppt, ein zähes Gebilde, durchaus unwirklich, aber dann unwirklich dick an dieser Stelle, an jener Stelle, von der sie ihn nun belauerte, immer anders und sehr schnell ihr Gesicht dabei wechselnd, so daß er sie zunächst nicht erkannte, schließlich wiedererkannte und sah, er war es selber gewesen, der sie wieder dort mit hingeschleppt hatte, so wie sie war, mit ihrem in manchen Augenblicken noch sehr kindlich wirkenden Gesicht, ihrer mädchenhaften hellen Stimme, mit der sie sich unermüdlich entschuldigte, sie sei so, das müsse er schon hinnehmen, sie sei so, worauf er, erschöpft von der Anstrengung, von ihr wenigstens für kurze Zeit abzurücken, in Wirklichkeit aber erschöpft dadurch, sie wieder einmal mit sich herumgeschleppt zu haben, dastand und tatsächlich erkannte, sie war so.

Er sah, daß er sie nicht einmal für eine Stunde von sich abschütteln konnte, so wie sie war, wirklich, trotz seiner Einbildung, daß sie nicht so war, wie sie sich ihm zeigte, durch ihn dazu herausgefordert, sich zu zeigen, wie sie wirklich war und er es von ihr glaubte, nämlich nicht so abwesend und ständig damit beschäftigt, irgend etwas anderes zu sein.

Sie hatte gesagt, was weißt du denn von mir, was, wie ich bin, eigentlich. Er sagte sich, daß sie ihn damit nur hinhalten wollte, ein einfacher Trick, der ihm so leicht durchschaubar vorkam. Lächerlich. Ein Geheimnis aus sich machen, rat mal, wie bin ich denn wirklich. Du siehst mich, siehst mich doch nicht und siehst mich wieder. So konnte man es natürlich auch einmal sehen. Jeder versteckte sich vor dem anderen, ganz offensichtlich, und deswegen, hast du mich gefunden, glaubst du, das wär ich nun. Aber das ist nur gedacht. Es ist nicht wahr. In Wirklichkeit bin ich anders, ich bin da, so, und gar nicht versteckt, wenn du das glaubst. Und nehmen wir an, daß es tatsächlich so ist. Dann blieb doch nur eines übrig, das nämlich so auszusprechen, Satz um Satz, Gedanken nach Gedanken wie Schichten von Kleidung, die man auf sich gepackt hat, um nicht zu frieren, Unterkleidung, Oberhemden, Hosen, Socken, Schuhe, Jacken, Schlipse, Mäntel, ein Schal. Aber einmal mußte man das alles doch ablegen können, vielleicht um den Preis, daß man dann etwas fror. Man mußte sich aber hinstellen und sich zeigen, ohne Rücksicht, ob es vorteilhaft war, denn schließlich konnte man sich immer noch so hindrehen, daß es irgendwie selbst dann noch etwas vorteilhaft wirken mußte, weil der andere, der zusah, auch seine Kleidungspacken abgelegt hatte und auch wie man selber nackt war. Er sah zu, den anderen an, und war nicht da, um sich abzuwenden, wie man einmal annehmen konnte. Das war schwer, sicherlich, Gefahr zu laufen, dabei zu frieren, obwohl sich das alles in der Wohnung abspielte, einem geheizten Raum, dessen Gardinen zugezogen waren. Und die Blöße, die man einander dann dort zeigte, war nicht nur bloß Haut. Es waren genauso auch Pikkel, wenige, winzige, oben am Gesäß. Und genauso waren es Lichtwirkungen, die sie wieder verdeckten. Also mußte man stehenbleiben, sich anschauen lassen und nicht verstecken, und wenn auch nur hinter so einer kleinen schamhaften Geste, einer halben Drehung, halb abgewandt, um dabei zu fragen, und nun? Es würde schon weitergehen.

Langsam fand man danach in seine eigene Bewegung hinein, nicht in die des anderen, und dann war jeder so, wirklich, nicht mehr wie der andere glaubte. Aber wenn man das einmal hinausgezögert hatte, schien es zu spät dafür zu sein, jetzt. Die Körper, ihre, waren nicht die Körper, ihre, und waren es trotzdem weiter, einmal da und dann nicht mehr da und dann wieder da, unverändert, aber jetzt wie verdoppelt durch das Spiel, wie bin ich, wie bist du, irrsinnig. Wen hat man vor sich? Nicht so, den anderen, um sich tiefer, weiter in den hineinzubegeben und darin, vielleicht, sich zu verlieren, kopflos geworden, zu welchem Zweck. Deshalb mußten es von vornherein geschrumpfte kleine Dinger sein, mit denen man sich einrichtete, ganz klein, geschrumpfte kleine Dinger, die immer kleiner wurden, reduziert durch sich selbst, wenn erst einmal dieser Vorgang in Gang gesetzt worden war. Mit diesen geschrumpften kleinen Stückchen kam man zweifellos besser aus. Man war in der Lage, sie sich auszusuchen, diese Einzelteile, geschrumpft auf ein Stückchen Haut, das eingecremt war, eine ausrasierte Achselhöhle, ausgesprayt, hier ein Haarbüschel, achtmalvier, der Eyeliner von Elizabeth Arden. Dieser Augenstrich war schön. Ging dann eins dieser kleinen geschrumpften Stückchen verloren, gab es andere, andere Teile, einzeln, Reste, womit man sich begnügte in dem Glauben, was für einen guten Fang man doch in Wirklichkeit damit gemacht habe, obgleich der andere in Wirklichkeit nichts anderes mehr war als eben dieser Rest, ausgezehrt, geschrumpft, so ein kleines Ding, den man und der sich selber jedoch nicht dafür hielt, kein Rest, aber nicht viel mehr jetzt, ein Rest, für andere sichtbar, ein Rest, wirklich, ohne eine andere Möglichkeit als dieser eine Rest zu sein, den man wegwerfen konnte, aber nicht wegwarf, weil man sich an ihn so gewöhnt hatte, sagte man.

An den älteren Bekannten konnte er das manchmal bei unscheinbaren Gelegenheiten beobachten. Sie hatten sich irgendwie ganz auf diese wenigen Reste zurückgezogen und aus diesem Rückzug eine Art Notwendigkeit gemacht, um, wie ihm vorkam, überhaupt noch miteinander auskommen zu können, als sei das zwischen ihnen von vornherein abgesprochen gewesen, so daß sie nun nach außen hin ein ruhiges, feststehendes Bild von sich und dem anderen, dem Partner, abgeben konnten. Ihr Umgang miteinander stimmte. Sie blieben beieinander in einem Bild, noch ganz da, anwesend in dem einen Bild, ohne noch sehen zu können, daß es bloß Teile waren, zusammengestückelt, und ihm schien, daß alle ihre Anstrengung darin lag, einander nicht mehr sehen zu müssen, wenn er von ihnen einmal zufällig eine persönliche Geste der Zuwendung aufnahm, dazu den Tonfall einer Antwort hörte, so gekonnt. Und wenn einer vom anderen erzählte, wie hörte sich das an, nicht gut. Sie sagten, meine Frau, mein Mann, wissen Sie, wir verstehen uns ja gut. Es kommt mit den Jahren. Etwas entsteht, man kann es schwer fassen, aber etwas entsteht und ist da. Ja, gewiß, Schwierigkeiten, oh, doch, auch die gab es, wissen Sie, es ist manchmal selbst heute noch schwierig, aber letzten Endes, da fügt sich doch alles wieder zusammen. Ich kann mich erinnern, früher, und dann kam eine dieser Geschichten, die man erzählen konnte und die er schon oft gehört hatte, in der es um dasselbe ging, um Schwierigkeiten, die, das sah man, denn weshalb waren sie sonst noch hier bei dieser Gelegenheit zusammen, sie gemeinsam überstanden hatten, ohne daß etwas ganz zerbrochen war, sich zusammengezogen hatte, obwohl, ja doch, zusammengezogen, wie er sah, ohne daß man den Finger drauflegen konnte, da, da war es, übriggeblieben als ein kleines, winziges weißes Stückchen Körper, ein Teil davon, das andere, meiste weggelebt, aber wenn, dann hätten sie beide ja davon was haben müssen. Das konnte man nur schwer glauben, wenn man die Frau sah, ihr zuhörte, und dann anschließend den Mann, der daneben saß und ihr zuhörte, nickte, dann meinte, alles Psychologie, ganz einfach, Psychologie, wissen Sie, leicht zu durchschauen. Meistens macht man sich dabei nur selbst verrückt. Das geht vorbei. Natürlich irgendwann ging alles vorbei, wenn man gestorben war, alles vorbei, das war wahr. So lange konnte man natürlich auch warten. Seltsame Psychologie. Mit der konnte man alles machen, erklären, den Finger drauflegen und sagen, da ist es. Was haben Sie gegen Psychologie? Ich? Oh, nichts! Aber schließlich waren es nicht nur Schwierigkeiten allein, über die man rückblickend lachen konnte, sehen Sie, so ist es auch bei uns gewesen, müssen Sie wissen. Ich möchte es gar nicht wissen. Er konnte sich vorstellen, wie das war, wenn man so nebeneinander lag, zwei so kleine geschrumpfte weiße Dinger in einem Bett zugedeckt, Reste, zum Wegwerfen gedacht. Ob die Frau sich nun noch die Haare um die Scham wegrasierte oder nicht, das machte keinen Unterschied mehr, die Verbitterung, weit zurückgedrängt, war da, während sie erzählte, wie sie, um ein Beispiel zu bringen, eines Morgens in den Ferien aus dem Hotel weggegangen sei, ohne ernsthaft daran gedacht zu haben, wirklich wegzugehen. Draußen gab es die Berge, die frische Luft, Wiesen, Abhänge, wie gemalt, eine Postkarte zum Verschicken an Bekannte. Ihr Mann war im Zimmer zurückgeblieben und hatte den Vormittag über allein sich mit sich rumgeschleppt, mittags war sie immer noch nicht zurück. Er aß allein. Dann war er herumgelaufen, sie suchend. Spaziergänger hatte er nach ihr gefragt und war Abhänge hochgekrochen, in Angst, sie habe sich womöglich irgendwo runtergestürzt. Dazu war ein Gewitter aufgezogen, widerhallend in den Bergen. Die lichte grüne Landschaft ringsum erschlaffte von einem Augenblick auf den anderen in einem fahlen Dunkelgrau. Die Bergwacht hatte nicht aufbrechen und das Gelände eventuell von oben absuchen können, der Mann war trotzdem noch weiter gelaufen, sie zu suchen, während sie selber schon längst das, den Anlaß, vergessen hatte und in einer Hütte saß. Sie hörte, ganz gewöhnlich, den Regen draußen schwer herunterfallen, so friedlich, so schwer als Geräusch. Abends hatten sie wieder zusammen an ihrem reservierten Tisch gesessen. Wissen Sie, ich glaube, man muß auch so was einfach hinter sich bringen, am Ende ist man gewachsen. Die Augenblicke, ich weiß, sind zwar furchtbar, aber doch wohl notwendig. Kanten gibt es, Ecken, die nicht zueinander passen. Man muß sie passend machen.

Ganz würden sie zwar nie zueinander passen, doch man mußte das immer wieder versuchen. Die Aufsplitterung ist nur scheinbar. Hinterher ordnet es sich, nach Jahren, wie von selbst, könnte man denken, hörte er sie so reden. Das war Erfahrung. Dennoch blieben ihnen nur Einzelteile, geringe Reste, Krümel, hier einer, da einer, zusammen für ein einziges Großes, Ganzes gehalten, eine wahre Übereinkunft, die immer mehr wurde, von jetzt an, denn jetzt hatten sie sich schon weitgehend zusammengefunden. Jetzt waren sie schon auf einmal zusammen für ein einziges Großes, Ganzes gehalten, eine wahre Übereinkunft, die immer mehr wurde von jetzt an, denn jetzt hatten sie sich weitgehend zusammengefunden. Jetzt waren sie schon auf einmal alt geworden und wurden zusammen immer älter, zerkrümelt und verlorengegangen im eigenen Muff. Hin und wieder, wenn sie sich angestrengt auf die Zehenspitzen stellten, konnten sie noch mit ihren Köpfen kurz darüber wegsehen. Sie hatten es geschafft. Es gab eine vollständig eingerichtete Wohnung und sie lebten vollständig eingerichtet miteinander darin. An der einen Wand hing ein großes buntes Bild in einem dünnen weißen Holzrahmen, eine moderne Lampe hing von der Decke ins Zimmer. Dagegen kam man nicht mehr an. Man kann dann nicht mehr reden, man kann darüber nicht mehr reden, man kann das nicht mehr. Dagegen gab es diese Geschichten, die man erzählen konnte, wie alles geworden war, und diese Geschichten, losgelöst von einem persönlich, zeigten das Gegenteil davon. Daß man sich auf Reste, Fetzen beschränkte, die für ein einziges Großes, Ganzes gehalten wurden, um sich beruhigt abends wieder nebeneinanderlegen zu können, der eine auf die Seite, der andere auf die Seite, das Oberbett bis hoch ans Kinn gezogen. Vielleicht blieb diesmal der eine noch etwas länger wach im Dunkel liegen bei halbgeöffnetem Fenster, um langsam die frische Bergluft in sich einzusaugen in Gedanken an die frischen, grünen Hänge, die Spazierwege, die man tagsüber hinter sich gebracht hatte, Matten, grüne Abhänge, das Gras dicht, eine dichte grüne Schicht die Mulden hinunter, so voll, weißt du, es ist schön hier, wirklich, ja wirklich, es ist schön, ja es tut gut, die Luft, das macht alles die Luftveränderung. Am nächsten Morgen war die Luft immer noch so frisch und kräftig da, sie beruhigte. In den ersten Tagen hatte sie die Frau nervös gemacht, sie fühlte sich schlapp davon, obwohl sie ja sonst ein sportlicher Typ war. Aber dann gab es immer wieder plötzlich diese völlig stillen Flecken, wo man stehenbleiben konnte, sich hinsetzen, die Augen schließen, und dann nach einigen Augenblicken, ohne noch an etwas anderes zu denken, war zu spüren, wie diese Ruhe, eine absolute

Geräuschlosigkeit, herankam und dann in einem selbst war, so daß man nichts mehr wollte. Man fühlte sich selbst nicht mehr. Man lag da an einem Abhang im Gras und dachte an nichts.

Im Laufe der Jahre mit dem Älterwerden mußte diese Beruhigung wie zu etwas werden, das man mehr und mehr brauchte, so daß man schließlich bereit war, alles und jedes heranzuziehen, um diese eine große, stille, leere Beruhigung von dem anderen zu erhalten, so daß selbst diese Reste noch weniger zu werden schienen, aber sie hörten nicht auf. So ist das nun einmal. Sie werden sehen. Wenn ich denke, wie wir angefangen haben. Er mußte daran denken, wie er eines Abends sehr spät noch wie manchmal mit einem gleichaltrigen Bekannten, der nur selten zu ihnen kam und ein schwerfälliger, stummer Mensch war, nach draußen gegangen war. Der andere trottete neben ihm her, langsam und mit klobigen, schwerfälligen Schritten, ohne viel zu reden und offenbar völlig damit beschäftigt, so gleichmäßig neben ihm her zu tappen, vorwärts, in eine Seitenstraße hinein. Ohne daß es zwischen ihnen ausgemacht worden war, waren sie hinüber in das Viertel, in dem Nachtlokale lagen, gegangen, billige, puffartige Striptease-Bars und, in einer Querstraße versteckt, der Durchgang, in dessen Nähe es aufdringlich nach Pisse roch. An der Mauer, die etwas zurückgesetzt hochgezogen worden war und den Durchgang von der Geschäftsstraße trennte, und an der Seitenfront einer Fischgaststätte, die unmittelbar daneben lag, hatte sich überall Urin abgesetzt als gelblicher Gries auf dem Mauerputz. Hinter der Mauer standen zurückgezogen und von hinten rot angeleuchtet die Frauen und Mädchen an den geöffneten Klappfenstern der Haustüren, die Brüste vorgedrückt und fest eingezwängt in den steifen Corsagen, während sie ihre Gesichter weiter zurück im Halbschatten hielten.

Zwei Frauen stritten sich laut auf der davorliegenden Seitenstraße, als sie langsam herankamen, so daß sie stehenblieben und erst nach einem Augenblick sahen, daß gegenüber auf dem Bürgersteig zwischen den beiden streitenden Frauen noch irgendwer auf dem Pflaster lag. Vereinzelte Passanten wie sie standen in einem vorsichtig eingehaltenen Abstand in der Nähe und beobachteten die beiden Frauen, warteten ab. Er wunderte sich, daß niemand sich um das da auf dem Pflaster Gekrümmte kümmerte, und sah auch schon, daß es ebenfalls eine Frau war. Sie war vielleicht vorher niedergeschlagen worden, und die beiden anderen stritten sich nun darum, wer daran schuld sei. Aber man mußte sich darum kümmern, was mit der war, sie konnte verletzt sein, der Boden war außerdem naß, es war Winter, die Straße war mit einer frostigen

Schicht Nässe bedeckt. Er wußte nicht, was er machen sollte. Daß da wer lag, war nicht ihre Sache. Andrerseits lag aber die Frau da, ohne daß sie sich bisher gerührt hatte, schlaff in sich zusammengefallen auf dem naßkalten Pflaster, vielleicht verletzt, ohnmächtig, ohne daß sich von den Umstehenden einer darum bemühte, während die beiden anderen Frauen sich noch immer gegenseitig anschrien. Erst als sie bei ihnen standen, hörten sie auf. Sie sahen sie an und dann auf die Frau vor ihnen. Ich hab doch nichts gesagt, hab ich was gesagt, nichts hab ich gesagt, fing eine von ihnen wieder an. Nichts, pfff, nichts, schön wär's, die andere. Der Rudi, was hat der damit zu tun, Rudi. Rudi? Rudi hat. Ja. Was, Rudi? Also der. Hab ich das gesagt, hab ich nicht, ich mein. Sie sahen sich an, schienen schon wieder die Frau vor ihnen vergessen zu haben, die zusammengesackt dalag, nicht sehr warm bekleidet. Der Pullover hatte sich ein Stück hochgeschoben, sah er, und mit dem nackten Rücken klebte sie auf dem Boden, die Augen geschlossen, den Kopf auf die Seite gedreht. Die muß nur hoch, sonst nichts, is nur hingefallen. Verletzt war sie offensichtlich nicht. Blond-Emma, die eine mit der blonden sorgfältig gelegten hohen Frisur, versuchte sie hochzuzerren. Steh auf, steh doch auf, ist schon gut, alles vorbei, hörst du, hörst du mich, also steh doch auf, redete sie auf die am Boden Liegende ein. Steh doch auf. Sie zog ihr den Pullover ein Stück wieder herunter. Steh doch auf, hörst du, alles gut. Sie schaffte es aber nicht, die Frau vom Boden hochzukriegen, die kurz die Augen öffnete und, die Augen schon wieder zu, leise vor sich hin zu wimmern begann, schlaff und tatsächlich schwer, wie er dann selber merkte, als er sie zusammen mit seinem Bekannten aufzusetzen versuchte. Der Körper war zu weich und zu nachgiebig. Das geht wirklich so nicht, sagte er. Einer muß das mal allein machen. Das geht besser. Sie sahen auf die Frau runter. Sie schien noch nicht alt, vielleicht so alt wie sie zu sein, eine Nutte aus dem Durchgang um die Ecke, wußte er. Die Erinnerung kam wieder. Oh, lutsch mir einen, leck mich aus und küß mir die Eichel. Ein Satz. Bilder fallen. Ich wußte es. Noch ein Satz. Schlupp, schlupp, schlupp. Wenn jemand glaubt, hier könne er sich mit Kunst vergnügen, ist ein Schwein. Hau ab. Und spiel mit deinen eigenen Eiern. Breitbeinig über die Frau hingestellt und nun mit beiden Händen unter ihre Achseln gefaßt, versuchte er es noch einmal allein.

Der Pullover schob sich wieder hoch und ließ weiß ein Stück Bauchfläche sehen wie herausgequollen aus dem Stoff, weich, sehr fleischig, ein Fleck, atmend, den er hochzuziehen versuchte, an sich heran, und den er kurz, da er sie, die Frau, unter ihm erschlafft auf der Straße liegend, hochzuziehen versuchte, in den Händen hatte, ihre Seiten, die Achselhöhlen, alles ein wenig fett und schwammig, die Haut warm an seinen Händen und so als warmer, weicher Fleischfleck noch im selben Moment nach innen geschlagen und dann schon wieder verschwunden in der Anstrengung, die Frau, sie, keuchend hochzuziehen, vom Boden weg, damit sie wenigstens zuerst einmal saß. Sie gleich darauf noch einmal stärker an sich heranziehend, mußte er sie endgültig wieder nach hinten aufs Pflaster zurückrutschen lassen. Er sah auf sie wieder herunter, wie sie da zusammengefallen lag, ein großes Bündel, ganz durcheinandergeraten, aber jetzt für ihn schon völlig anders durcheinandergeraten als ein dichtes fleischiges Gefühl davon in ihm, innen da, ein Stück Nacktheit, Haut, die Bauchfläche, Nuttenfleisch, ein Stück Nuttenfleisch, ohne daß er aber diese kleine spießige Erregung spürte wie sonst, wenn er durch den Durchgang ging. Das hier war weich in ihm abgedrückt, war intensiv da, diese nackten weißen Stellen an ihr hatten ihm eingeleuchtet, ohne daß er sich darum bemüht hatte, sie waren einfach da, warm, weich, etwas fett, und er konnte sie später, wenn er wollte, noch immer an seinen Händen spüren, warm weich, etwas fett die Stellen, ganz da, keine Reste, das ganze war keine Geschichte, die sich für etwas anderes erzählen ließ, was es nicht war, aber man dafür hielt, als sei es mehr als eben diese eine Geschichte, eine gemeinsame Erfahrung, sehen Sie, wir haben es zusammen geschafft, wir kommen aus, wissen Sie, im Anfang, gewiß, war es schwierig, was ist schließlich nicht schwierig, aber mit der Zeit, nach und nach wurde es immer besser, voller.

Man konnte eines Vormittags weggehen, allein, irgendwohin, wo es plötzlich völlig still war und man die Augen schließen konnte, so daß nichts mehr da war außer dieser völligen Ruhe, und dann die Augen wieder aufmachen, um dicht das Gras zu sehen, wie es als dichte grüne Schicht sanft eine Mulde hinunterzog. Man konnte dort stehenbleiben und sagen, wie schön das alles ist. Hier nicht. Der in sich erschlaffte Fleck dort nachts auf der Straße blieb in ihm mit Einzelheiten da, ohne nach so langer Zeit an Dichte abgenommen zu haben. Er war wieder anwesend in ihm, da, sehr direkt, und stellte keineswegs eine Beruhigung für ihn dar, auf die er sich mit ihr, seiner Frau, hätte einigen können wie in den Geschichten, die man von sich bei anderen gelegentlich erzählen konnte und die alle darauf hinausliefen, daß man gemeinsam gewachsen war oder etwas eben im Lauf der Zeit entstanden war, größer als man selbst.

Für ihn war es das Gegenteil, und das war Beunruhigung, Verwirrung, und dann ein Weggleiten von ihr, allein, wie um immer noch einmal zufällig in die Straße einzubiegen, so wie er dann auch tatsächlich eines Abends sehr spät dahin zurückfinden wollte, ohne daß er sich das klargemacht hätte, wieder spät, wieder kalt, im Winter, in einer anderen Stadt, in der er sich nicht auskannte. Er sagte sich, daß er sich verlassen fühle, alles nun endgültig, wirklich endgültig aus sei, Schluß, aus, wirklich, am Ende, mit sich selbst an dem Abend an ein Ende gekommen, das nicht aufhörte, nicht aufhören konnte als dieses eine Ende, erstarrt in dem Gedanken, weg, fort, herausgekommen zu sein und darauf mit seinem ganzen Körper eingestellt, fort, weg, da herausgekommen zu sein, wo er sich nur immer auf derselben Stelle drehen konnte, in seinem Zimmer vorn, auf dem rotlackierten alten Holzstuhl am Tisch, der Wohnung, der Stadt, mit ihr überall besetzt.

Dort von ihr weggekommen, aus seinem Zimmer, der Wohnung, der Stadt heraus, hatte er es von neuem vor sich, weiß, die weichen glatten angeschwollenen Flächen, die sich hochdrückten über den Rand eines Büstenhalters, Flecke, in den Fenstern, eins hinter dem anderen aufgereiht, und die hier in der Straße sehr hoch lagen, so daß von draußen, der Straße her, manchmal nur die Schultern und Köpfe zu sehen waren, die blondgefärbten Haare zu hohen Frisuren aufgebauscht, von der dahinter verschwindenden Zimmerdecke abgehoben, schattig, die Gesichter stark gepudert und übertrieben deutlich geschminkt, angeleuchtet nur von dem wenigen Licht der Straßenlampen, so daß fast alle Gesichter sehr blaß wirkten und aufgeschwemmt von diesem hellweißen Licht, alt, verbraucht, zum Wegwerfen, die Gesichter von älteren Frauen.

Das Gesicht des Mädchens damals auf der Straße spät nachts hatte er in dem Durcheinander nicht richtig gesehen. Es klappte immer nach hinten weg, und dann, als sie etwas mehr aufgerichtet worden war, nachher, von mehreren zusammen, fiel es nach vorn und war wieder nicht genau zu erkennen gewesen. Und wie es genau aussah, war auch nicht wichtig gewesen. Wichtig waren für ihn plötzlich nur diese wenigen Flecken gewesen, hier, der Bauch, bloßgelegt, die teigige, etwas schwabbelige Fläche, dann die Stellen, an der er sie angefaßt hatte, um sie hochzuziehen,

Flecken, Stellen, die ihm sehr heftig vorkamen, ganz da, intensiv vorhanden, sehr dicht, da, an der Stelle an seinen Händen, gefunden, durch seine Hände, mit denen er sie gepackt hielt, einen Augenblick lang und dann noch einmal, gepackt, fest, noch einmal da, immer weiter vorhanden, ohne abzunehmen, in ihm wiederholt, Nuttenfleisch, Nuttenfleisch, ein glasiger durchsichtiger Tropfen wie eine Perle auf der Spitze des kleinen harten Schwanzes im Kopf, der sich zusammenzog zu diesem einen zähen kleinen Tropfen als ein Gedanke, der nicht aufhörte. Die Vorstellung ist so ein Tropfen. Der sich mit einer Reihe von Korkenzieherbewegungen durch einen hindurchbohrt, zitternd, in kleinen Rucken wie das ankündigende Zittern der Prostata-Drüse. Das kann man nicht mehr erzählen. Er dachte, als sei es jemand anderes, doch in ihm, der das für ihn dachte, daß er das immer weiter so hätte halten können, hier, diese weißen weichen Stücke eines Körpers, zusammengeschoben zu einem einzigen durchgehenden kompakten Stück in der Erinnerung, die immer noch einmal wiederkam, zugehängt mit einem weißen Laken wie das weiße Laken vor ein Fenster gespannt ist im Sommer gegen die flimmernde Hitze. Im Zimmer selbst bleibt es halbdunkel und schattig.

Daß es ihn so stark hatte berühren können, machte ihn unsicher, obgleich er sich nachher damit herauszureden versuchte, daß schließlich jemand da auf der Straße halb nackt, ohne sich zu bewegen, gelegen hatte, um den man sich kümmern mußte. Er. Hatte nachsehen müssen, ob nicht was kaputtgegangen war, zerbrochen. Es war nichts zerbrochen. Und wenn sein Gefühl dabei einfach nur Geilheit gewesen wäre, hätte er sich darüber gar nicht so sehr zu beunruhigen brauchen und die Verwirrung hätte nicht länger angehalten, als bis er seine Geilheit bei der nächsten Gelegenheit hätte befriedigen können, sie wäre langsam nach und nach wieder verschwunden, aufgesogen von etwas anderem, ihr. Und das hatte er auch zuerst angenommen, als er sich nachher noch einmal mit dem schwerfällig tappenden Bekannten darüber unterhielt, daß sie, die Frau, das Mädchen, schwer gewesen sei, worüber er sich wunderte, wie schwer doch so ein erschlaffter Körper sein könne. Die hat sich fallen gelassen. Erstaunlich schwer. Und dann diese beiden blonden Emmas! Die sie völlig vergessen hatten über ihrem Streit! Sicher würde es eine Erkältung geben, der Boden war naßkalt, vielleicht noch Lungenentzündung, aber die können was vertragen, glaub mir, die sind so ziemlich was gewohnt, meinte der andere neben ihm. Ja. Weswegen also sich noch große Gedanken darüber machen. Hier war die Stadt, nächtlich, leer, die Straße, die sie zurückgingen, nächtlich, leer, mit den Reihen stumpf verstaubter Fenster.

Sie gingen zurück, nachdem sie noch durch den Durchgang gegangen waren und vorbei auf der anderen Seite an den drei, vier schäbigen Pommes-frites-Buden, enge schmierige Verschläge in der Ehrenstraße gegenüber dem Fischladen, der dunkel lag. Ob der andere das auch ähnlich empfunden hatte? Er hatte das auch in seinen Händen gehalten und sagte, noch einmal darauf zurückkommend, als sie schon längst wieder aus der Seitenstraße heraus waren und nun über den Platz an den Taxis vorbei hinter dem Hochhaus gingen, wie schwer, wirklich, doch die Frau gewesen sei. Er hätte sich das nicht so vorgestellt, als er sie anpackte. Die Schwere, über die der andere sich noch immer wunderte, hatte er aber gar nicht gemeint. Es war überhaupt nichts Genaues gewesen, was er bemerkt hatte, sondern nur die Deutlichkeit jener offenen Stellen, die er nicht übertragen konnte auf sie, die oben in der Wohnung zusammen mit dem Kind in dem hinteren Zimmer im Dunkeln lag und schon lange schlief und zu der er hingekrochen war, noch immer verwirrt und mit diesem deutlichen Empfinden einer dichten Weichheit an den Händen, vermengt mit einer verwischten Erinnerung an einen Flur, der rot ausgeleuchtet war und den er unsicher nach hinten entlangging, dicht hinter einer breiten Rükkenfläche her, die sich oben an den Schulterblättern zu kleinen Wülsten staute, zu eng eingezwängt in eine Corsage. In dem Zimmer, in das die Frau ihn einließ, stand eine Liege, über deren Fußende ein Gummilaken ausgebreitet lag für die Schuhe, die anbehalten wurden. Meinst du, Schätzchen, ich laß mir das Ding versauen. Ach, sei doch nicht so dumm. Komm her, mach schon. Er mußte die Hose aufknöpfen und herunterlassen. Das Gummi wurde ihm von der Frau drübergezogen, die darauf mehrmals schnell mit der Hand über die Feuchtfilmschicht auf und ab glitt, bis sie anscheinend das ankündigende Zittern merkte, während er immer noch auf derselben Stelle am Fußende der Liege stand, die Unterhose und Hose verknäult unten um die Füße herum und vor sich diese sorgfältig aufgebauschte Frisur, das Haar toupiert, nackte Schultern und wie davon nach unten ziehend die weißen Beutel der Brüste, die lose bei der rhythmischen Handbewegung hin und her baumelten, Säckchen, deren nach unten ziehende Schwere, die sich fast ganz am Ende um die Nippel herum konzentrierte, dann wieder flach am Körper anlag, verteilt zu breiten rundlichen Flächen, als die Frau sich vor ihm auf der Liege ausbreitete, um ihn nun auf sich drauf zu lassen, nackt, ihre wabrigen breiten Schenkel auseinandergeklappt, nun mach schon, Schätzchen, komm, was ist, ist es nicht gut, doch, doch, doch, so daß er sich unbeholfen auf sie legte und es machte, stumpfsinnig und befangen, mit der heruntergelassenen Hose unordentlich gestaut um die Füße herum, bis es nach ein paar ungeschickten Bewegungen bereits kam und in das Gummi schoß, das mit einer Papierserviette vom schnell erschlaffenden Glied wieder abgezogen wurde und in den emaillierten Behälter unter dem Waschbecken geworfen wurde, ein loses, langgezogenes Gummiding, das feucht schimmerte und in dem unten die milchige Flüssigkeit hing, mit dem Gummiüberzug wie ein langgezogener milchig zäher Tropfen, der aus dem zusammengeknüllten Serviettenpapier, das vorsichtig zwischen zwei Finger hochgehalten wurde, heraushing und dann wegfiel, verschluckt von dem Abfalleimer, dessen Deckel zuklappte.

Die Frau fragte, ob es gut gewesen sei. Doch, doch, ja, gut. Dann kommste mal wieder und wir machen's uns gemütlich, Schätzchen, was? Sie hatte ihm leichthin die Wange getätschelt, während er jetzt wieder vor der Liege stand, leer, mit der Hose und Unterhose zusammengesackt unten auf den Schuhen. Sie war in ihre Corsage zurückgekrochen, die steif auf einem Stuhl gelehnt hatte, stand angezogen vor ihm, um ihn in den Flur zurückzubringen, wo er noch einmal ihren fleischigen, fetten Rücken vor sich gehabt hatte, den er nun klarer sah als vorher, den kleinen wulstigen Rand, wo die Haut sich über dem Rand der Corsage staute, und unten die wabrigen, breiten Oberschenkel, die beim Auftreten kaum merklich zitterten, Polster, die sich vom schräg hochziehenden unteren Corsagenrand flach hochwölbten, das Gesäß breit. Also das war es, nicht zu vergleichen mit der auf dem Straßenpflaster liegenden Frau. Die trennte sich immer an einer Stelle von diesem Vorgang vor ihm im Dunkeln, in dem er noch wachlag, ohne sich zu rühren. Dieses Mal hatte er es nicht mehr bloß gesehen wie sonst gewöhnlich nachmittags in der Stadt, wo er herumging, herausgetrieben aus seinem Zimmer, der Wohnung, unruhig, wie unter einem Zwang, der nur noch zunahm, je länger er es draußen ziellos herumschlendernd aushielt unter den sich dort auch mehr und mehr häufenden Details von Beinen, die Knie frei gelassen, immer dasselbe, überall gleich, aber das meinte er gar nicht, nicht Beine, Knie, sehr weit frei gelassen, der Abdruck von Brüsten in einem Rippenpullover, dazu die Gesichter, sich drehend, sehr frei, womit er nachher wieder nur belastet zu ihr zurückkehren mußte in die Wohnung, um von neuem das als eine Schwäche zu empfinden, durch sie, ihre Gegenwart, daß sie noch da war und er zurückkam anstatt irgendwoanders hingegangen zu sein, das hieß: weg von ihr, raus aus diesem Durcheinander von Gefühlen, widersprüchlichen Empfindungen, trüb und so verstellt durch all ihre endlos anhaltenden Redereien, Angriffe, Entschuldigungen, Verteidigungen und Rückzüge, nur um neu anzufangen, wieder einmal, was gar nicht neu anzufangen war, sondern sich offenbar nur so mühsam auf diese Art fortsetzen ließ, nachdem man sich gegenseitig versichert hatte, wir müssen das alles neu anfangen, ganz von vorn, mein ich, beide getäuscht durch die Vorstellung, wir haben ja noch nie miteinander richtig angefangen zusammenzusein. Wie konnten sie überhaupt neu anfangen, wenn diese Erklärung in sich schon wieder eines jener, wie sie sich nachher gegenseitig zu erklären versuchten, Mißverständnisse war, die schon in der bloßen Unterhaltung da waren, denn sie hatte sich dabei etwas ganz anderes vorgestellt als er.

Sie hatte wieder etwas gesagt, was sie gar nicht so gemeint hatte, wie er es auffaßte. Sie hatte tatsächlich nur gemeint, daß die Erkältung beim Kind nicht so schlimm sei, es müsse schließlich so etwas wie Abwehrstoffe in sich entwickeln, und die Wohnung sei ja schließlich auch nicht gerade dicht, es zög überall durch, aber daran lag es doch nicht, mußte sie einsehen können, es lag am Heizöl, daß kein Heizöl da war, schon seit einigen Tagen nicht, und der kleine elektrische Heizapparat kam gegen die Kälte nicht an, sie hätte daran denken können, er aber auch, kam ihre Stimme wieder hoch, so daß es von da an wieder nur diese Stimme war, dann seine Stimme, ineinandergewickelt, hin und her, nicht mehr auseinanderzukriegen, bis sie beide am Schluß erschöpft voreinander standen, hilflos, beide, sie, ohne daß auch nur etwas von der Unstimmigkeit geklärt worden wäre, und sie sich beide weiter hilflos zueinander legten, es trotzdem noch einmal als allerletzten Versuch miteinander zu versuchen, obwohl das nur eine körperliche Beruhigung bedeutete, aus der er, wie er von sich glaubte, nur um so erledigter herauskam, leer, wenn er danach allein wieder in seinem Zimmer lag, noch nicht sofort einschlafen konnte und in das Dunkel starrte, um sich die Stadt, die Wohnung, sein Zimmer, aufs neue dicht um sich herum, klein und eng, ohne daraus fortzukommen.

Die Erinnerung kommt zurück. Man sieht was, das ist nicht da. Und jemand spricht. Ein Satz. Bilder kommen. Oh, leck mich aus. Bilder. Schlupp, schlupp. Bilder. Alle bunt. In Technicolor. Ruckzuck. Und jemand spricht. Die Erinnerung kommt zurück, ein Tropfen zäher Flüssigkeit oben auf der Spitze eines Schwanzes. Küß mir den weg. Noch ein Satz. Langsam fällt ein Bild. Daraus mußte er herauskommen. Schon längst war das, was er an dem einen weit zurückliegenden Abend gesehen hatte oder vielmehr direkt gefühlt, zu dem geworden, was er von ihr mehr haben wollte und an ihr weniger war, weil er es nicht sehen konnte, nicht anfassen, obwohl das mit ihr tatsächlich mehr bedeutete als nur ein paar Flecken Haut anzufassen, nämlich zu sprechen, sprechen zu müssen, antworten, fragen, weggehen und wiederkommen, etwas reparieren, eine durchgebrannte Glühbirne herausschrauben und eine neue einsetzen,

und das trotzdem soviel weniger war als diese weißen, atmenden Flecken nackter Haut, die Intensität, mit der sie da waren, die er aber doch auch an ihr irgendwo erfahren mußte und die auch an ihr waren, nur daß sie, wie um sich vor ihm zu schützen, als sei es von allem, was sie sonst war, das Bedeutendste, das vor ihm verborgen zu halten schien: sich selbst. Es mußte sie sein, einfach nur sie, wie sie wirklich war, einfach nur da, ein warmer, weißer bloßliegender Fleck. Das war sie dann wieder nicht. Sie war es nicht, war statt dessen eine schmale, kleine Hand, Finger, sauber und dünn, ein wenig gespreizt und von sich weggehalten, klebrignaß. Sie war ein flach daliegender Körper, der heftig atmete, und ob sie das wollte, wußte er nie genau. Vielleicht konnte sie ihm das nur nicht sagen. Was hieß das aber schon, sie konnte ihm das nur nicht zeigen, daß sie das sein wollte. Er konnte sich das von ihr klarmachen, es half nichts. Sie blieb für ihn eine ständige Absicht, ihn mit dieser Stummheit nur in die Enge zu treiben, ihn selber stumm zu machen, stumpf, ganz auf ihn geworfen, um ihn damit zu erdrükken, Ausschlag, den man von der Haut abkratzen konnte, der wiederkam, überall an ihm, ein Geräusch um ihn herum in der Wohnung, mehrere Geräusche auf einmal.

Und jetzt schien sie ihn doch zu hassen. Sie ging ihm aus dem Weg, sie hielt sich zurück, aber das war eine Falle. Sie wollte ihm damit nur um so deutlicher zeigen, daß sie immer noch da war, sich durchgesetzt hatte und nachgeben konnte. Sie konnte jetzt großzügig sein, ihn das spüren lassen, wie großzügig sie war, indem sie sich scheinbar ihm gegenüber fügte. Ihn dadurch aber auch wieder nur zwang, sie zu hassen, denn dann konnte sie ihm direkt vorwerfen, du haßt mich, hast das schon immer getan, wenn ich zurückdenke, die ganze Zeit, worauf er sie dann wirklich in dem Moment haßte, ja, ja, stimmt genau, du Scheißfotze, Drecksstück, ja, Drecksstück, was, ich ein Drecksstück, ich laß mir das von dir nicht mehr gefallen, wozu, doch, ja, er haßte sie, hätte sie jetzt schlagen können, immerzu, und schlug sie, ja, Scheißstück, oh, oh, irrsinnig, verrückt, ja, weiter, immer feste drauf, auf den Kopf, ihr ins Gesicht, schlagen, bumms, da hast du, was du brauchst.

Sie begann zu bluten, merkte er plötzlich, während er erschrokken zusah, wie ihr dünn ein roter Faden aus einem Nasenloch herauskam, ich blute, siehst du, ich blute, jetzt blute ich schon, Schwein, ja, Schwein, sollte sie sich wegbluten, dann war sie weg.

Er konnte sie nicht mehr sehen mit dem Tempotaschentuch gegen die Nase gehalten, das war zuviel, sie sah ihn nicht an. Er wartete, ob sie nun zu weinen anfangen würde. Sie weinte nicht, sagte auch nichts, sondern stand nur vor ihm und hielt das Tempotaschentuch gegen ihre Nase, drehte es um, so daß er in dem weich zerknüllten Papier einen roten Fleck sehen konnte. Sollte sie wegbluten, weg, dann war sie wirklich weg. Der rote Fleck Blut regte ihn noch mehr auf. Der rote Fleck, das zerknüllte, gegen die Nase gehaltene Taschentuch, sie, alles war viel zu deutlich vor ihm als roter Fleck, ein gegen die Nase gehaltenes Tempotaschentuch und sie, viel zu deutlich da, immer, immer noch deutlicher, solange nichts anderes dazukam. Noch ein Schlag gegen ihren Kopf. Noch immer nichts. Keine Reaktion. Also noch ein Schlag. Bumms. Klatsch. Ein Wort. Immer noch nichts. Nichts Neues. Von ihr. So daß die Sätze, alle Worte sich wie von selber fortsetzten, mühelos, ein Wort und noch ein Wort, klatsch, bumms, peng, ein Schlag und noch ein Schlag, ein Schlag gegen ihren Kopf, der Kopf fiel immer noch nicht ab. Jetzt konnte er nur noch so tun, als lachte er. Hahahahaha. Aber das Taschentuch mit dem roten Fleck war immer noch so entsetzlich deutlich vor ihm. Hahahaha. Da blutest du, was, ganz recht, geschieht dir recht, du Scheißfotze, ja, Scheißfotze, immer rein, immer rein. Haha. Blutest, schön, sehr schön. Ha. Er haßte sie. Sie hatte alles von ihm weggenommen, ohne daß er als Trottel davon etwas gemerkt hatte, seine Pläne, seine Vorhaben, die Zeit kosteten, über die er sich erst einmal klarwerden mußte mit der Zeit, weggenommen, immerzu von ihm weggenommen, alles von ihr verschluckt, weg, ein Gedanke nach dem anderen, die Pläne, die Vorhaben, weg, verschluckt, Pläne, Gedanken, weg, um ihn endgültig fertigzumachen. Mit so einem billigen Nasenbluten. So einem Taschentuch. Gegen die Nase gehalten. Ihrer Starrheit. Was für ein Widerstand, wie tief mußte er noch in sie reintreten. Tottrampeln würde er sie, denn wenn hier einer überhaupt kaputtging, dann sie, endgültig, kaputt, er war noch lange nicht kaputt, er war schlau, hatte das Trickhafte in ihrem starren Haß völlig durchschaut. Dieses Taschentuch war der Trick. Und diese Stummheit war der Trick. Und daß sie so dastand, war der Trick. Alles von ihr Trick. Er sah das doch genau, durchschaute das. Dachte sie, er sei so dumm und fiel drauf rein? Gedacht! Was ist los? Noch immer nicht genug? Noch so ein Klatsch? Faß mich nicht an, faß mich ja nicht noch einmal an, ich bin's leid, hier, siehst du das, kannst du das sehen? Es war ein zusammengeknülltes Tempotaschentuch. Ich kenn das. Warum gingen sie nicht weg und kauften sich was zum Anziehen, für sie eine Lederjacke, für ihn eine Cordhose? Alles Trick! Alles Trick! Schätzchen! Alles Trick! Hahahahahahaha! Du tust mir leid. Du mir auch. Fall tot um. Fall du doch. Pfff. Was bist du doch für ein dreckiges Scheißstück, was bist du doch für ein dreckiges Scheißstück. Er kam davon nicht los. Dieser Haß war nicht nur gegen sie gerichtet. Er meinte damit auch sich selber, was ihm immer dann wieder bewußt wurde, wenn er merkte, wie er sie gar nicht mehr mit seinen Vorwürfen, seinen Erklärungen erreichte. Du fühlst etwas und kannst es nicht bekommen. Es ist wenig. Trotzdem kannst du es nicht bekommen, so wenig das auch sein mag, würdest du es bekommen haben. Ich bin allein, sagst du dann. Er wollte sich das aber nicht vorhalten und wehrte sich dagegen. Er schlug das Kind, das ihn nun mit seinem fortwährenden Gelalle störte. Wieder mischte sie sich ein. Er sagte sich, ich bin allein.

Wenn er einmal daran gedacht hatte, daß, wenn es mit ihnen nicht gut ausgehen würde, ja letztlich immer noch die Möglichkeit bestünde, sie zu verlassen, zunächst gar nicht einmal richtig und ganz zu verlassen, zuerst nur für kurze Zeit, zuerst einmal, wenn er auf jemand anderes, eine andere Frau, die ihm gefiele, treffen würde, dann war es dafür nun Zeit. Aber ihm blieb nicht einmal mehr das übrig. Er konnte jetzt nur noch immer weiter so vor ihr stehen und reden, immer weiterreden, etwas erklären, reden, und nur denken weg zu wollen, weg, immer wieder, ein einziger Gedanke. Das war dann Flucht. Weg. Weggehen. Flüchten. In diesem Zustand. Und ihm kam das gleichzeitig dann wieder so unsinnig vor. Zu flüchten. Weg. Hier. Herauszugehen. Schäbig. Eine traurige Angelegenheit. Das Ende vom Lied, sagte man, versackt. Der eine konnte dabei dem anderen nicht mehr helfen. Selbst eingesackt. Versackt. In sich selbst. Ich bin allein. Ein trauriges Lied. Wer damit für sich zuerst angefangen hatte, er, sie, ich bin allein, ich bin allein, du kannst mir nicht helfen, du kannst es nicht, aus irgendeinem harmlos scheinenden Anlaß, sieh mal, wie allein ich bin, längst unwichtig geworden, vergessen. Knöpfe mußten weiter angenäht werden, Socken gewaschen, ein Zimmer neu gestrichen werden, eine Glühbirne von Osram neu eingesetzt. So daß das einzige nur noch war zu warten, weiter zu warten auf eine Gelegenheit abzufahren, weg, fort, in den Zug gestiegen und in einem Abteil sitzend, das wenige Gepäck über sich im Netz, und dabei leer aus dem Fenster zu sehen, eine Landschaft gleichgültig vorbeiziehen zu sehen, draußen, in dieser Jahreszeit, Winter, im Dezember, spät vormittags, gegen Mittag, jetzt.

Der Nebel, sehr fein, wäßrig, ein zerstäubter weißer Dunst mehr als ein dichtes, gestautes Gedränge, in dem nahe am Bahndamm entlang das krüpplige Unterholz eingetaucht war, sehr wenig und still und kaum zu sehen, vielmehr nur spürbar, ganz zerstäubt. Erst weiter hinten, in der Stadt, zwischen den Häusern, wo der Zug stand oder durchfuhr, oder dann hinter der Stadt, wenn von neuem freies Feld sich heranschob, verschwamm alles mehr in einem dünn sprühenden Dunst, doch noch immer, wenn nicht sogar stärker geworden, sehr still. Es war noch der Morgennebel, der sich gehalten hatte und vielleicht gleich erst verschwinden würde, vielleicht auch nicht mehr, sondern sich halten mochte bis in den Nachmittag hinein, gleichmäßig schwebend. Undeutlich in der Luft oben war Sonne zu sehen, auch sehr verteilt, eine verwischte hellere Stelle Licht, ebenso leer wie dieser sich gleichmäßig zerteilende, auflösende und dann doch nicht völlig verschwindende neblige Dunst, der ihm zwischendurch manchmal auffiel, dann wieder nicht, obwohl er ständig nach draußen sah, gleichgültig, keineswegs befreit, nun doch einmal herausgekommen zu sein, wie er sich das vorgestellt hatte. Er fühlte sich eher erschöpft, reduziert auf dieses stumpfe Sitzen am Abteilfenster, dieses Starren nach draußen, nachdem er einige Male zu lesen versucht hatte, sehend, es ist Winter, jetzt schon Winter, auf einmal, dachte er, in der Stadt war ihm das gar nicht genau bewußt geworden. Es war bloß kälter geworden, das war alles gewesen. Eine Zeit war nun endgültig vorbei, der Sommer mit der Ankunft seines Freundes, das Ausgehen abends mit Gerald und dem Mädchen, dann mit Rainer, sie alle zusammen, schließlich die See, herankommend, massig, in hohen, schweren Wellen, und danach wieder das Gehen, allein in der Stadt, die Bilder, Möglichkeiten und sonst nichts.

Diese Bahnfahrt war schon lange geplant gewesen. Sie war nichts anderes als ein Zufall, kaum mehr als eine Gelegenheit, einmal kurz aus der Wohnung herauszukommen, weg für einen Tag aus der Stadt, die ihm eng geworden war, klein und wie überlebt mit den von ihr überall besetzten Plätzen und seinen Bekannten, dem Zusammenhang, der immer weiter so blieb trotz der andauernden Differenzen, die sich aber genauso zwischen ihnen immer weiter ergaben, wie aus der Luft gegriffen, mochte ihnen, Gerald oder Rainer, vorkommen, obwohl schließlich die Übereinstimmungen immer weniger geworden waren, etwa Filme, die sie gesehen hatten und gut fanden, manche Filme zweimal hintereinander gesehen, Budd Boettichers Legs-Diamond-Film, mein Gott: ja, war der gut, the rise and fall of legs diamond, dann Filme von Alan Baron, von Don Siegel, auch zweimal gesehen, der Film von Siegel in einem fahlen Blauton gehalten, Straßen, Gesichter, eine hölzerne Gartentür wird am Anfang aufgestoßen. Einen schmalen Fußweg, der sich durch eine bläulich abgeschattete grüne Rasenfläche zieht, gehen zwei Männer auf das Landhaus zu, beide mit einer Sonnenbrille, der ältere hat eine Aktentasche geschäftsmäßig in der Hand, den richtigen Schlüssel in der Tasche. O Jonny, Jonny, ich liebe deine Reflexe. Er schaffte die Fahrt durch einen holprigen Seitenweg in der genau errechneten Zeit. Alles lief nach Plan. Am Schluß war nur der ältere übriggeblieben, der aus dem Haus tritt und dann rückwärts, von einem irren Schwindel gefaßt, wegkippt. Tod eines Killers. Lee Marvin. Nach Hemingway. Das schien so wenig zu sein, diese Filme an einem Samstagabend, Spätvorstellungen während der Woche, Bücher, über die sie redeten, viel weniger als sein Problem, in das sie, Rainer, Gerald, ihn nur noch mehr hineingetrieben hatten mit ihren Ansichten, es sei doch gar nicht so schlimm, gar nicht unerträglich, er, Gerald, sehe das so, und er, Rainer, sehe das so, laß doch alles laufen. Frauen sind so. Da mußt du dumm quasseln. Er, Gerald, unterhielt sich grundsätzlich nie mit Frauen ernsthaft. Sie bekommen immer sofort einen fiesen persönlichen Zug. Steck da einige Colas rein und geh mit ihnen aus. Das konnte er ja auch ähnlich so mit seiner Frau machen. Zugegeben, daß es wohl etwas anders war, aber so grundsätzlich auch nicht. Es gab keine Gründe dafür, daß es mit ihnen klappen würde, keine Notwendigkeit lag darin, und wenn er einmal genau dachte, war er doch grundlos mit ihr zusammen. Der Zweck im Anfang war verschwunden. Dieses Grundlose aber war geblieben, wirklich etwas sehr Grundloses, in dem er sich mit ihr einzurichten versucht hatte, mit ihr und dem Kind und seinen Interessen.

Beide, Rainer und Gerald, sahen, daß es an ihm lag, das überhaupt zum Problem gemacht zu haben, denn er war ja schließlich auch schon vorher mit ihr zusammen gewesen, und sie sah doch attraktiv aus, war nicht dumm, das Kind nicht besonders quengelig, und störte es ihn, dann war das doch, das Wegwerfen von Spielsachen aus dem Laufställchen ins Zimmer, das unbeholfene Tappen im Flur, von ihm leicht zu überhören. Wogegen wehrte er sich eigentlich noch, und was war diese Starrheit, mit der er darauf bestand, sich gegen sie wehren zu müssen. Sie hörten ihn über diesen Zusammenhang reden, als sei er eingesperrt, gefesselt, festgemacht an einer Wand. Die Wand war für sie gar nicht zu sehen, nirgendwo, sie, seine Frau, konnte diese Wand nicht sein. Genausowenig war sie ein Loch, in das er hereinfallen konnte und verschwinden würde. Und wenn er darin verschwinden sollte, war es seine Schuld. Abhängig zu werden, ja, das ging, aber diese Abhängigkeit wiederum bedeutete genaugenommen doch nichts, sie konnte alles bedeuten, also tatsächlich nichts. Wenn du unbedingt willst, daß du abhängig bist, dann sei das doch einmal. Was ist denn schon dabei. Mir kommt das so vor, du brauchst das auch in gewisser Weise. Mir persönlich geht das ja ab. Du weißt, ich hab dir erklärt, wieso. Es ist so, das eine nicht zu verstehen wie das andere. Dabei kannst du das doch gut sein lassen. Gerade das ist es doch, was macht, daß du weiterkommen kannst, es nicht zu verstehen, sagte Rainer. Was ist das denn Besonderes, oder anders rum, was soll denn das Besonderes sein, was ihr macht, wohl gar nichts. Wenn ich mir da überlege, worauf ich immer angewiesen bin, traurig, worauf sie wieder da in der Unterhaltung angelangt waren, wo sie schon einmal hingekommen waren, in der Nacht, im Sommer, als Rainer ihm später den Rücken gezeigt hatte, der bloßlag, ganz glatt, gleichmäßig gebräunt, ein Rücken, die glatte braune Fläche, und davor in England, London, beim ersten Male, als er Rainer dort besucht hatte und der ihn gleich am ersten Abend damit überraschte, er sei nun so, hätte er jetzt endlich von sich gemerkt, erst jetzt, hier, so, nach einem langen, unsicheren Tasten in diese Richtung, irgendwie, obwohl ja auch schon damals in der Stadt, als sie noch zusammen waren in der Buchhandlung, wenn er sich einmal genau erinnere, also nicht erst ab hier, London, wie du vielleicht denken könntest, nicht deshalb, wegen dieser Spezialität hier in London überall an jeder Ecke mit Mode, Pop und so weiter, denn so leicht kannst du dich auch nicht innerhalb kurzer Zeit ummodeln, so einfach wirst du nicht umgedreht. Schon psychoanalysiert? Rainer wußte auch darüber Bescheid. Er konnte ihm das alles genau erklären, die besonderen Umstände, die in so einem Fall ganz besonders waren, winzige Verschiebungen, die in ihm stattgefunden hatten, eine Blickverengung, schon damals, mit fünfzehn, er erinnerte sich, die Zusammenhänge waren eindeutig, er hatte sie nur noch nicht selber begreifen können, alles war ja so verdeckt vom Üblichen, Gewöhnlichen, ein strenges Korsett, in dem er eingezwängt war, und das so lange, umgepolt, umfunktioniert, irgendwie hing das dann auch zusammen mit den Verhältnissen bei ihm zu Hause. Die Mutter war schuld. Ein guter Grund. Die Mutter. Einschlägig. Mutter. Die alte Klamotte, ausstaffiert mit alten Unterröcken, alten muffigen Unterhosen, abgegriffenen Strumpfhaltern, gegen die schützend und liebevoll ein Kind gedrückt wird. So einfach? Die Therapie: Schockbehandlung, erzählte ihm Rainer, gewöhnlich machen die es hier mit Schockbehandlung. Er hatte von einem Bekannten gehört, der mit Gysin befreundet war, und Gysin kannte wieder den Soundso, Bull Hubbard, der ja bekannt war. Die ganze Internationale. Und du schreist, du schreist, Bilder an die Wände projiziert, voller Verständnis für deine Art, aber niemand hört dich. Nein, nein, danke! Dafür bedanke ich mich! Hast du das etwa gemeint? Man kann da nichts mehr machen, glaub mir, ein winziger Ruck, irgendwie, ein winziger Ruck, der akzeptiert werden muß, dann bist du da angekommen. Den Ruck selbst spürst du dabei nicht, flupp, das Syndrom ist da. Mit Psychoanalyse kommst du nicht weiter. Akzeptieren muß man seine eigenen Umstände, die Bedingungen, die du sowieso nicht mehr rückgängig machen kannst, rechts, links, rechts, links, aussortieren, die besondere Art. Sie gehörte dazu. Man hatte sie dann kostenlos, war leicht zu bedienen. Proust: Oh, Sie sind hinten aber gut bedient! Gestatten? Das Tasten in diese Richtung war vorbei, jenes lange Hinauszögern, das sich selber andauernd hinauszögert, eingeflochten in etwas, das verordnet wird durch Angst, die sich selbst reguliert.

So hatte er aber seinen Einwand gar nicht verstanden wissen wollen. Rainer, schien ihm, wollte nicht verstehen, daß es ihm darum ja gar nicht ging, der Fakt war wichtig, daran das Chice, als etwas Wissenschaftliches erklärt, daß Mauern eingerissen werden müßten, die Regelung des psychoenergetischen Haushalts erfordere die Möglichkeit zu der jedem Alter entsprechenden sexuellen Befriedigung und so, ein Gerede, das sofort immer schon am Ziel war, von vornherein, als der ihm das am ersten Abend erklärte, spät, oben, über eine Tasse stark aufgebrühten Tees hinweg, der mit Milch wieder abgeschwächt wurde, die zuerst in die Tassen gegossen wurde, in seinem Zimmer, das zur Straße hinaus lag, die in eine gelblich fahle Beleuchtung eingetaucht war, aus der bleich die Gesichter der wenigen Passanten draußen herankamen und wieder verschwanden, in diesem Nebellicht wie ausgezehrt.

Verstehen müsse er das doch. Was? Ihn? Das mit ihm, Rainer, wie er jetzt war. So. Versteckt hinter einem Wort, das Syndrom, das sich in diesem Zusammenhang chic machte, das Syndrom, um das er um Verständnis bat. Sehr gut. Um das Syndrom ging es. Das Syndrom. Was war daran denn so schwierig zu verstehen? Nichts. Jedenfalls nicht so, wie Rainer ihm das nun seinerseits vorhielt, einmal und noch einmal. Aber dann, wenn nicht von ihm jetzt, hier, in London, in Rainers Zimmer, zu verstehen und nicht ohne verstanden zu haben, von ihm zunächst einmal einfach zu akzeptieren, was war denn dann sein Reden gegen Rainers Selbsterklärungen, was, das er mit seinen Gegenargumenten verbergen wollte. Also komm, hör schon auf zu reden und leg die Karten auf den Tisch. Jeder hatte davon etwas in sich. Gib's zu, hab keine Angst, es bringt dich nicht um. Gestatten? Das Summen ist das sanfte Summen eines Heizkörpers, der uns wärmt. Also komm und leg schon die Karten auf den Tisch.

Das war es einmal, wogegen er sich wehrte, und dann, während einer dieser detaillierten Schilderungen von einzelnen Vorgängen, waren es diese Einzelheiten, aus Rainer herausgefragt, die auf ihn lächerlich erschreckend gewirkt hatten. Und er kam mit seiner Vorstellung nicht bis dahin, merkte er, nicht bis hin zu dem kreisförmigen Lichtschein der Lampen auf dem Boden am Ausgang eines Parks, das stumme Gedränge im Halbdunkeln außerhalb dieser kreisförmigen Lichtflecken, und nicht bis hin zu den Hauseingängen, den Fluren irgendwo oder Diskotheken, die offenbar dazu gehörten. Toilettenjungs schieben sich langsam durch einen Türspalt. Dafür wurden alle Gründe herangezogen und persönlich umfrisiert, die Details geglättet, die besonderen persönlichen Umstände, die in so einem Fall immer ganz besonders zu sein schienen. Diese Besonderheit wurde wie ein Vorsprung gesehen, man hatte ihn oder hatte ihn nicht, dabei konnte ihn jeder haben, wenn er nur genau in sich hineinsah, wie gesagt, der Heizkörper innen summt sanft und wärmt.

Weit war draußen die Straße zu überblicken gewesen, die sich direkt vom Haus weg gerade hinzog bis zu der Kreuzung Westbourne Grove, Hereford Road mit der Wimpy Bar rechts an der Ecke, die Wimpy Bar, wieder so ein Wort, wieder so englisch wie die Straße, schnurgerade angelegt, die weiter gerade hinter der Kreuzung verlief, sich aber dann doch verlor in einem streng geordneten Gewirr, zusammengesetzt aus diesen durchgehenden Häuserfronten, die dennoch genau aufgeteilt waren in einzelne Abschnitte durch die immer gleichen überdachten, etwas vorgezogenen Hauseingänge. Balkone, die scheinbar nie benutzt wurden und immer auf zwei Säulen gestellt waren, die eine Säule oft in einem anderen Farbton als die andere gestrichen, darüber die kastenartigen Balkone manchmal schwarz wie geteert, die Fenstereinrahmungen weiß, andere rosa, blau, rot, alles in Pastellfarben, was vielleicht einen bunten Eindruck hätte machen können, wenn nicht alle Fronten verwahrlost ausgesehen hätten mit dem abblätternden Anstrich, dem schuppigen Putz und total vernachlässigten kleinen Vorgärten, mit altem Zeitungspapier gefleckt, verrosteten Dosen, eine allgemeine Verwahrlosung überall, die besonders abends bei der Straßenbeleuchtung auffiel, eingetaucht in dieses Licht, das die Gesichter, überhaupt alles Bloßliegende krank aussehen ließ, die Haut fahl und ausgebleicht und die Lippen kaum merklich blau angelaufen.

Er war genauso lächerlich zurückgeschreckt, als Rainer von dort zurückgekommen war und sich bei ihnen zuerst einmal einquartierte im Mittelzimmer, das sie für ihn ausgeräumt hatten, weil es immer noch weiter sein Freund, sein alter Bekannter, war, der wiederkam, wie um eine Zeit mit ihm fortzusetzen, die es längst nicht mehr für sie gab und sie beide auch längst schon vergessen hatten mit der Buchhandlung und dem muffigen, dunklen Keller unter dem Laden, wo er fast drei Jahre lang nur Pakete aus- und eingepackt hatte, diesem zellenartigen Kabuff neben dem Packraum, das vollgehängt war mit diesen erbärmlichen, widerlichen Heiligenbildern, auf Holz aufgezogenen Drucken von Ikonen, schöne Stücke, jeden Herbst eine neue Kollektion, mit den Kreuzen und Bündeln Rosenkränzen, dem Kabuff, in das die Treppe tappend herunter, eine Hand plump und unbeholfen ans Herz gelegt, der Inhaber kam, der sie jedesmal damit erschreckte, weil es ein so abstoßendes, schmieriges Bild war mit der Hand, plump in die Herzgegend gehalten und dem leisen stöhnenden Winseln, das Gesicht grob aufgequollen, und dahinter, hinter dem schwach die schmale Eisentreppe herunterschwankenden Mann, trippelnd diese Frau, die sie alle haßte, irgendwie dumm war vor Haß auf jeden, der dort arbeitete, auf sie alle, alles Lehrlinge, die nichts taten, sich drückten, wo sie nur konnten, und irgendwie alle stahlen, sie stahlen alle irgendwie immer nur Bücher und Bücher, immerzu, und machten sonst nichts, so daß sie immerzu hinter jedem einzelnen her sein mußte und zusehen, aufpassen, daß nichts verschwand, nichts weggeworfen wurde oder kaputtging oder daß jemand zu lange auf der Toilette sitzen blieb und dort rauchte, dabei zu lange las, das Buch womöglich dort bis zum Abend versteckte, dann einsteckte, klaute, das Oberhemd aufgeknöpft, das Buch da reingeschoben, Hemd wieder zu, lose hing das Jackett dann darüber, und man sah nichts, die Post, die noch abends weggeschickt wurde, unter den Arm geklemmt,

also wie um diese Zeit mit ihm und Gerald, der während Rainers Abwesenheit dazugekommen war und den sie beide noch von dorther flüchtig kannten, fortzusetzen, obgleich die Zeit völlig anders geworden war, auch die persönlichen Umstände, ihr Verhältnis zueinander aber nicht, sie verstanden sich noch immer, konnten sich schnell einigen, was der eine gut fand, der andere noch nicht kannte, weil Rainer ja nur eine Zeitlang fort gewesen war, etwas über drei Jahre, sonst nichts, so daß sie nun an einem beliebigen Punkt von vorne beginnen konnten, wie sie glaubten, nur daß er eben jetzt schon verheiratet war und da noch ein Kind war, klein, wenig zu beachten und ihn nicht störend, ebensowenig wie seine Frau, obwohl beide, das Kind und sie, sich dazwischen geschoben hatten, wie sich dann herausstellte, aber nicht störend, wenigstens nicht für ihn, Rainer, dem ein derartiger Zusammenhang ohnehin fremd blieb und den er sich für sich ja auch nicht vorstellen konnte, verstehst du, mir kommt das komisch vor, wie ist das, gut, nicht gut, muß doch oft lästig sein, denke ich, betonte er ihm gegenüber, grundsätzlich lästig, meine ich, im Einzelfall dann aber auch wieder nett, könnte ich mir vorstellen, wenn man das aushalten könnte, ich meine, ohne daß das einmal aufhören könnte und was Neues anfing, ganz was anderes, davon Unterschiedenes, und nicht immer dasselbe. Also wirklich, ich denke mir das schwierig, obgleich, verstehst du, diese Art ja auch nicht ideal ist, immer auf der Suche, weiter, aber man kommt dabei viel rum, sonst manchmal traurig, wenn ich mir überlege, denke ich, manchmal, so irgendwie, wie sagt man das noch im Deutschen, er überlegte, ohne daß ihm sogleich der deutsche Begriff dafür einfallen wollte.

Umsonst? Vergeblich? Sinnlos? Als ob du läufst und läufst, immer weiter, nur um zu laufen, ohne daß du nur dieses andauernde Laufen dabei meinst. Und jedesmal meinst du, du hättest etwas damit erreicht, was im gleichen Moment dann schon wieder ganz weit wegrückt. Was du plötzlich in der Hand hast, ist nicht das, was du wolltest, ein alter Hut, eine alte Sache. Du knöpfst die Hose wieder zu, um sie gleich darauf auch schon wieder aufzuknöpfen, beim nächsten Mal dasselbe. Fast so wie bei ihm. Trotzdem hatte es ihn beide Male, damals in England und nun wieder, jetzt hier, an Rainer betroffen gemacht, beim zweiten Male regelrecht erschreckt, das so unmittelbar bei ihm zu sehen, als sei es eine Krankheit, vor der er sich zu hüten hatte, lächerlich einfältig von ihm so Rainer gegenüber empfunden. Und beide Male war es die Direktheit dieses anderen ähnlichen Vorgangs, die ihm immer nur plötzlich in einer Einzelheit verständlich wurde und ihn erschrocken machte, während sie Rainer selber nichts bedeutete, sondern nur erwähnt worden war, um damit den Fakt klarzustellen, er sei so, ja, wirklich, so und nicht anders,

eine Einzelheit wie das Bett, auf dem Rainer gesessen hatte, gegen die mit Bildern vollgesteckte Seitenwand, eine Wand voll fremder Zeitungsausschnitte, Fotos aus Magazinen, Sprüchen, fuck for peace, Batman, die Tarnkappe vors Gesicht gebunden, it is well to remember that evil is a pretty bad thing, zurückgelehnt und in dem Moment, wo er ihm das erzählte, fast selber noch immer wie erschrocken über seine Entdeckung. Er sah ihn da auf dem Bett zurückgelehnt hocken und hörte zu, wie er ihm von diesem Bett erzählte mit jemandem darauf, lang ausgestreckt, auf dem Bauch, nackt, mit einem Gesicht über den Rücken gebeugt, das über die Rückenfläche hinwegleckte in langen, saugenden Zügen langsam von den Schulterblättern abwärts nach unten zum Gesäß und weiter darüberhin leckend, langsam, Zug für Zug, zwischen die Bakken, die Hinterbacken auseinander gedrückt, um tiefer, weiter in die Mitte hinein lecken zu können, das Gesicht gegen die hinteren Wölbungen gedrängt, zittrig, bis dann die Zunge zwischen den weitgespreizten Schenkeln zu spüren war, über den Sack tastete, die Sacknaht, wirr, die Körper ineinandergemengt, das Geschlechtsteil eingesogen in den Mund, der Mund davon voll. Du kannst dir nicht vorstellen, wie sehr ich beim ersten Male dabei Angst hatte. Ich bin fast gestorben, daran, während das ablief. Ich dachte, es bringt mich um, im Ernst. Ich hab gezittert vor Angst und lag da wie tot. Und der Heizapparat schnurrte immer weiter. Ein gleichmäßiges, sanftes Geräusch. Es hat mich beim ersten Male fast umgebracht, ich hab noch eine Woche nachher diese Angst wiederholen können, wenn ich daran zurückdachte. Ich hab gedacht, ich bin krank. Du bist krank, hab ich mir gesagt, krank, ehrlich, krank, war immer noch ganz durcheinander. Dann war es ein Gefühl, später, nachdem was anderes dazwischengekommen war, als hättest du was geleistet, so ein ganz persönliches Gefühl, ich hatte dann irgendwie ein größeres Gefühl von Freiheit mir selbst gegenüber, als hätte ich gemerkt, wer ich bin oder so ähnlich. Ich kann dir das so schlecht erklären. Ist ja auch egal. Jedenfalls war das Schlimmste diese Angst, eine blödsinnige, irre Angst, die zu gar nichts führt. Du bist ja schon immer da! Das kannst du aber vorher nicht wissen. Also, so ungefähr ist das. Fuck for peace? Fuck for peace! Und dann? Dann nichts weiter! Die Angst ist weg. Das ist schon genug. Das Gefühl blieb fickrig genug, das war die Hauptsache.

Der Brief, in dem er ihr das so ähnlich am nächsten Tag zu erklären versuchte, hatte sich für sie gelesen, als sei er enttäuscht, dorthin gefahren zu sein und nun dort bei dem eine Woche oder vierzehn Tage, jetzt, sah sie, da er sich mit Rainer nicht mehr verstand, wohl nur knapp eine Woche verbringen zu müssen, weil er nun schon einmal dorthin gefahren war, so daß er wenigstens etwas von der anderen Stadt sah, was offenbar viel weniger wichtig gewesen war als eben die Tatsache, einmal ihn, Rainer, wiederzusehen, und mit ihm zu reden, um dann erst sich schließlich auch etwas von ihm zeigen zu lassen, von der Stadt, Merkwürdiges, Gebäude, das britische Museum, die Buchläden und Clubs, Marquee, Flamingo, Cromwellian und mit ihm durch Geschäfte zu bummeln, in den Kinos herumzusitzen und dann nachmittags in einen dieser vielen schäbigen Striptease-Clubs, in denen ohne Unterbrechungen zu ablaufender Schallplattenmusik sich Mädchen entkleideten, ein Mädchen nach dem anderen, in abgegriffenen flitterhaften Kleidern, während man kam und ging, aufrückte weiter nach vorn, um ganz nah an der Rampe zu sitzen und am Schluß jedesmal ganz nah vor sich den haarigen Fleck unten sehen zu können, wenn die Hand, die dort vorher kreisend gerieben hatte, mit einem Ruck weggezogen wurde und das Mädchen für einen Augenblick in einer übertriebenen Pose erstarrte. Gleichzeitig ruckte der Vorhang schon zu, das Licht wurde abgeblendet, eine neue Schallplatte aufgelegt. Naked City hieß der Bums, in den er allein nachmittags hineingegangen war, ein Kellerraum, der notdürftig mit Korbstühlen vollgestellt worden war. Anschließend holte er Rainer ab. Sie fuhren, nachdem sie gewöhnlich noch in einem genauso schäbig ausgestatteten kleinen Eßlokal in einer Seitenstraße gegessen hatten, mit der Untergrund zurück.

Es gab in der Untergrundbahn eine dritte Schiene, die wie die zwei anderen offen lag. Diese Schiene in der Mitte zwischen den beiden anderen stand unter Starkstrom. Der Schienenschacht lag tief. Wenn du hier runterfällst, bist du weg. Du kannst dich da ja nicht halten und kippst drauf, ein Tabu, jeder weiß das und redet nicht darüber, wenn er wieder auf dem Bahnsteig unter einer Plane wen liegen sieht. Das ist vielleicht eigenartig! Er erschrak und trat zurück. Ich hab mich zuerst auch erschreckt, als ich das hörte. Das weißt du ja einfach nicht, im Anfang hinterher gewöhnst du dich daran. Du weißt das dann eben. Das ist alles. Und manchmal siehst du dann, wenn du runterkommst, unter einer Plane wen daliegen, um den sie alle einen Bogen machen, ohne hinzusehen oder stehenzubleiben. Ich hab dir ja schon erzählt, wie ich abends spät zu Fuß einmal nach Hause ging und die Straße runterkam. Vor mir an irgendeiner Stelle überquerten sie alle die Straße und gingen auf der anderen Straßenseite weiter, wo sie dann nach einer Strecke wieder auf die andere Seite zurückgingen. Irgendwer lag da auf dem Trottoir. Was weiß ich, warum, was mit dem los war, vielleicht umgekippt, hat irgendeinen Herzanfall oder so auf der Straße gekriegt oder war vielleicht auch nur besoffen hingefallen. Lag da lang auf dem Pflaster und blieb da liegen. Vielleicht bis zum nächsten Morgen oder bis eine Streife zufällig da vorbeigekommen ist. Manchmal sehen aber auch die noch weg, haben gerade etwas anderes gesehen, das genau auf der gegenüberliegenden Seite passiert. Da kannst du nichts machen. Du gehst auch auf die andre Straßenseite rüber, siehst mal kurz hin und gehst weiter, um dann nach einiger Zeit wieder auf die andre Seite zurückzugehen. Überhaupt eigenartig, was mit den Leuten manchmal passiert. Wenn irgendwie im Winter mal starker Nebel kommt, dann sterben die Alten einfach weg, gehen ein an Nebel in ihrem Zimmer, wo sich ja keiner um sie kümmert. Mensch, ist das eine Vorstellung, hahaha, der Nebel, im Winter, verstehst du? Das mußt du dir mal vorstellen, eigenartig, eigenartig! Irgendwie, spätestens am Anfang der nächsten Woche merkt das dann der Hauswirt, weil die Miete nicht bezahlt wird. Er wundert sich und wartet noch ein paar Tage, vielleicht bis Mittwoch, Donnerstag, wenn er sich mal wieder stärker wundert, und geht hoch, nachsehen, ob was los ist. Ich meine, du hast doch schon mal gehört von dem Fall, wo eine ganze Familie sich ausrottete, ja, wo niemand wußte, wohin die eine Familie verschwunden ist, ja, ich glaub, die Sache mit dem Lastwagenfahrer, der dann verurteilt wurde, ohne daß er das war, nein, so nicht, jedenfalls war das ganz bei mir in der Nähe, wo ich nun wohne, Bayswater, das ist überhaupt ein Viertel von Einzelzimmern, meistens so wie ich jetzt wohne in dem Zimmer.

Ein billiger Club war in der Nähe, mit drag-shows. Man drängte sich in einem einzigen Raum zusammen, bis wirklich niemand mehr hineinpaßte und stand dann mit einem Bierglas auf einer Stelle still, alles nur Männer, noch nicht sehr alt, aber schon älter, ein schmieriger Club, der oben in der ersten Etage lag, unten war eine übliche Wirtschaft. Alle diese aufgetakelten Gespenster, fasrige Körper, bleichsüchtig, die Gesichter geschminkt. Schmale, knöchrige Finger, die sich verhakten, Hüften, Knie, aneinandergerieben, die lässige Schlaffheit von Toten. Ein Toter flüstert einem andren Toten was zu. Schnell vorbeihuschendes lautloses Kichern über die Gesichter weg. Sie verschwinden zusammen. Später sieht man sie wieder, getrennt, einzeln, mit andren beschäftigt. Parfum mischt sich in Parfum, unsichtbares Geranke, glasige Schlieren, die sich unermüdlich auflösen, Glimmerworte, flüstern, flüstern, hello, hello, glad to see you, glad to meet you. Da siehste mal, sagte Rainer. What a lovely feel to lick your ass. Oh, what a death that was, what a death. I was unable to think, to speak. Balls, balls, beautiful little tight balls. Do that to me, you little tiny monster. You prick. My name is Robin and I want to fuck you in the middle of the air.

Vielleicht fünf, zehn Minuten weg lag der Portobello-Road-Market, an dem man samstag vormittags ab und zu jemand Berühmtes vorbeigehen sehen konnte. Rainer hatte dort einmal Kim Novak durchschlendern sehen, kaum von anderen erkannt. Er hatte sie erkannt und starrte sie an. Als sie das merkte, begann sie sofort zu lächeln. Wie im Film, wirklich, Rainer wußte nicht, was er machen sollte, ein Autogramm wollte er schließlich ja nicht haben, ein peinlicher Augenblick, ich hab mich umgedreht und bin in eine der nächsten Hallen verschwunden. Die Hallen waren roh zusammengezimmerte, flache Holzbaracken, die sich lang nach hinten zogen. Um die Ecke mußte irgendwo ein Lesbier-Club sein, der im Moment sehr aktuell sein sollte. Da triffste wahrscheinlich auch Monster, irgendwelche mit Kitschaugen und Buckeln. Und dann natürlich diese Colonels. Butch. Stiefel an, Hosen, Hemden, keine Bürste, die Haare eingeschmiert und wie rockers nach hinten gefettet, cunt-lick-city, wirklich manchmal genauso wie in cunt-lick-city bei Bull Hubbard in seinem Nude Supper, ehrlich. Zuerst denkst du, das ist nicht wahr. Plötzlich merkst du's an den Händen oder eine Bewegung, mit der sie ihre Freundinnen, bildhübsche Tanten, anfassen oder ihnen Feuer geben. Wo der Club nun genau lag, hatte er noch nicht herausgefunden. Außerdem wechselten die Plätze hier immer so schnell, wo was los war, man sich traf, hinging. Aber das alles konnte er hier haben, gab es hier in dieser Stadt. Hier kannst du leben und verrecken, ohne einen getroffen zu haben, obgleich hier ständig, überall, immer, zu jeder Zeit, ganz gleich wann, wo, an welcher Ecke draußen Leute waren, Leute, hier, da, immer, überall, auf der Straße, an der Ecke, oben an den Fenstern, im Park, an der Bushaltestelle Leute, einer wenigstens war immer da, irgendwer, hier, wann, wo, dort, der da die Straße runterging, um die Ecke verschwand, gerade in dem Augenblick um die Ecke bog, aus dem Haus kam, stand, wegsah, sich bückte, herankam, einer, hier, dann dahinten, andere, mehrere an einer Haltestelle noch spät abends, die sich dort hinstellten, einer, noch einer, zwei, drei, ohne zu reden warteten, auf einen Bus, ob noch ein Bus kommen würde, und dann nach einiger Zeit wieder einzeln von der Haltestelle weggingen, hier einer, da einer, irgendwer, ganz gleich wo, wann, an welcher Stelle, alles voll von Leuten, immer, überall, als ob in jeder nur bewohnbaren Ecke einer haust, in Kellern, Häuserwinkeln, Verschlägen, der gerade da, wo du vorbeigehst, herauskommt oder da verschwindet und immer schon kurz vor dir an der Ecke vorbeigegangen ist, auf die Dauer wird einem das doch zwischendurch etwas zuviel. Die Parkanlagen werden nachts geschlossen, dann fährst du plötzlich einmal nach Hampstead-Heath und verschwindest da für einen Nachmittag, erzählte ihm Rainer. Weißt du, wer da immer sonntags verschwunden ist? Marx. Aha. Also ich auch einmal, aber nicht noch einmal. Ich finde den Hyde-Park besser, ist nicht weit, nur gerade den Queensway runter und schon bist du da, kannst in einem Liegestuhl erschlaffen. Das ist nun wirklich schön. Er konnte sich vorstellen, wie Rainer dort ausgestreckt in einem Liegestuhl nachmittags saß und die Augen schloß, dann zwischendurch immer noch einmal die Augen wieder aufmachte und sich sagte, daß er in einem Liegestuhl saß, im Hyde-Park oder Kensington-Gardens, im Grünen, mitten in London, England, Europa, Erde, die Welt, das Weltall, All überhaupt, oben, unten, links, rechts, ausgedehnt nach allen Seiten vom Liegestuhl weg mit ihm darin ausgestreckt in Europa, England, London, Kensington-Gardens oder Hyde-Park, im Grünen, mit einem Buch, aufgeklappt, Bull Hubbards Nude Supper, dann die Fortsetzung davon, die gerade bei Calder and Boyards neu herausgekommen war. The war between the sexes split the planet into armed camps right down the middle line divides one thing from the other. Come out of your stupid body you nameless assholes. The whole fucking shithouse goes up. Glad to have you aboard reader, but remember there is only one captain of this subway. You get it?

Die Stadt war für ihn eine wahllose Anhäufung von Gebäuden und Straßen, einzelnen Plätzen und Namen, Kinos und kleinen schäbigen Eßlokalen in Seitenstraßen, die nur augenblicklich da waren, deutlich, wenn er ihr darüber schrieb: ich bin heute morgen durch den Park gegangen mitten in der Stadt, oder: fällst du auf diese Schiene in der Mitte, bist du sofort weg, du bleibst daran kleben, verbrannt, mit Zangen muß man die Leute dann von den Schienen reißen, sie kleben daran fest. Ein merkwürdiges Gefühl. Da, einen halben Meter oder einen Meter tiefer liegt die eine Schiene, auf großen Porzellansatteln an den Schwellen befestigt, die wieder hoch aufgebockt stehen.

Aus dem Tunnelloch kommt die Bahn und zieht vor die Plattform. Türen öffnen und schließen sich automatisch. Die Wagen ziehen wieder weg und tauchen auf der gegenüberliegenden Seite von neuem ein in das rußig-dunkle Loch. Namen rutschen vorbei. Lancaster Gate. Marble Arch. Bond Street. Oxford Circus, Interchange Station. Dort hochsteigen und weiter zu Fuß durch die Stadt gehen, die Stadt groß, unüberschaubar, grau, starre strenge Fassaden oder pompöse Bauten, die mit grauem versteinertem Staub ganz überzogen waren. Plätze waren da, die er überquerte, sich etwas anzusehen, die Galerie, wo er sich ausgeruht hatte. Am Ende, nach acht Tagen hatte er viel gesehen, alles durcheinander.

Zurückgekommen war Gerald im Mittelzimmer, sie war hinten mit dem Kind. Er erzählte von Rainer. Ich hab mir das gedacht, sagte Gerald. Was? Das mit dem, den kannst du nun abschreiben, viel zu bestimmend für ihn, Rainer, ein Pech. Die erschlaffen so leicht, paß mal auf. Gerald schien recht zu haben. Aber das, was Rainer ihm erzählt hatte, blieb weiter da in diesen Einzelheiten, festgesetzt im Kopf, nachdem das Erschrecken sich aufgelöst hatte, und war dann nicht einmal mehr abstoßend. Die Einzelheiten ließen sich nach einiger Zeit von ihm zu durchgehenden Vorgängen zusammenfügen, Augenblicke, aus einem verschwimmenden größeren Zusammenhang gerissen der Mund, ganz voll mit einem halb wieder herausquellenden Geschlechtsteil als ein Bild, flakkernd, das vorbeitrieb und auch für sie eine Möglichkeit war, denn das Material war ja gleich, ein Mund, der sich öffnet, um ein haariges bräunliches Geschlechtsteil einzusaugen. Sie war schließlich seine Frau, er ihr Mann, zwei verschiedene Körper, er ein anderer, sie ein anderer, schwierig, doch es ging noch, sie wollten es auch noch, jeder mit dem andren, er mit ihr, sie mit ihm, nahm er an.

Er ging zu ihr hin und wollte es, sich auf sie legend, mit ihr. Sie legte sich auf den Rücken und wollte es mit ihm. Haben. Er bekam es immer als erster. Schnell. Er war zu hastig in seinen Bewegungen dabei. Und konnte es nur schlecht hinauszögern, obwohl er das wollte, das auch versuchte, dachte, da ist die Wand, zähl die Punkte, die kleinen Erhebungen darin, eins, zwei, eins, zwei, drei, die Zahlen konnte er dabei jedoch nicht lange festhalten, eins, zwei, drei, vier, fünf, sechs, sieben, acht, neun, zehn, elf, zwölf, dreizehn, vierzehn, fünfzehn, flupp, verschwunden, sie fluppten alle auf einmal wieder zurück, flupp, weg, zurück, während er sich auf ihr hob und senkte, flupp, verschwunden, und es war dann das leise saugende, etwas schmatzende Geräusch, das sie verursachten, ihr leises stöhnendes Atmen und ihre Hände, die über seinen Rücken griffen, ihre kleine schlängelnde Bewegung unter ihm, dann war es schon da. Kam. Innen. Außen. Heftig. Spritzte ihr in das Haar. Zwischen die Beine. Oder beim ersten Zucken auf sie zurückfallend ihr auf den Bauch, so daß er merken konnte, wie sie angestrengt dalag, es haben wollte. Das. Auch. Jetzt. Schnell. Dasselbe. Nur nach innen saugend. So daß sie ihn festhielt, sich unter ihm noch weiter zu bewegen versuchte, das Gefühl schon nahe dran, überzuquellen, sich in ihr umzustülpen, gekräuselt, er war aber im Moment noch zu erschlafft, es weiter in ihr zu machen.

Der Pint schiebt sich vor und zurück in die Öffnung. Es ist das reibende Scheuern an den weichen, verschleimten Wänden entlang. Man bewegt sich in jemandem. Tut da etwas rein. Läßt sich da etwas hineinschieben. Reibend. Nachher, als sie sich dann etwas mehr aneinander gewöhnt hatten, hielt er es länger in ihr aus, bewegte sich von der Seite her gegen sie, es war gut, er hielt sich an sie geklammert, aber noch immer zu kurz für sie, sie konnte sich nicht mit seiner Art zurechtfinden, wußte nicht, wie er das nun auffaßte und was es überhaupt noch war, das ihn das in ihr machen ließ, sie war scharf genug darauf, aber hier seine Bewegungen waren schon völlig andre Bewegungen als gewöhnlich ihr gegenüber. Er rieb mit den Fingern in ihr. Und sie schüttelte sich. Plötzlich. Das war es. Gewesen. Erschöpft lagen sie nebeneinander. Ein anderes Mal, später, nicht mehr, obgleich sie zu der Zeit das noch immer haben wollte, aber wie, nicht so, dann wie, nicht so, wie denn, so nicht.

Was ist los, fragte er sie, schwitzend an ihr beschäftigt, das Handgelenk schon verkrampft. Es geht jetzt nicht mehr. Tut schon weh. Nicht mehr, nein, nicht. Hör auf. Warum. Ich weiß es doch nicht. Wie, ich weiß es doch nicht? Er verstand nicht, machte an ihr weiter, sie sollte es bekommen, jetzt, mußte das haben, sollte, mußte das, er wollte nicht damit aufhören, konnte es nicht, ohne daß sie es nicht diesmal bekommen hatte, so daß er weiterrieb, nein, nein, nicht, es tut doch weh, ich kann nicht mehr, hör auf, laß doch, sei ruhig, sei ganz ruhig, denk nicht daran, er rieb langsam über das winzige angeschwollene Zäpfchen und darunter, weiter nach hinten um den Eingang herum, langsam, gleichmäßig, dachte, sei doch ruhig, laß mich doch weitermachen. Nein, nicht. Sie klemmte die Hand ein, schob ihn weg. Ich kann jetzt nicht mehr. Laß doch, laß doch, ich mach doch weiter, langsam. Ich kann doch nicht mehr. Er konnte nicht aufhören, die Vorstellung, daß sie das auch haben mußte, wenn nicht so, dann anders, sie mußte das doch nun bekommen. Du willst das nur nicht. Aber ja, ja doch, oh ja, ficken, ficken, bitte, aber es tut doch jetzt weh. Nein, du willst das nur nicht, ich merk's doch, du willst das nicht. Er glaubte es wirklich in dem Augenblick an ihr zu spüren, wie sie sich gegen ihn sträubte, das war es nur, nicht dieses Wehtun, keine dünne Wundheit, wie sie ihm erklärte, es war doch feucht genug, er glitt mit zwei Fingern kreisend darin herum, sanft genug, langsam genug, mußte sie doch auch merken, er wollte ihr das doch verschaffen, sie mußte es doch auch bekommen. Das ist es nicht, glaub mir, alles überreizt, sonst nichts. Er mußte aufhören. Nein, doch, glaub mir das doch, ich will das doch auch. Willst das nicht, ich merk das doch, ich merk's, warf er ihr vor. Fick dich selbst, dann hast du, was du hast. Ich selbst geb niemals was umsonst für nichts. Doch! Nein! Ich kann's an dir nicht sehen. Komm, zeig's mir doch, zeig's mir doch. Ja doch, hier, ich bin so, ich zeig's dir doch. Nein, ich kann's nicht sehen, kann das nicht sehen. Dabei wußte er gleichzeitig, daß sein Vorwurf ungerecht war. Sie wollte es genauso wie er, es haben. Du lügst, sogar noch dabei. Mit deinem ganzen Körper. Er wußte nicht, was er noch mit ihr machen sollte, sie ablecken, auslecken, den Rücken abwärts, die Innenseiten der Beine hoch, nur so eben mit der Zungenspitze die Haut dort berühren, um wohin zu kommen, höher hinauf, an ihr hoch, das wohl, ja, aber sie nicht mehr wirklich zu bekommen, das nicht, sie war ihm daraus herausgerutscht, langsam, immer schneller, weiter weggerutscht, während umgekehrt die Vorstellungen davon, nicht seine, nicht ihre, dann wessen, von wem eigentlich, stärker wurden, über sie beide gestülpt, wie es sein müßte, besser, zusammen, beide auf einmal, warum, weil es besser war, warum, eben darum, besser, als ein heller durchsichtiger Schmerz in ihnen beiden anwesend und sie beide stärker ineinander verklammert, diese Vorstellung, ein dreckiges Bild von etwas, das nicht wahr war und immer auf dieselbe Frage, dieselbe Antwort und gegenseitige Versicherungen hinauslief, wie kommt man am Ende des Ganges zur Toilette? Hier entlang. Man hat dort zu zweien Platz, hübsch freundlich eingerichtet sehr häuslich, warm.

Was sie um sich, nach und nach, aufgestellt hatten, zeigte ihnen aber nur noch, wie sehr sie sich selber darin schon festgesetzt hatten und wie sehr es ihnen schon gleichgültig geworden war, ob sie sich das überhaupt nur einbildeten oder nicht. Das Mißtrauen einander gegenüber und darin dieser winzige diffus verteilte Haß war jedoch da und allein der Grund, nicht mehr miteinander auszukommen, und nicht etwa, daß sie mit dem Kind gewöhnlich spät hinausging oder daß sie vergessen hatte, Wachsstäbchen für den Ölofen zu kaufen.

Sie mochte damit recht haben, wenn sie sagte, schließlich hätte er ja auch einmal daran denken können, die aus dem Edekageschäft an der Ecke zu holen, oder er mochte durchaus recht haben, wenn er ihr erklärte, daß sie manche Sachen doch einfach hätte liegen lassen können, um früher mit dem Kind hinauszukommen, kurz nach Mittag, wenn noch viel Sonne da war. Er konnte einsehen, sie hatte recht. Es half ihnen jedesmal nur für den einen Augenblick, danach war es immer dasselbe, alles wieder wie sonst, vorher, immer schon, dachte er, jedesmal wieder. Es gab diese Niederlagen, die sich selbständig gemacht zu haben schienen. Die Verklammerung, das Ineinandergeschobensein. So daß es gar nicht mehr ausreichen konnte, was sie miteinander machten. Beide wußten sie das. Es lag dieses Mal nicht an ihm, ein anderes Mal nicht mehr nur an ihr. Sie konnten sich beide etwas einfallen lassen, es kam nicht mehr hin, berührte den anderen kaum mehr als für den Augenblick. Was sie taten, blieb außerhalb wie das, was sie bei anderen zu sehen glaubten und das ihnen deutlich zeigte, es war nicht mehr so bei ihnen, nicht mehr so stark, um daran festhalten zu können, obgleich es immer noch da war,

eine sanfte, flach abfallende, glatte nackte Bauchfläche, die heftig atmete, weiß, sehr weich trotz der heftigen Angespanntheit, und eine andere, ähnlich breite, nackte weiße Bauchfläche darauf gelegt, der eine Fleck Haar gegen den anderen Fleck Haar gedrückt, ein Körper, ein anderer Körper, nackt zusammengeschoben ineinander, warm. Die Wärme pulsierend. Sie hatten die auch. Die Körpertemperatur. Hände, sehr deutlich vorhanden, um ineinanderzugreifen, zuzugreifen, ein Griff, seiner, ihrer, der Griff, zwei verschiedene verschwitzte Handflächen, die sich rieben, verklammert, in einem einzigen Griff. Zugegriffen hatten sie das Gefühl noch einmal. Sie hielten es in der Hand. Es war die Hand des anderen, seine Hand, ihre Hand, verschwitzt. Oder, je nachdem, eine andere Stelle. Etwas, das ganz wenig war. Gar nicht zu sehen. Nichts. Nichts mehr. Weniger geworden, weniger, zu wenig und dann nichts. Sie lagen da wie gewöhnlich, je nach der Anstrengung vorher mehr oder weniger erschöpft, der Vorgang war wieder außerhalb. Jeder war beteiligt gewesen. Draußen, außerhalb, am anderen beschäftigt. Hineinzutun. Zusammenzulegen. Passend gemacht. Die Teile. Darauf, sah er, lief es ja auch schon bei ihnen hinaus, die einzelnen Teile passend zu machen. Nur daß sie sich damit noch nicht ganz abgefunden hatten, wenigstens nicht er.

Er konnte noch Vorgänge erkennen, es gab sie sehr stark, bei anderen, und sie beunruhigten ihn noch, ohne daß er sich das so eingestehen wollte, an Rainer, Gerald, das war das eine, an Mädchen, die er vom Balkon aus unten auf der Straße vorbeigehen sah auf der gegenüberliegenden Straßenseite oder schräg zwischen zwei herankommenden Wagen über die Kreuzung laufen sah, das andere. Da schien sich noch soviel zu bewegen. Geralds ständiges aufmerksames Herumsehen, wenn er über den Rudolfplatz schlenderte oder in dem Schnellimbißlokal nachmittags vor einem Glas Tomatensaft saß, dann Rainers toupierte Haare, die Sorgfalt, die er darauf verwandte, sie sich zu kämmen, seine Fläschchen, die ausländischen Seifen, ein Hemd aus Düsseldorf von Selbach, dann ein Mädchen, das schräg über die breite Fahrbahn lief und jemandem etwas zurief. Alles so freundlich, so leichthin die Bewegungen, das Drehen, draußen.

Beides bedeutete für ihn dasselbe, es spielte sich alles außerhalb ab, war nur noch bei anderen vorhanden und ließ ihn nur noch starren auf immer dieselbe Stelle, wo es bei ihnen offenbar verschwunden war, tropfend, als sich auseinanderziehende, durchsichtige Tropfen, die sich beim Fallen schon wieder zusammenzogen zu einem ganzen, in sich dicht geschlossenen Tropfen, fallend, ohne dabei abzunehmen, und wieder, sich auseinanderziehend, fallend, weiter, ohne abzunehmen, noch einmal, durchsichtig und klar, tropfend, sich tropfend auseinanderziehend und wieder anschwellend und so fort, immer weiter, ein einfacher, unmißverständlicher Vorgang, zuck, der Tropfen kommt, zieht sich auseinander und fällt und zieht sich beim Fallen bereits wieder zusammen und fällt, noch einmal, weiter und wieder, ruckhaft, zuck, dehnt sich, fallend, um im Fallen schon wie neu anzuschwellen, ohne daß das aufhören könnte, sprunghaft, schnell, fallend, nicht mehr und nicht weniger, nicht zu verstehen, vielleicht nur zu sehen als dieser bizarre Vorgang, das schon, trotzdem nicht genug verständlich, um das einfach nachmachen zu können.

Ich hab schon verstanden. Du brauchst mir das nicht immer wieder von vorn zu erklären, ich weiß, wie es ist, nicht gut. Was du siehst, bin ich das einmal, ich glaube, nie. Werde das so auch gar nicht sein können, weil du das gar nicht willst. Aber ich bin da. Hör auf, hör bitte endlich auf. Ich kann das nicht mehr länger so aushalten, immer weiter so. Ich bin es, ganz einfach, die dich stört. Was soll sich daran viel ändern. Also, hör bitte auf zu reden, hör auf, ich kann nicht mehr. Wenn alles aus sein soll, gut, aber nicht immer so weiter wie jetzt.

Sie war ratlos und brach immer wieder das eine Streichholz, das sie sich aus dem Aschenbecher genommen hatte, durch in kleinere Stücke, das eine Stück wieder in zwei kleinere. Laß das doch jetzt sein. Es regte ihn auf, wie sie da am Tisch sitzen konnte und so ruhig das Streichholz immer weiter durchbrechen. Lächerlich. So gesehen hatte sie recht. Sie waren immer schon im voraus dort angekommen, wo sie nun wieder hingekommen waren. Das stimmte. Aber was hatte er denn eigentlich genau gesagt, was geredet zu ihr, nichts, überhaupt nichts zu ihr, wie sie das aufgefaßt hatte, eher schon hatte er zu sich selbst geredet. Er hatte sie damit schon längst nicht mehr so unmittelbar gemeint. Trotzdem mußte sie etwas herausgehört haben, das sie wieder ganz auf sich beziehen konnte, weil es wieder einmal so eine Geschichte war, die er gegen sie, ihre Art, vorgebracht hatte. Die Absicht war für sie dabei sehr leicht zu durchschauen, denn das Prinzip war immer dasselbe. Wo er konnte, grub er ihr, wie man so sagte, das Wasser ab, nichts war an ihr gut, alles zuwenig, was er gerade auch machte, wo er war und was er sah, auf dem Balkon stehend, um herunterzublicken auf die Straße unten, wo sie vorbeigingen, geschäftig, Leute, Mädchen, Frauen, oder im Auto sitzend vorbeifuhren, das Verdeck zurückgelassen. Die Oberkörper waren wie abgeschnitten. Nur die Beine waren zu sehen, hochgestellt, gespreizt, lange Beine, ganz glatt in den Strümpfen, die vorsichtig dann aus der geöffneten Wagentür herausgestreckt wurden, zuerst das eine Bein, lang vorgestreckt, heraus aus dem Innern des Wagens, mit freiliegendem Knie, wobei der Rocksaum sich straffte und noch ein Stückchen sich höher das Bein hinaufzog, kurz das Strumpfband sehen ließ, dann, gleich darauf, das andere Bein, beide Beine eng zusammengehalten über den Wagenrand nach draußen aufs Pflaster gesetzt.

Er wollte das gar nicht so genau sehen, blickte nur hin, nach unten, über die Balkonbrüstung gelehnt. Hinter ihm in der Wohnung war sie irgendwo beschäftigt. Die Frau, die unten neben dem Wagen stand und wartete, war häßlich, sie hatte eine lappige, fladenhafte Figur. Er drehte sich um und ging aus dem Zimmer, fand sie in der Küche, gebückt, Sachen einräumend, den Kopf sehr tief nach unten gehalten. Das Haar fiel ihr von den Schultern nach vorn ins Gesicht. Sie schob es mit einer kurzen Handbewegung zurück. Ihr Rock spannte sich stramm um das Gesäß in dieser hingehockten Haltung, eine glatte gleichmäßig gespannte Wölbung. Sie fühlte sich beobachtet und stand auf. Was ist? Ihr Tonfall klang kindlich-klein verärgert. Obwohl er sofort wußte, daß sie es so gar nicht gemeint hatte, stieß es ihn ab. Was hatte er denn nun schon getan, was gesagt, nichts, er hatte nichts gesagt, stand bloß da und sah sie an, das war alles. Nichts ist. Er sah sie an, sie ihn, blickte dann auch schon weg und nahm eine Schüssel. Nichts. Ich dachte. Nein, nichts. Er ging zum Spülstein und wusch sich die Hände, sah in die Kammer daneben. Auf den Holzbrettern lag eine Staubschicht. Die weiße Farbe blätterte wie an der Decke von dem Rohr an der Seite ab. Dreck. Verrottet. Sie hatte sich schon wieder vor den Schrank hingehockt. Er ging zurück auf den Balkon, um weiter hinunterzustarren. Der Nachmittag wirkte sehr sonnig, aber die Luft war frostig-kalt. Wenn sie jetzt hinter ihm herkäme und ihn noch einmal fragen würde, was ist, bist du böse, nein, wieso, ich hab dich eben nur angesehn, aber du bist jetzt böse, verärgert, ich seh's doch, wenn du das so sagst, also gut, ich bin nicht mehr verärgert, er würde die Hand von ihrem Rücken aus unter den Rockbund schieben. Er wartete, dachte, wenn sie jetzt käme, das schien zuviel verlangt, wieso, was konnte sie jetzt schon wissen. Sie hatte sich wieder hingehockt vor den Schrank und räumte weiter das Geschirr weg, und er stand auf dem Balkon. Ich denke an dich. Und ich denke an dich. Wir denken an uns beide zusammen, hingehockt vor dem Schrank und auf dem Balkon stehend, hallo, hallo, niemand mehr da, keiner, der hereinkommt und die Tür hinter sich schließt, keiner, niemand, die Tür geschlossen wie von selbst. Und das war dieses starre Sehen von ihm, dieses andauernde Fortgehen, sehend, ohne fortzugehen. Ihm fiel ein, daß er sich noch nach einem günstigen Zug erkundigen mußte, nicht zu früh, nicht zu spät, so gegen Mittag ein Zug, so daß er am Spätnachmittag ankommen würde. Wenn das Wetter so trocken bliebe, könnte die Bahnfahrt angenehm werden.

Abends in ihrem Zimmer war laut das Summen des elektrischen Heizapparats zu hören, flach und gleichmäßig flatternd unten am Boden. Sie sagte nichts mehr, saß steif und gerade aufgerichtet vor ihm am Tisch und sah wie vorher immer noch angestrengt vor sich auf die kurzen Holzstückchen, die sie nun zu einer Figur ordnete, und dieses stumme intensive Beschäftigtsein von ihr schien in dem Augenblick alles noch schwerer, schwerfälliger zu machen. Ich bin es, ganz einfach, ich, der dich andauernd stört, und sonst nichts. Wenn schon alles aus sein soll, dann gut, aber nicht so. Das kann ich auch nicht mehr aushalten, hatte sie gesagt. Das stimmte, sie hatte recht.

Vom Bett aus konnte er nicht genau erkennen, wie ihr Gesicht nun war. Er hätte sich vorbeugen müssen, da das Haar ihr wieder an der Seite nach vorn gerutscht war. Das Haar sah sehr weich aus, sie hatte es kurz vorher gewaschen. Sag doch was. Ja, alles war wieder so träge, so schwer in dem Augenblick. Daß sie da saß, vor ihm, am Tisch, steif mit durchgedrücktem geradem Rücken, und sich nicht bewegte und er auf dem Bett mit angezogenen Knien, ebenfalls ohne sich zu bewegen und ohne daß einer von ihnen noch richtig etwas zu sagen wußte. Und je länger das jetzt so blieb mit der Stille im Zimmer und dem lauten, aufdringlichen gleichmäßigen Flattern des Heizapparats, desto falscher wurde offenbar alles.

Etwas schien an ihrem Starrsein nicht zu stimmen, überhaupt an dem ganzen Zimmer. Der Sekretär. Der Stapel Zeitschriften. Ihre Schreibmaschine mit dem eingespannten, halb beschriebenen Bogen Papier und dem aufgeschlagenen Buch daneben. Dann die Bewegung ihrer einen Hand, mit der sie die Holzstückchen verschob und zu einer anderen Figur ordnete.

Wenn er sie genau ansah, wie sie da vor ihm am Tisch saß, wußte er, daß es gar nicht ihre Starrheit war. Es war nichts. Die Bluse aus dem verwaschenen violetten Kreppstoff, die sie neu angezogen hatte nach ihrer Haarwäsche, stand ihr. Sie sah darin sehr leicht aus mit dem lang und weich herunterfallenden Haar. Unten spannte sich der schwarze Cordrock eng um die Oberschenkel. Die Oberschenkel waren etwas breitgedrückt und lagen dicht auf der Sitzfläche des Stuhls nebeneinander, über die sich die wolligen grobmaschigen violetten Netzstrümpfe hochzogen. Jetzt schob sie die Haare an der Seite auf die Schulter zurück, und er brauchte dazu jetzt nur noch eine Bewegung zu machen und alles würde sich ändern.

Erschreckt zog sie sich unter ihm zusammen und duckte sich, zog den Kopf ein. Laß mich, nicht, wehrte sie ihn ab. Sie wollte weiter so dasitzen und mit den Streichholzstückchen spielen, nein, nicht, laß mich los, du tust mir weh. Von hinten über sie gebeugt drückte er sie aber nur enger zusammen, um sie besser vom Stuhl hochzukriegen. Nein, nicht, ich will jetzt doch nicht. Du mußt. Ob du willst oder nicht. Er mußte nur achtgeben, daß sie sich nicht zu sehr verkrampfte, aber er merkte, wie sie bereits unter ihm erschlaffte. Sie ließ ihn an sich herumgreifen und aufs Bett schieben, wo er sie auf den Bauch drehte, das Gesicht ins Kissen gedrückt. Nein, nicht, ich will nicht, laß mich doch, wehrte sie ab, als er ihr mit der einen Hand unter den Rock griff und zwischen ihre eng aneinandergedrückten, geschlossenen Schenkel drängte. Mit der anderen Hand hielt er sie dabei weiter aufs Bett gedrückt, bis er die hysterische Lächerlichkeit begriff, die in seiner Anstrengung lag. Er lachte und ließ von ihr ab. Sie drehte sich ruckartig herum. Ihr Gesicht vor ihm mitten in den durcheinandergeratenen Haaren zeigte eine ängstliche, erschreckte Überraschung, die in jedem Moment umkippen konnte in ein trockenes kleines Weinen.

Später beobachtete er sie, wie sie sich auszog. Er hätte ihr dabei lange und immer weiter zusehen können, ohne an etwas anderes zu denken. Die einzelnen Bewegungen von ihr kamen ihm sehr deutlich und klar vor. Sie bückte sich, um sich die Strümpfe vom Bein abzuziehen, sie drehte sich halb um und griff nach dem Verschluß des Büstenhalters auf dem Rücken. Während er kurz darauf am Waschbecken stand und sie hinter ihm sich eincremte, waren diese einzelnen Bewegungen und Teile von ihr immer noch so deutlich vor ihm, wie er sie kurz vorher vor sich gehabt hatte. Er konnte sie sich genau vorstellen, ihre schmalen Schultern, der Abdruck des Büstenhalterverschlusses auf der Haut am Rücken und die straffgespannte Haut der Oberschenkel, das lichte, leichte Haargekräusel in der Mitte zwischen den Oberschenkelansätzen, das etwas die abfallende Bauchfläche hochgekrochen war, ein lichtes, in sich gedrehtes Gekräusel über dem Schlitz. Dann neben ihr liegend waren diese Stücke noch immer intensiv da. Sie lagen nebeneinander und starrten auf den blaßgrünen Vorhang des Fensters, der ein etwas hellerer senkrecht stehender dünngrüner Schatten war. Er roch die milchige Hautcreme an ihr. Der Geruch war nicht störend, er schien sich auch über die vor ihm im Dunkeln ganz nah abgebildeten Teile ausgebreitet zu haben, so daß er sich auch dazu seine eigene Erregung denken konnte, als sei alles zweimal da, einmal neben ihm und dann unsichtbar im Dunkeln ganz dicht und nah vor ihm, zärtlich, wirklich zärtlich jetzt in diesem Augenblick, ohne daß er sie zu fassen bekam, zärtlich, obwohl er das wollte, sie anfassen, zärtlich, zärtlich sein, sie streicheln, dachte er, streicheln, alle diese einzelnen Teile von ihr da vor ihm im Dunkeln, sehr nah, dicht, die er nicht zu fassen bekam, obwohl er sich ja nur zu ihr hinzudrehen brauchte und sich dann auch zu ihr hindrehte, nachdem er die Zigarette ausgedrückt hatte, um sie zu streicheln, zärtlich, sehr sanft, alle Teile von ihr da vor ihm, das Gesicht in ihre Achselhöhle gedrückt. Sie schien zu merken, daß etwas nicht stimmte, etwas fehlte noch immer. Als sie langsam mit der einen Hand an ihm entlang nach unten zwischen die Beine tastete, merkte sie, daß dort alles schlaff geblieben war. Das in sich zusammengezogene, kurze Stückchen legte sich nur bei der Berührung auf die andere Seite, lose und schlaff, während er sein Gesicht weiter in ihre Achselhöhle gedrückt hielt und sich nicht rührte, dachte, mach weiter, mach doch weiter, ja, weiter, drück, saug das hoch.

Er wollte gar nicht mehr wegfahren, wenn er sich das genau vorstellte, nicht mehr weg jetzt, fort, aber doch auch herauskommen, irgendwo anders sein, wenn das ginge, ohne fortzugehen. Das Empfinden war widersprüchlich. Es war etwas Schwankendes, Unsicheres in seinen Überlegungen, oder es waren gar nicht einmal mehr genau Überlegungen, sondern nur noch dieses Unsichere, Schwankende, wenn er dachte. Er wollte weg und wollte nicht mehr weg.

Und wenn er weg war, blieb er trotzdem zurück, oder was blieb zurück, alles, genaugenommen, wenigstens ziemlich viel. Und außerdem war es nun Winter, eine ungünstige Zeit, um wegzugehen, irgendwo anders anzukommen und dann zuerst nicht zu wissen, was man machen konnte, außer da herumzugehen. Ich muß das alles neu sehen, noch einmal von vorn, sagte er sich, mich selbst neu irgendwie und irgendwie dann auch unabhängig sehen von ihr, durch sie nicht mehr belastet, warum aber fühlte er sich überhaupt durch sie belastet, warum nicht durch sich selbst belastet, seinen eigenen Schwanz, seine eigenen Eier, die Schlaffheit. Alle Pläne waren verschwunden, alle Vorhaben hatten sich ganz einfach aufgelöst. Es gab nichts mehr für ihn zu tun. Er konnte doch nun hierbleiben und am Tisch sitzen und nichts tun. Sie war beschäftigt. Und hinten in dem Zimmer war das Kind beschäftigt. Das ging doch gut. Etwas Neues war dazugekommen, und er konnte es nur noch nicht richtig begreifen. Was ist das? Keine bloße Addition mehr und keine bloße Subtraktion, ziehst du das von mir ab, zieh ich von dir das ab, gibst du mir das, geb ich dir das, ein Schlag und noch ein Schlag, ein Wort, ein Satz, hinzugefügt, nichts mehr davon. Diese Situation hatte sich verändert. Als ob es nun zwischen ihnen sich zu teilen begonnen hätte, das Gefühl immer mehr aufgeteilt in immer kleinere Stücke. Er wollte nicht mehr wegfahren. Die Schlaffheit war da. Er wollte nicht mehr wegfahren. Hier gab es etwas Neues. Jetzt konnte er es sehen. Es war sein Nichtstun, sein Dasitzen am Tisch, ein andauerndes Sichaufteilen. Das war ihm vorher noch nie passiert. Er konnte es jetzt so sehen und begreifen. Sein Nichtstun als sein Nichtstun und sein Dasitzen am Tisch als sein Dasitzen am Tisch, schlimm, schlimm das Selbstmitleid. Wenn er krank würde, stellte er sich vor. Ich bin krank und brauche Schonung und muß andauernd Zuckerwasser zu mir nehmen. Du pflegst mich nicht gut. Ich beklage mich. Ich geb's auf. Ich fahr da nicht hin. Sätze, die er sich so leicht ausdenken konnte. Sie erforderten überhaupt keine Anstrengung. Diese Sätze waren bloß da. Sie waren unkompliziert, sie aber aussprechen, sagen, etwas anderes. Und schon verwirrte sich alles von neuem. Das hieß: daß in dem Moment sich alles verwirrte, wo er diese einfachen Sätze auf sie zu beziehen versuchte. Also mußte er doch weg, die Reise kam ihm gelegen, war eine gute Gelegenheit, einmal unauffällig zu verschwinden. Aber er wollte gar nicht mehr wegfahren. Manchmal, gab er zu, hatte er daran gedacht, wegzufahren, wegfahren zu können, eine schöne Vorstellung, ein beruhigender Gedanke. Wenn er sich dann fahren sah, war es niemals Flucht gewesen. Nun kam ihm das wie Flucht vor, oder noch nicht einmal Flucht, noch viel weniger war das, es war gar nichts. Es war seine Mickrigkeit. Andrerseits war die Reise schon seit langem geplant. Sie stand fest. Abschreiben konnte er nicht mehr, dazu war keine Zeit. Doch. Ein Telegramm aufgeben. Nur daß er dann nicht mehr hier herauskam. Das war ein Widerspruch. Und wie, wenn er tatsächlich abfuhr, um aus diesem Widerspruch herauszukommen, das war doch auch schon was. Das sah er ein. Er mußte einmal hier herauskommen, dachte auch sie.

Sie fand es gut, wenn er dann noch ein paar Tage länger blieb. Er könne danach ja auch noch woanders hinfahren, vielleicht weiter nach Hamburg, wo er einige Bekannte hatte, bei denen er sicher zwei, drei Tage würde bleiben können. Von dort aus würde er dann weiter sehen. Es wäre leicht, wenn er erst einmal da war, hörte er sie auf sich einreden und dachte, sie schickt mich weg, das ist es, sie schickt mich weg. Und selbst damit hatte sie noch recht mit ihren vernünftigen Gründen. Sie konnte ihm das allerdings ja auch leicht sagen, fahr, fahr doch weg, also wenn ich an deiner Stelle wär, ich wär schon längst weggefahren, ist doch schön, mal was anderes zu sehen, schön. Das Hotelzimmer war bestellt. Er war dann da endlich allein, konnte weggehen und wiederkommen, zwar genauso wie hier, er konnte hier auch weggehen und wiederkommen, konnte hingehen, wohin er wollte, überall, herumlaufen in der Stadt, in seinem Zimmer sitzen, machen, was ihm gerade einfiel, nur daß ihm hier nichts mehr einfallen wollte, sein Pech, wenn alle seine Bewegungen ihm wie abgestorben vorkamen, sinnlos verpufften in dem Beharren. Sie tauchte immer an einer Stelle wieder auf und dann, an der Stelle, tauchte er auch auf, an sie gehängt, ein Drecksbild. Sie lächelte und stand da, lächelte, sie. Er hing daran geklammert. Ein Drecksbild. Verschwand. Kam wieder. Ein Drecksbild. Sie war es. Und er hing daran, baumelte an der Seite, lächerlich schlaff, lächerlich schlaff. Und jetzt waren sie jung, die Sonne schien, wie man sagte, schön, sie trafen sich an einer Stelle, und jetzt blieben sie zusammen, die Sonne schien, wie man sagte, immer noch schön, sie hielten beieinander so aus, die Verhältnisse um sie herum waren gar nicht schlecht, sie waren ziemlich stabil mit den Sachen überall um sie herum, frei, offen, Küchenmixer, drei kleine Heizapparate von Braun, ein rot, korallenrot angestrichener Hocker mit violettem Bezug stand herum, offen wie ihre Beine geöffnet, um da was reinzuschieben, und jetzt nicht mehr, sie waren jetzt beide älter geworden und jetzt schon völlig alt, der eine wartete in all den Sachen auf den Tod des andren, daß der andre zuerst wegstürbe. Er dachte, daß sie es sein würde. Und die Sonne schien noch immer schön, trotzdem schön, man sagte schön.

Er konnte dort beruhigt sein. Er fand sie dort in der Stadt, in einem Hotelzimmer nicht mehr, an keiner Stelle, nichts, nirgendwo, kein Irgendetwas, das von ihr käme, ein Gedanke, ein Satz, eine dieser winzigen, unscheinbaren Bemerkungen von ihr zu irgend etwas. Er würde sich dort nicht auskennen, mußte sich allein zurechtfinden und würde dadurch genügend in Anspruch genommen sein. Überdies konnte der Zwischenraum von mehreren Tagen, wenn er hinfahren würde, vielleicht etwas ändern, alles, wie er hoffte, denn er würde dort in der Stadt herumgehen können und sich klarwerden, ihr Verhältnis auseinanderlegen und nachsehen, was daran falsch war. Noch einmal konnte er versuchen, es in Gedanken zu ordnen. Wie er war. Wie sie war. Sie beide zusammen. Beide zusammen waren sie etwas anderes als jeder einzeln. Und wie das? Wodurch? Das mußt du akzeptieren. Danach würde sich schon ein bestimmter Gedanke deutlich wie ein Entschluß herausstellen, während sie, zurückgeblieben, es ähnlich machen konnte. Beide würden sie dann schließlich ihre Gedanken und Vorstellungen einander gegenüberstellen können, sie miteinander vergleichen, um sich neu zu einigen. Dazu diente die Reise oder zumindest konnte sie dazu dienen. Er hätte herausgefunden aus dem alten Durcheinander, den immer sich wiederholenden Gedanken einfach durch die Tatsache, daß der Zug zu einer bestimmten Zeit abfuhr, wie er es denn auch tat, kurz nach elf mit ihm in einem Abteil, und daß er nachmittags ankommen würde in der Stadt, wo er auszusteigen hatte, gefühllos geworden von der verhältnismäßig langen Fahrt, dem stumpfen Rollen, das die Erschütterungen, rollend, in dem Abteil zu einem gleichbleibenden Zittern werden ließ, und erschöpft von dem fortwährenden gleichgültigen Sehen auf das, was draußen war, zuerst Städte, gedankenlos wahrgenommen, selbst die Stadt, in der er drei Jahre mit Rainer zusammen in der Buchhandlung zugebracht hatte, dieses Drecksloch von Kellerraum mit den zwei Leuten darin, dem Mann, der das von zu Haus mitgebrachte Essen aus dem Aluminiumbehälter löffelte, und der Frau daneben in dem Sessel, die unermüdlich Rechnungen aussortierte in dem wenigen Licht, das durch die Glasfliesen von oben in den kleinen Raum fiel und von Zeit zu Zeit abgedeckt wurde durch die Schritte, die sich darüberhin bewegten, wie ihm dazu genau wieder einfiel, ohne daß aber diese Erinnerung etwas anderes als Gleichgültigkeit ausgelöst hätte. Er wußte einfach nur, daß es dort diesen viereckigen Raum gab, wie man wußte, an welcher Stelle man einmal etwas vergraben hatte, das immer noch weiter an einer bestimmten Stelle vergraben lag, selbst wenn es schon längst zerfallen sein sollte, aber die Form, wie das ausgesehen hatte, was vergraben worden war, blieb so, unveränderbar, einmal vergraben, man wußte, es war eine einfache, unkomplizierte Form, kompliziert war daran nur das, was damit geschehen war, es war vergraben worden. Und jetzt, an dieser Stelle, hielt einige Minuten da der Zug. Er konnte vom hoch gelegenen Bahnsteig aus durch die wenigen Leute auf den anderen Bahnsteigen das Ruhrkohlengebäude sehen, ein rötlich braunes Gebäude hinter einer nicht sehr großen Grünanlage, die früher mal ein Friedhof gewesen war, daneben die Kreuzung, die breite Asphaltbahn, die abbog, die Hyssen-Allee, danach die Rüttenscheidter Straße, die Rü weit hoch zum Café Reppekus. Da ist nichts mehr los, das hat man verändert, hatte ihm Gerald irgendwann vor kurzem noch gesagt. Miggi weg. Den Fahrer haben sie geschnappt bei irgendeiner Sache. Und der eine ist Vertreter geworden. Brunschmitz studierte in Hamburg auf einer Wirtschaftsschule. Da ist nichts mehr los.

Er erinnerte sich auch an das Café, in das er nach halb sieben noch gelegentlich mit Rainer gegangen war und in dem er Gerald das erste Mal getroffen hatte. Irgendwie hing das mit einem Mädchen zusammen, das mit ihnen an einem Tisch gesessen hatte und Gerald kannte. Es hatte ihn herangewinkt, als der hochgekommen war und sich kurz umschaute, ob wer von seinen Bekannten vielleicht hier saß, Brunschmitz, Miggi, der Fahrer. Gerald war damals schon, wie er noch immer war, schmal, den hellen Popelinmantel lose um die Schultern gehängt, dünn lächelnd, blaß, gepflegt, das Haar bereits über der Stirn ausgedünnt und an den Seiten etwas zurückgewichen, helles Haar, das vom Sommer, der Sonne, dem vielen Badengehen noch mehr ausgebleicht worden war.

Man hätte denken können, und er hatte das, als Gerald sich, ohne sich um sie beide, Rainer und ihn, zu kümmern, mit an den Tisch setzte, auch zuerst gedacht, daß so ein Typ wenig tat, jedenfalls wenig Genaues, dafür aber wußte, wo die interessantesten Plätze im Moment waren und wo man am besten hingehen konnte, wo man Leute traf, irgendwelche, durch deren Beschäftigung man ebensowenig durchstieg. Autos auffrisieren, verschieben, und wenn sich gerade dazu eine Gelegenheit bot, einen Mantel mitnehmen, während bei C & A draußen im Durchgang neu dekoriert wurde, und den alten Mantel dafür zurücklassen. Der Witz von Miggi. Ein Gag, über den Gerald immer von neuem lachen konnte in kleinen kurzen Stößen, die Lippen dabei fest aufeinandergelegt, um nicht die Zähne zu zeigen, Geralds Angewohnheit. Man lacht nicht wie ein Vieh. Mann, was bist du für ein Vieh, sagte Gerald, wenn jemand laut und offen lachte, ein Vieh. Abfall, Abfall, Nebensächliches, das er behalten hatte. Dahinten war das rötlich braune Gebäude des Ruhrkohlekonzerns zu sehen.

Eine andre kleinere Kreuzung, die kurz nach dem Ausrollen aus dem Bahnhof auftauchte, erkannte er auch wieder. Von dieser Kreuzung lag nicht weit entfernt das Heim, in dem er zuerst gewohnt hatte, ehe er sich ein Zimmer nehmen konnte. Auch Rainer hatte zuerst da gewohnt. Von den kahlen Aufenthaltsräumen aus, die in jedem Stockwerk zur Straße hin lagen, hatte man immer den gleichen Anblick gehabt, ein weites, großes Gelände voller Schrott, Eisengerümpel, Berge davon, verrostet, graubraun, wild durcheinander, Karosserien an einer anderen Stelle, aufeinandergetürmt. Dazwischen standen kleine Holzkästen, Hütten, die roh zusammengezimmert waren mit schief in den Angeln hängenden Türen, die Türen vollgehängt mit alten Blechschildern, verbogen, angerostet, geknickt, doch deutlich sich von dem splittrigen, ausgetrockneten Holz abhebend. Während er an das Heim dachte, waren diese kleinen Hütten mitten in den Schrotthaufen und diese schief hängenden Türen mit den Blechschildern am deutlichsten wieder vorhanden, ein Eindruck, der sich noch länger hielt, dann nach einiger Zeit verschwunden war, zurückgefallen als Bild hinter das, was wieder unmittelbar draußen vorbeiglitt und wieder bloß krüppliges Unterholz war nah am Bahndamm, dann ein tiefer liegendes Gelände, das plötzlich weiß vom Frost war, ein Saatgelände, Bäume weiter weg, hinten in dem nebligen Dunst wie eingebildet, und weiter, von neuem Städte, von neuem weite Saatgelände, die weit hinten verschwanden in dem feinen, wäßrigen Nebel, aus dem ein Hubschrauber auftauchte, lautlos und sehr langsam.

Der Hubschrauber flog sehr niedrig über dem freien Feld, kreiste schwerfällig, und durch die trockene, schlaffe Müdigkeit hindurch kam es ihm vor, als müsse der Hubschrauber jeden Moment aus der Luft heruntersacken. Da war es schon nachmittags. Der Nebel schien ein wenig zugenommen zu haben. Er fühlte sich gar nicht gut. Er sah draußen noch einen Hubschrauber herankommen, wieder lautlos und sehr schwerfällig, der Hubschrauber flog von der Seite gegen den Zug, höher dieses Mal als der erste. Genau in dem Augenblick, da er aus seinem Blickfeld verschwand und den Zug überflog, konnte er das surrende Klappern der Flügel hören. Ein weites, mit einem hohen Maschendrahtzaun umgebenes Flugplatzgelände zog sich längs der Geleise hin, verschwand. Über eine völlig glatte, leere Rasenfläche war ein einzelner Mann gegangen, in einem plumpen olivgrünen Monteuranzug. Sonst war niemand zu sehen gewesen. Aber irgendwo saßen welche, die alles genau notierten, alles genau beobachteten, prüften, immer bereit waren, startbereit. Die Asphaltbahnen sind sauber, Hallen voll mit diesen Flugdingern. Radarschirme drehen sich. Es flimmert gleichmäßig auf den Bildschirmen. Die Organisation ist groß. Sie läuft. Ein geordneter Haufen. Gut ausgedacht von so Scheißhaufen da am Rhein, über die zu reden schon gar nicht mehr lohnte. Ach, geh mir damit weg. Sie hatten ihn nicht gekriegt, er war einfach für die verlorengegangen, nachdem er sich hatte ausziehen müssen, in ein Glas pinkeln und sich in den Arsch sehen lassen, husten und sich dabei an die Eier hatte fassen lassen müssen. Danach, nachdem er seine im voraus ausgelegten zwei Mark für Lichtbilder wiederbekommen hatte, war er verschwunden. Die mußten ohne ihn fertig werden und würden auch ohne ihn fertig werden müssen, wenn es mal losging. Er packte sich lieber selber an die Eier und schüttelte sie allein für sich. Besser wäre es jedoch gewesen, wenn die andren nach Hitler das hier einfach ausgelöscht hätten. Und hoffentlich holten bald irgendwelche das mal nach und löschten das alles hier aus, endgültig, ein für allemal. Es wäre nicht schade. Kein Verlust. Man hört ein paar Pöffs überall platzen, so ein paar kleine knackende Geräusche, dann fiele man um. Nachher wird eingesammelt. Ein wenig ruhiger, stiller wäre es dann schon, das durfte man hoffen. All dieses gärende alte Gerümpel in den Köpfen. Hier war sowieso seit langem nichts mehr los. Also schafft das doch weg, löscht das doch aus, je eher, desto besser. Denn dann ging niemand mehr über eine ordentlich gemähte Rasenfläche in olivgrünem Monteuranzug. Und niemand wäre besser als so einer. Nichts, kein Geräusch mehr als so ein Klappern, besser. Es würde keinen flimmrigen Dunst mehr geben, sondern: wie schön, alles still, alles still, Stille, niemand, keiner, nichts mehr da. Es gab dann nur noch einen riesig ausgedehnten, leeren, stillen Fleck. Wie schön! Haben Sie Peter Watkins BBC-Fernsehfilm gesehen? Die Fortsetzung davon wäre dieser riesig weite, leere, stille Raum. Ich kann dir nicht sagen, wie schön das ist. Stell es dir alleine vor. Es gäbe einfach nichts mehr von uns, wir wären einfach nicht mehr da. Deshalb: Deutschland, verrecke. Mit deinen ordentlichen Leuten in Massen sonntags nachmittags auf den Straßen. Deinen Hausfrauen. Deinen Kindern, Säuglingen, sauber und weich eingewickelt in sauberstes Weiß. Mit den langweiligen Büchern, den langweiligen Filmen. Mit Roy Black und Udo Jürgens. Mit Thomas Fritsch. Verrecke mit deinen Wein-Königinnen Jahr für Jahr und mit Thomas Liessem. Mit dem Kölner Dom. Verrecke, auf der Stelle, sofort. Mit deinen Dralonmännern. Lupolenmännern. Deinen ausgebufften Polyesterjungs in all den Büros von halb neun bis fünf Uhr nachmittags und den tapferen, kleinen Frauen, die es immer noch einmal aufs neue versuchen. Mit deinen ausgeleierten Triumphmieder-Mädchen. Fanta-Mädchen. Helanca-Mädchen. Deinen höheren Bleyle-Vetrix-Töchtern. Und Hildegard Knef. Verrecke mit deinen Fernsehanstalten. Deinen Rundfunkanstalten überall, die fortlaufend Pausezeichen senden, und zwischendurch mal 'n Hochamt, zelebriert vom Erzbischof Kardinal Frings persönlich, the queen of cologne. Und dann kommen wieder Pausenzeichen. Vom NDR. Vom WDR. Südwestfunk. Darauf folgt die Verleihung des Friedenspreises des deutschen Buchhandels an irgend so 'nen zahnlosen Mümmelgreis. Verreck damit, auf der Stelle, sofort, verreck. Damit es still wird, endlich, nach so langer Zeit, still. Keine Hubschrauber mehr in der Luft. Kein: nichts mehr. Kein Husten mehr. Kein In-ein-Glas-Pinkeln mehr für die andren. Stille. Nichts. Absolute Funkstille. Der Bildschirm bleibt leer. Eine absolute Leere. Die Bilder sind alle verreckt. Die Stimmen. Das kulturelle Wort. Die kulturellen Wörter. Verreckt. Aus. Auch du, Hans-Jürgen Bäumler. Und du, Marika Kilius. Und du, Pepsi-Mädchen Gitte. Und du, Palmolive-Frau. Und du, Luxor-Schönheit Nadja Tiller. Kölscher Willy. Unser Mann in Bonn. Onkel Tchibo auf Reisen. Langnese Eiscremekonfekt. Mon Cherie. Bild-Parlamentarier. Maria Fick-Fack und Söhne. Rentner. Pensionäre. Ihr: Ausschußware, zweite Wahl. Und du, Söhnlein vom Söhnlein. Wella für den Herrn, die Serie, in der Sie genau das finden, was Ihre Haare zur Pflege und Gesunderhaltung brauchen. Doornkaat aus Kornsaat. Bauer Muff auf dem grünen Plan. Undwassonstnochalles, undwassonstnochalles, wassonstnochalles, wassonstnoch. Argumentieren lohnt sich schon nicht mehr. Zusammenficken sollte man alles, zusammenficken. Nun waren es draußen kleine roh zusammengezimmerte Holzhütten, die auf dem Gelände eines Schrottplatzes verteilt standen, viereckige hölzerne Kästen hier und da zwischen den hoch aufgetürmten Wagenkarosserien. Es waren nur kleine, schäbige Holzhütten, die zwischen den Schrottbergen standen wie die zwei, drei Kräne, und sie erinnerten ihn schon an gar nichts mehr. Alles rutschte gleichmäßig schnell vorbei, bis die Geschwindigkeit abnahm und Nebengeleise zu sehen waren, Weichen, es war die

Stadt, spätnachmittags, wo er aussteigen mußte, das Ziel, was für ein Ziel, ein Ziel. Jetzt war er hier angekommen.

Er fragte sich, was er nun noch machen sollte, er wußte es nicht. Die Fahrt über war es die Bewegung gewesen, das gleichmäßige Rollen immer weiter weg nach vorn, wie er nun feststellte. Das hatte ihn doch abgelenkt. Nun war es nichts mehr, er war angekommen, und das war schon alles. Er hatte ein Hotelzimmer, konnte gehen, wohin er wollte, in die Stadt gehen, zu Abend essen, danach wieder draußen herumgehen, frierend, weil es kälter geworden war, der kurze, schwarze Lackmantel war nicht gefüttert. Das Material glich sich der Kälte an, anstatt sie abzuhalten, so daß der lackierte Kunststoff starr um ihn herum war, eng, aber deswegen wollte er auch nicht zurückgehen ins Hotel, um dort die Zeit abzuwarten. Er brauchte sich erst kurz vor acht einzustellen. Bis dahin hatte er noch ziemlich viel Zeit für sich, konnte weiter herumschlendern, nachdem er sich kurz in dem schmalen, nicht einmal unkomfortablen Hotelzimmer aufgehalten hatte, sich nur etwas gewaschen hatte, um sofort wieder nach draußen zu gehen, sich die Stadt einmal anzusehen, wie er sich sagte, die Geschäfte, Schaufenster, irgendwelche interessanten Lokale vielleicht, wo er sich aufhalten konnte, irgend so einen Bums mit Lärm, viel gestauter Bewegung, Musik, hin und her, so etwas ähnliches wie die Rolltreppe am Rudolfplatz vielleicht, wo er sitzen konnte und zusehen, oder sich einfach nur Schaufenster ansehen, was wie eine fixe Idee war. Die Stadt sich ansehen, die Schaufenster, hell erleuchtet, mit Sachen vollgestopft wie überall anderswo auch, und wie überall anderswo auch die Leute, der Verkehr, das Gehen, ein Gedränge, er darunter, der sich zwanglos dies ansah, dann das, Pullover, sehr leichthin dekoriert in einem mit weichem grünem Filzstoff ausgeschlagenen Schaufensterkasten zum Beispiel.

Er war davor stehengeblieben und sah hinein auf den weißen Pullover mit Rollkragen, der ausgespannt war zwischen einem dünnen, abstrakten Drahtgestänge, und blieb noch einige Augenblicke länger davor stehen und sah weiter auf den Pullover, der weiß war, feinmaschig, mit einem dünnen roten Streifen in dem Rollkragen und den Ärmelenden, und sah sich das noch länger an, um dann doch endlich weiterzugehen und an einer anderen Stelle erneut stehenzubleiben, stärker durchfroren als vorher. Es begann ihm selber langsam unsinnig vorzukommen. Die Stadt war blödsinnig hell, eine Stadt, sehr öde. Viele Gebäude waren neu, groß und blockartig hingesetzt. Fußgängerstraßen waren da, Passagen, Durchgänge, lange, glatte Fronten. Er meinte, immer nur um denselben

Block herumzugehen, entlang an denselben Schaufenstern, die fast alle weihnachtlich dekoriert waren mit Tannenzweigen und Lametta. Vor dem Schaufenster eines kleineren Ladens drängten sich vor ihm Leute zusammen. Er stellte sich dazu und sah, daß es offenbar die zwei langstelzigen Tiere waren, die abwechselnd ihre Köpfe in ein Glas tunkten, was die Leute interessant fanden. Dann, weitergegangen, hörte er von irgendwoher Musik kommen, sehr undeutlich und schwebend, noch weiter weg. Sie wurde nach und nach lauter, deutlicher hörbar und lag schwebend ausgebreitet in einer Passage, schwoll weich an mit einer hellen Kinderstimme, die ein bekanntes Weihnachtslied sang. Bald ist Weihnachten und Frank Bono geht durch die Stadt. Es glitzerte. Auf den beiden großen Tannen, die am Eingang eines Kaufhauses standen, gingen schnell überall in den Zweigen bunte Lichtpunkte an und aus. Lauwarm quoll ein muffiger Geruch aus dem offenen Eingang, auf den sich Leute zudrängten und von denen er sich mittreiben ließ hinein in die Halle, das helle, hohe Loch.

Ein unruhiges, aber gedämpftes Gedränge war überall zwischen den einzelnen Ständen. Und alles hell, alles so weiß, Licht, das kaum merkliche Flimmern, die Musik, ausgespannte silberne Girlanden über den Ständen quer durch die Halle von Stand zu Stand. Er merkte, wie er von dem lauwarmen Mief und dem unruhigen weißen Lichtgeflimmer Kopfschmerzen bekam. Aber es war wenigstens warm. Er begann schon etwas zu schwitzen, so daß er sich den Mantel aufknöpfte. Neben ihm war der Stand für Damenunterwäsche. Eine ältere Frau in schwarzem pelzbesetztem Wintermantel fingerte unruhig an den steifen Schalen eines Büstenhalters herum und sah plötzlich auf. Von neuem setzte die hohe, helle Kinderstimme mit einem Weihnachtslied ein. Dazu schleifende Geigentöne. Christbaumschmuck. Wärme. Die trockenen Ausdünstungen der Leute, die sich hier und da stauten. Mief. Noch einmal Mief. Und immer weiter diese Kinderstimme, die sang, über den Ständen anschwoll und abschwoll, ohne aufzuhören, Scheiße, das nimmt dich mit, macht dich krank, wirklich krank, nun hatte er tatsächlich Kopfschmerzen bekommen. Flüsternd setzte eine weiche Frauenstimme ein, De-sieben, bitte kommen, De-sieben, bitte kommen, Registratur. Jetzt war er wieder bei dem Stand mit Damenunterwäsche, wo eine Figur aufgestellt war, behangen mit einem durchsichtigen, grünlichen Umhang mit schwarzer Spitzenabsetzung, ein bezauberndes Nighty. Wo man was sehen konnte. Die Titten. Die Fotze. Schamhaar. Schleimhäute. Weiche Wände. Naßklebrig. Es ist erstaunlich, wie weit man in so was mit zwei Fingern reinkommt, weit hoch, um darin herumzurühren, als ob man in Matsch herumrührt, einer lauwarmen Glibbermasse. Die ältere Frau stand noch immer unschlüssig dort und fingerte, prüfte. Sie hielt sich schließlich rasch ein weißes Teilchen vor. Weiter vorn, drei, vier Stände weiter zum Ausgang hin sah er mehrere angeschaltete Fernsehapparate, die hoch aufgebockt standen. Gut? Ja! Schön! Wunderbar! Oh! Wie? Doch! Ja! Billig! Auf den Bildschirmen erschien groß und nah eine längliche weiße Flasche: bif. Das Reinigungsmittel. Wirkt nicht gefährlich, sondern sichtbar, löst schäumend und sprudelnd den Schmutz. Die Gebrauchsanweisung steht auf der Flasche. bif reinigt Toiletten und Waschbecken aus Porzellan, mühelos, umspült alle Ablagerungen von allen Seiten, bif ist bif, ist völlig frei von Salzsäure, ein Fortschritt. Eine Packung enthält 500 g bfn, bakterizid, sprudelaktiv, gründlich. Du schraubst nur den grünlich-bräunlichen, also ungefähr türkisfarbenen Kopf von der bif-Super-Super-Plastikflasche und hältst sie kopfunter über das Toilettenbecken – heraus fällt bif, weiß und leicht körnig. Es fällt ins verschissene Becken, an dessen wannenförmig abfallenden Rändern und in der ovalen Mulde noch etwas von deiner alten Scheiße klebt, hartnäckig sich haltende, festgesetzte Kotrückstände, wie es heißt, Ablagerungen, die weg müssen. Also läßt du einfach bif für dich wirken. Denn diese Lösung frißt deine alte Scheiße einfach weg. Kein anstrengendes Scheuern mehr, kein langes Reiben, ein Vorteil. Es passiert im Nu. Interviewer: Und nun sagen Sie uns bitte einmal ganz ehrlich, Frau Goldstein, wie sind Sie persönlich zu bif gekommen? Frau Goldstein: Jaaah, wissen Sie, wie soll ich es sagen, ich meine, genau erklären? Es war ganz einfach! Ich will sagen, ich hab doch immer so schmuddelige Becken gehabt, nicht wahr, das kennt man doch, und so will man schließlich doch auch nicht immer leben, wenn alles sonst sauber ist, mein ich. Da hab ich eines Tages zu bif gegriffen, und ich muß schon sagen, bif ist wundervoll, ätzt alles im Becken weg, läßt überhaupt gar keine Rückstände und ist so bakterizid und sprudelaktiv. Also Jungs, da habt ihr's selber gehört. Nun legt mal los! Wieder erschien groß und nah auf den Bildschirmen die Flasche, die auch überall um die Hocker mit den Fernsehapparaten stand.

Vom Stand daneben hatte man ihn wahrscheinlich schon länger beobachtet. Umständlich hantierte ein Mann mit einem größeren, in Packpapier eingewickelten Gegenstand. Als er sich umblickte, sah er, daß man ihm noch immer nachsah und ihn beobachtete. Sie mochten vielleicht denken, er habe sich so eine Flasche bif eingesteckt, nee, nee. Er hatte Kopfschmerzen. Die frostig-nasse Kälte legte sich draußen wieder sofort ganz auf ihn. Er stellte sich abseits des Ausgangs hin und knöpfte sich den Mantel schnell zu, ging weiter, zerkrümelt, erschöpft. Die Musik nahm hinter ihm ab. Noch einmal ging er, wie ihm vorkam, dieselbe lange, kahle Häuserfront entlang wie vorher mit denselben Schaufenstern, wieder bunt ausstaffiert mit diesen üppigen Schneelandschaften, bröckelnder Schnee, bruchstückhaft hingestreut in mehr oder weniger großen Brocken, weiß, aus irgendeinem schaumigen, weiß erstarrten Kunststoff auf dem mit einem Filztuch ausgelegten Boden, in dem nächsten Fenster dasselbe. Auf dem Glas sah er sich schwach widergespiegelt, genauso wie er sich nun innen empfand, grau verwischt und aufgelöst, dreckig, eine kleine, nachlässig zurechtgemachte, dreckige Figur, die im nächsten Fenster wieder zu sehen war, aufgelöst, verwahrlost, nicht mehr deutlich vorhanden, brüchig und trocken innen mit einem stumpfen, diffusen Schmerz hinter den Augen im Kopf.

Es war kein guter Zustand, in dem er sich befand, er war spröde vor Kälte, rissig oder wie etwas zerfasert, unordentlich und durcheinander, so daß er andauernd das unangenehme Gefühl hatte, daß die Leute, die ihm in einer festen, dichten Winterkleidung entgegenkamen oder ihn überholten, ihn jedesmal ansähen und sich abgestoßen fühlten von dieser kleinen, unordentlich-schmierigen Figur, die er war. Er fing an, darauf zu achten, ob sie es taten, und machte sich gleichzeitig über sich auch wieder etwas lächerlich, denn er übertrieb sicher, bildete sich das alles nur ein, erschrak aber dann doch, als er merkte, daß die Leute ihn tatsächlich anstarrten, dann wegblickten, wenn er sie ansah, um dann ihn kurz darauf wieder anzusehen, sich nach ihm umzublicken, wohl wirklich abgestoßen, so, wie er ging, geduckt in der Kälte, die Schultern hochgezogen und die Hände beinah völlig in den Ärmeln verschwunden, weil dieses Lackding keine Taschen hatte. Und er ging schleppend, schlich dicht an den Schaufenstern vorbei oder dicht an den Wänden entlang. Sie wichen ihm aus, während er ihnen entgegenkam, es war lächerlich, obwohl er ja gar nicht stank, kein vor Kälte bläulich angelaufenes Pickelgesicht hatte, nein, gar nicht, nicht so etwas oder so etwas Ähnliches, doch die Leute wichen ihm jetzt immerzu aus.

Er bog um eine Ecke. Da war wieder die Passage mit der weichschwebenden Weihnachtsmusik und hinten den zwei Tannen, auf denen die bunten Lichtpunkte an- und ausgingen. Die Innenstadt schien viel kleiner zu sein, als er sich das vorgestellt hatte. Und noch immer hatte er viel Zeit. Und es gab keine Spielhallen, er hatte keine gesehen, es gab keine Schnellimbißläden mit Musik, wo er allein hätte sitzen können vor einer Tasse Kaffee. Aus einer Buchhandlung, in die er zuerst hineingegangen war, war er schnell wieder herausgegangen. Es war kalt und frostig. Er hatte Kopfschmerzen. Er ging weiter und war dann, ohne es zu wollen, plötzlich wieder am Bahnhof angelangt, der breit vor ihm ausgestreckt lag, ein altes pompös wuchtiges Gebäude mit breitem Eingang, einem Platz davor mit einer Reiterstatue, grünlich verschimmelt und in der Kälte auf dem Steinblock mitten in dieser frostigen Leere noch erstarrter wirkend als schon ohnehin in der üblichen starren Reiterhaltung.

An der Seite standen einige Taxis. Lächerlich dürftig war ein verstaubtes Rasenstück vorhanden. Er sagte sich, daß das alles gar nichts bedeutete, nichts, nicht diese starre Reiterstatue, das Rasenstück, dann die wenigen Taxis und dahinter das alte, viel zu wuchtige Bahnhofsgebäude, er konnte daraus nichts für sich ableiten. Es war bloß da und langweilig, hatte mit ihm nichts zu tun, und es war unsinnig, wenn er versuchte, dagegen anzudenken wie jetzt, was sollte das, er war zu empfindlich geworden durch die Bahnfahrt und dann die Kälte, schlimm genug. Das öde Bild da vor ihm war da, auch ohne ihn, immer öde. Es hatte nichts mit der Qualität seiner Empfindungen zu tun. Daß das Stück Rasen beschissen wirkte. Oder die Taxis. Die Reiterstatue, irgend so ein Perückenheini. Er war wieder beim Bahnhof angelangt, um zurückzufahren. Er war doch gerade erst angekommen, mußte einfach bloß Zeit rumbringen. Mensch, was ist das für eine Stadt. Das ist keine Stadt. Das ist nichts. Vom Bahnhof abgewandt, zog er sich wieder in eine Straße zurück.

Die Läden schlossen. Für eine kurze Zeit kam es ihm leerer geworden vor. Das Gedränge der Passanten war verschwunden. Dann wurde es von neuem mehr. Wieder häuften sich Leute, durch die er sich hindurchdrehte, in sich zusammengezogen, geduckt, sehr unruhig. Offenbar hatte er sich doch mehr davon versprochen, so durch eine andere Stadt zu gehen, merkte er, aber was wollte er, herumgehend in der Stadt, was war das denn, was er sich ausgedacht hatte, irgendeine spinnige Idee, eine Vorstellung, auf irgendwen zu treffen, zufällig. Und nun bildete er sich unermüdlich ein, daß es so kommen müßte, gleich, an der nächsten Ecke, durch irgendeinen Zufall, doch an der nächsten Ecke passierte nichts, dann aber vielleicht an der Haltestelle, wo er jetzt wieder stehengeblieben war, einfach nur, weil da viele Leute standen und warteten, so daß es nicht auffiel, wenn er sich dazu stellte, ebenfalls wartend, auf nichts, das geschehen könnte außer wartend sinnlos weiter dazustehen, damit Zeit verging, unsinnig, Quatsch. Aber bis jetzt war er schon so viel herumgelaufen, sagte er sich, er konnte ruhig einmal hier etwas länger stehenbleiben, also blieb er eben hier stehen, wenn er keine Lust mehr hatte, konnte er sich ja ohne weiteres irgendwo anders hinstellen, vielleicht weiter weg, dahinten, woanders, an einer anderen Stelle. Zunächst ist es einmal doch schräg, hier, an so einer Haltestelle, einfach stehengeblieben zu sein, als ob er auch auf eine Bahn warte und gleich in einen Vorort rausfahren würde, und er fand es auch schräg so dazustehen, zu warten, herrje, schräg, ja, er stand da und wartete, das war schräg. Dann, einen Augenblick darauf, war er aber nur noch durchfroren und wußte nicht weiter. Das Stehen und Warten war doch zu wenig, überhaupt daß er hierhergefahren war, zu wenig, die Stadt, sein Herumlaufen an den Schaufenstern vorbei und durch das Kaufhaus wenig, nur weil er nicht wußte, wohin. Doch kein Gedanke an zurück. Ebenso kein Gedanke hierzubleiben. Was dann? Nichts. Und was sonst? Nichts. Er hatte oft genug daran gedacht wegzufahren, irgendwo anders hin, und jetzt war er irgendwo anders, und das war nichts, nicht genug. Was war er für ein schräger Vogel, so gesehen, ein Schrägling. Da war diese Vorstellung wieder. Er sah sich an der Haltestelle stehen, klein und frierend, etwas durcheinander.

Gegenüber, auf der andren Straßenseite, standen verschachtelt die großen Blöcke der Kaufhäuser. Straßenbahnen kamen heran. Aus einem Nebenausgang gegenüber kamen Gruppen von Mädchen und Frauen heraus, teilten sich auf, eine hierhin, andere dahin, Figuren, von ihm abgerückt, kleine Bündel, die weiter sich teilten, immer weiter verschwindend unter den anderen Passanten. Einzelne überquerten die Straße und stellten sich wie er an die Haltestelle. Es waren alles ältere Frauen, wie er sah. Die jüngeren schienen alle in eine andere Richtung gegangen zu sein. Und neue Straßenbahnen kamen heran. Er hatte das Empfinden, sich an eine andere Stelle hinstellen zu müssen, und ging langsam hinter den wartenden Leuten an den Fenstern des Cafés vorbei, das hier an der Haltestelle lag, nicht voll besetzt, es sah schäbig aus und mehr wie ein Wartesaal, karg ausgestattet mit gleichartigen Tischen und Stühlen. Innen konnte er ein Mädchen sitzen sehen, das vorgebeugt anscheinend schrieb. Es schien hübsch zu sein, so daß er es sich näher ansehen mußte, wie es wirklich war, das Gesicht, Brüste, Haar, das Haar kurzgeschnitten, etwas hell. Das Mädchen wirkte mitten in diesem verwohnten, schäbigen Raum sehr sauber und ließ ihn sich draußen wieder klarwerden, wie vernachlässigt er selber aussehen mußte, schäbig und unordentlich, so daß das Mädchen einfach nur aufstehen würde, wenn er sich dazusetzte, und sich an einen andren Tisch setzen würde, erschrocken, dann schnell verstimmt, daß er sich plötzlich zu ihr setzte, während es so viele leere Tische in dem Café gab, aber warum sich nicht zu ihr setzen, ganz einfach das, sich dazusetzen, reden, was sie da mache, sie schrieb, das konnte man doch sehen, an wen, das ginge ihn ja wohl nichts an, sei ihre Sache, dann müsse es ja wichtig sein, ja, Stille, und weiter: Sie schreiben ja noch immer weiter, sollte sie aufhören, weswegen, um zu reden, pah, jetzt lassen Sie mich in Ruhe. Gerald hätte das gekonnt, dachte er, er dagegen war nur aufdringlich, belästigte, plump und unbeholfen, wie er war, schmierig, mit den dünnen Stoppeln um das Kinn, schlecht rasiert, der Hemdkragen angestaubt, unordentlich das Haar, wirr durcheinander, ein abstoßendes Bild, er, auch ohne Gestank, ohne Beulen, ohne Pickel. Er dachte, während er in das Café sah auf das Mädchen dort am Tisch, daß er mit ihr in einen Vorort fahren würde, hin zu ihrem Zimmer, eng, vollgestellt, ein Mietzimmer, so daß man leise sein mußte, nicht viel miteinander reden konnte, und einfacher ging das ja wohl nicht, spann er sich aus, verrückt, er spann tatsächlich, hatte Kopfschmerzen und war leer, erschlafft, jede Vorstellung ging von ihm weg. Unsicher blickte er sich um, ob jemand ihn beobachtete. Er mußte weitergehen. Es fiel sicher schon auf, daß er noch immer vor dem Fenster stand, widerlich. So ein Gucker. Wie ein Zeiger. Er hätte im Hotel bleiben sollen und dort etwas lesen, sich ausruhen. Der Gedanke an das Hotelzimmer war aber ebenso mies. Nicht daran denken. Daran nicht. An etwas anderes. Etwa, daß er nicht morgen zurückfahren würde, sondern noch woandershin, vielleicht weiter nach Hamburg für drei, vier Tage, aber nicht nach Hamburg, sondern woandershin, von Hamburg hatte sie geredet. Da war sie wieder. Er war nun hier und bog um eine Ecke. Vor ihm ging eine Frau, die ihn, als sie ihn überholte, von der Seite angesehen hatte. Die Frau war älter und trug einen schwarzen Wintermantel mit Pelzkragen.

Er mußte sie schon vorher irgendwo gesehen haben, konnte sich nur nicht erinnern, wann, wo, er war nirgendwo gewesen, trotzdem kam ihm die Frau bekannt vor, die vielleicht gegen fünfzig sein mochte, eine Dame, die in einem Café mit anderen älteren Damen nachmittags zusammengesessen hatte und Kaffee getrunken, einen Cognac dazu. Sie ging nun allein zurück in ihre Wohnung, und er ging hinter ihr her, war in eine schnellere Gangart gekommen, was er jedoch erst nach einiger Zeit begriff. Daß er diese Frau verfolgte. Er ging sehr nah hinter ihr her, gleichmäßig schnell, mit kurzem Abstand, als ob er was von ihr wollte, etwas Bestimmtes, was. Er bog ab in eine Passage. In der Passage war es wieder etwas wärmer. Es war still. Noch immer hatte er Zeit, und je länger ihm die Zeit vorkam und er an den Schaufenstern vorbeiging, desto unverständlicher wurde ihm wieder, sich auf diese Fahrt eingelassen zu haben. Sie hatte zu lange gedauert, und er mußte hier übernachten. Dazu war die Stadt völlig uninteressant, keine Diskotheken, Tanzbierbars oder was, Stellen, wo er sich nachher noch hätte aufhalten können, nur um dazusitzen, Musik zu hören, R & B-Musik, Otis Redding, Otis Redding, Otis Redding, immerzu. Keine Stelle, nichts, frostige Kälte und das Herumlaufen darin mit immer gleichbleibenden Vorstellungen. Hier lag wieder einmal der Bahnhofsvorplatz ausgebreitet. Und da war das Standbild, der Perückenheini auf seinem grünspanüberzogenen Gaul. An der Seite die schwarzen Wagen, Taxis. Leute, die auf den Eingang des Bahnhofsgebäudes zukamen, verschwanden immerzu nach innen, mit Aktentaschen, Paketen, mit einem Ruck verschwunden, hintereinander. Das war das Bild, die Stadt.

Sicher hatte er weggewollt, fort, weg von seiner Frau und aus der Wohnung heraus, weg von dem Kind, aber nur um herauszukommen auch nicht. Das war zu wenig. Schließlich bekam er aber nachher auch noch Geld. Und das mußte er haben. Um nachher doch noch vielleicht ausgehen zu können, er wußte nur nicht wohin. Er hatte nichts gesehen. Der Taxifahrer, der ihn schließlich zu der angegebenen Adresse fuhr, wußte auch nichts. Was er denn meine. Nichts Genaues, bloß wo man noch abends hingehen könne. Dies hier war doch Messestadt. Also wo. Messestadt war schon richtig, meinte der Fahrer. Nur war die Messe schon lange vorüber. Jetzt war hier nicht mehr viel los. Einige Bars gab es, das schon, wenn er das meine. Und dann das Gelände hinter der Bahn, Bahnsteig sechs, unter der Unterführung hindurch, links, Bahnsteig sechs, genau das meinte er nur noch, das, um hinzugehen, wenn er das Geld bekommen hätte, nachher, Fahrtkostenersatz, Spesen, eine Summe, die schließlich höher war, als er erwartet hatte, so daß er anschließend nun wirklich nicht mehr allein in dem Hotelzimmer, Christliches Hospiz, Schuhmacherstraße, zu sein brauchte, wo er ohnehin nicht sofort würde einschlafen können, sondern womöglich anfangen, an sie zurückzudenken, ja, doch, sie, voller Widerwillen, ohne sie aber tatsächlich denken zu können, wie er sofort merkte. Er konnte sie nicht denken, dachte er. Gleichzeitig fiel ihm auf, daß er schon jetzt immer alles doppelt dachte. Das machten die Kopfschmerzen.

Die Kopfschmerzen waren immer noch da. Sie schienen sogar stärker geworden zu sein als vorher und nahmen immer noch zu, während er sich anhören mußte, was der Mann ihm gerade erzählte, der ihn anschließend noch in dieses Lokal eingeladen hatte zu einem Glas Wein, nachdem die Sache mit dem Geld geregelt worden war, mit dem er gleich noch ausgehen konnte, Bahnsteig sechs, irgendwo hinter der Bahn, links, Bahnsteig sechs, in Essen war es die Gurke gewesen, in Köln die kleine Brinkgasse, hier Bahnsteig sechs, interessant, er hatte sich das noch nicht angesehen, es war zu wenig Zeit gewesen, aber das müssen Sie, sagte der Mann. Er redete von dem Schloß, wo die Landesbibliothek untergebracht worden war. Sonst war wenig los, das stimmte, man konnte hier nur ruhig leben, konnte auskommen.

Die Leute hier sind eben etwas schwerfälliger, sturer, doch nicht unfreundlich, müssen Sie wissen. Ja, das glaube er gerne. Und man gewöhnt sich schließlich auch, er, der Mann, hielt es aus, obwohl er auch gelegentlich merke, wie karg das doch sei im Vergleich zu anderen Städten, wo es lebhafter zuging, sicherlich, Köln, Düsseldorf, Hamburg, Berlin, das war bestimmt etwas ganz anderes, kein Vergleich mit dem hier. Er selber fuhr hin und wieder eben nach Berlin, das war von hier aus nur so ein Rutsch, lag gewissermaßen an der Bahnstrecke. Das Hinterland zu einfach, nur Landwirtschaft. Die Landbevölkerung ringsum war nicht das Beste für so eine Stadt. Sie bestimmte die Auswahl in den Läden, obwohl Hannover Landeshauptstadt war, Messestadt. Etwas merkte man davon schon, wenn auch wenig, aber doch etwas. Ganz so schlimm war es nicht, erklärte er ihm.

Die Wirtschaft war bäuerlich eingerichtet mit schwerem Mobiliar, schweren Stühlen, schweren Tischen, rund, blank poliert, bieder, das sei es, richtig, ja bieder, doch konnte man leben, hörte er den Mann weiterreden. Er hatte eine Frau, eine Wohnung, war eingerichtet. Damit lebte man aber doch im Grunde genaugenommen auch überall sonstwo, und dann sei es gleich. Das stimmte, wenn man es so sah, doch, ja, gab er zu, Fasel, Fasel. Aus diesem Zwiespalt wird man nicht herauskommen, sagte sich offenbar die Wirtin und ging in die andere Hälfte des Lokals, das im letzten Krieg völlig ausgebombt worden war und neu eingerichtet nun im Keller lag. Die historischen Räume gab es nicht mehr, erklärte ihm der Mann.

An einem Nebentisch saßen drei Herren, aßen Ragout aus Muscheln, erzählten, auf den Tischen was zum Knabbern, Mohnbrezeln, Salzstangen in kleinen Körbchen wie in einer Wienerwaldbrathendlstation, dachte er, verrückt, Wienerwald, gepflegte Weine, gepflegte Atmosphäre. So ist das nun einmal, redete der Mann weiter auf ihn ein. Im Augenblick war seine Frau ja noch im Krankenhaus, operiert. Weil sie schlecht höre, taub sei, ja taub, durch einen Unfall geworden, früher als Kind. Nun hatte man ihr ein Fleckchen Haut vom Oberschenkel genommen und als Trommelfell eingesetzt. Schon einmal hatte man das mit ihr versucht, eine Zeitlang hatte sie ein wenig hören können, Geräusche, doch sei es wieder verschwunden, das Stückchen Haut sei nicht richtig angewachsen. Dem Mann, der vorsichtig, gepflegt sein Glas Wein hob und langsam schluckte, gingen andauernd die Hautläppchen seiner Frau durch den Kopf. Er schätzte den Mann um die Vierzig, Verwaltungsangestellter mit einigen höheren Ambitionen, kulturell interessiert. Er fiel immer wieder darauf herein. Grütze, die ins Kraut schießt, feinsinniges Gelumpe, zierliche Gedanken, die man äußern mußte als Erwiderungen, Fragen, Antworten. Dabei kam ihm gleichzeitig der Mann so klar vor, eindeutig, genau im Umriß, in dem gutsitzenden Anzug, mit so einem weißen Hemd, dem Binder präzise zwischen den Spitzen des Hemdkragens vorne, ein dreieckiger, glatter Knoten, ein Mann um die Vierzig, interessiert, aufgeschlossen, dem gegenüber er sich verschlampt empfand, staubig, dreckig, ein Haufen angeschmutzter Kleidung, schäbig, und immer noch ein wenig schäbiger werdend, je länger er dem zuhörte, undeutlich, durch die Kopfschmerzen hindurch die Geschichte von der Frau aufnehmend, den Stückchen Haut, tauben Ohren, daß es eine seltene Operation sei, die Haut verpflanzt, abgeschabt vom Oberschenkel der Frau, die offenbar viel jünger war als ihr Mann und die ihm, ihrem Mann, das, was er sagte, vorher von den Lippen abgelesen hatte, nun aber die dünnen Hautstückchen ins Ohr gesetzt bekam, um ihn zu hören, wirklich, was er sagte, wirklich, was sie vorher bloß an den Lippenbewegungen hatte ablesen müssen, von ihm, dem Mann, der da so sauber, gepflegt vor ihm saß und ihm das fortwährend erzählte,

eine saubere, anständige Geschichte, die ihn nur noch dreckiger und dreckiger werden ließ, wirklich schmutzig, verschmutzt, weil er nun auch noch schwitzte, leicht feucht an den Innenseiten der Hände war, während ihre Unterhaltung immer weiterging, plötzlich wieder wie vorher schon einmal über die Stadt, die doch auch reizvoll sei, darin zu leben, zu wohnen, nicht besonders, doch eben reizvoll, durchaus, mit zum Beispiel so einem Lokal, Weinhaus Wolf, den alten Häusern, Fachwerkhäusern um das Schloß herum und dem Schloß, in der die Landesbibliothek untergebracht worden war, reizvoll, bestimmt, was er ja gar nicht bestritten hatte, nur kam ihm die Innenstadt kahl vor, öde, immer dasselbe, verstehen Sie, wie ich das meine, sagte er, ohne darauf geachtet zu haben, ob in dem Moment auch sein Einwurf paßte.

Er merkte, wie er schon nicht mehr richtig der Unterhaltung folgen konnte. Er war schlaff und ließ sich gehen, vom Kopfweh zugeschwemmt, benommen von dem kreischenden Gerede, dem Sitzen und langsamen Weintrinken, dann der von Zigarettenrauch eingetrübten Wärme wie danach von der frostig nassen, nebelhaften Kälte draußen, durch die er wieder allein ging, später, sich selber erschöpfend in der Erinnerung an die vage Beschreibung des Taxifahrers, durch die Unterführung seitlich des Bahnhofsgebäudes zu gehen und sich dann links zu halten.

Gleich hinter der Unterführung lag schwärzlich ausgebreitet und naß, sehr weit zu beiden Seiten der Straße ausgedehnt und völlig leer das Gelände eines Autobusbahnhofs, über dem vereinzelt hoch in der Luft einige Lampen hingen, in das Dunkel eingesetzt als weißlich sprühende runde Flecken mit einem harten hellen Kern, über denen glatt eine gleichmäßige Dunkelheit ausgebreitet lag, dicht und schwer und genauso leer wie darunter der Platz, der mit Schlacke bestreut war.

An einer Seite stand in der Dunkelheit ein Turm, und ganz in der Nähe, klein und wie von der Leere, die von allen Seiten darauf lastete, zusammengedrückt, lag eine jener schäbigen, dreckigen Imbißhallen, die noch hell erleuchtet war mit der Reklame für Coca-Cola. Er blickte zu der Bude hin und war sich nicht sicher, ob er den Taxifahrer genau verstanden hatte. Vielleicht war er in die falsche Unterführung eingebogen. Hier war nichts los, das konnte man sofort erkennen, obgleich die Bude noch geöffnet hatte. Innen war noch Licht. Er sagte sich, daß es verrückt sei, noch länger herumzusuchen, während er jedoch schon begonnen hatte, den Platz zu überqueren, verrückt, es kam doch nicht viel dabei heraus. Außerdem war er anscheinend nun tatsächlich krank, fror und fand sich blödsinnig suchend allein in einer schäbigen Gegend, als hätte er, morgens gerade wach geworden, sich noch einmal ganz unter die Bettdecke verkrochen, stumpf in einem faden Dunkel verharrend, seinem eigenen stumpfsinnigen Dunkel, um sich allein fühlen zu können, ich bin allein, allein und lächerlich weinerlich redete er sich ein. Der Mann von vorhin fiel ihm wieder ein und die Geschichte von den tauben Ohren, den Stückchen Haut. Die Frau konnte nun endlich bald ihren Mann sprechen hören, vielleicht schon zu Weihnachten, den 24. Dezember, Heiligabend, zu zweit verbracht. Sag mir was. Was denn. Irgendwas. Ach, ich weiß nichts. Wie schön deine Stimme ist. Ich hätte sie mir nie so vorgestellt. Deine ist schöner. Ich kann dich hören. Und ich dich. Es ist nicht zu glauben. Und alles nur, weil so Hautläppchen eingesetzt worden waren. Nach so vielen Jahren. Eine stumme Frau zu ficken mußte seltsam sein, dachte er. Er stellte sich das nicht uninteressant vor. Sie mußte alles durch Zeichen verständlich machen. Daß sie gefickt werden wollte. Vielleicht mit dem Becken hin und her zucken, vor und zurück. Man wird hitzig. Die Vorstellung drehte sich weiter. Nein, nicht mehr weiter. Er hatte den Platz überquert und sah sich um. Nun war es von neuem die alte Überlegung. Daß es unsinnig war, weiter so wie er herumzusuchen. Es war unvernünftig, sich mehr davon zu erwarten als das, was zu bezahlen war, unvernünftig auch, zu bezahlen für ein schon lang zurückliegendes Empfinden, das sich damals so zufällig in ihm hergestellt hatte, als er die Nutte aufzuheben versuchte. Seine Empfindlichkeit damals für so eine schwabbelige, weiche Bauchfläche, die unter dem Pullover weggequollen war, war übertrieben. Sie ließ sich sowieso nicht wiederholen, und das bekommen, so eine schwabbelige Bauchfläche und so ein weiches, hin und her waberndes Gefühl an den Händen, würde nichts anderes mehr sein als eben die schwabbelige, schwammige Weichheit einer Bauchfläche, entblößt, die nach unten durchhängende Schwere von überdicken Brüsten, die nicht mehr von den Schalen eines Büstenhalters aufgefangen wurden, und selbst nur dann für den Augenblick, wo das alles nackt vor ihm war und er das berühren konnte, nur berühren, anfassen, ein wenig drücken, nicht haben, bekommen für immer wie etwas Dauerndes, Beständiges, das es immer gab als ein stark komprimiertes Gefühl, was ihm, wäre es nun wirklich immer so dicht und deutlich als ein starkes, ständiges Gefühl da auch wieder zuviel wäre, aber auch wieder zu wenig. Aber bis dahin wollte er jetzt gar nicht mehr denken. Das, diese zähe Beharrlichkeit hing ja bereits wieder mit ihr zusammen. Mit ihr und mit ihm, wobei ein Teil ausgelassen wurde, sie. Er vermochte sie sich nicht einmal mehr genau vorzustellen, immer noch nicht. Sie war verschwunden, erstickt, niedergedrückt, sobald ein genauer Gedanke an sie, eine genaue Vorstellung von ihr, sich einstellen wollte. Es gab sie nicht mehr, auch nicht das Kind, sagte er sich, oder die Wohnung, sein Zimmer, die Bücher, Schallplatten, die Ausschnitte aus den Zeitungen und Zeitschriften an den Wänden, nichts, nichts mehr. Sie waren alle zusammen hinter ihm verschwunden, sie, seine Frau, sauber und gepflegt und hübsch, nett, eine hübsche, nette junge Frau, das Kind, ein liebes, nettes Kind, freundlich und ein wenig verträumt, dann Rainer, immer auf Zack, tänzelnd, die Haare gut frisiert, die Unterhosen geblümt, aah, sehr charmant und exquisit, auch Gerald in seiner kurzen Lederjacke, seinen ewigen beigefarbenen Cordhosen und seinem ewigen Gerede von guten Frauen, die alle Klitorisfrauen waren, denn eine gute, akzeptable Frau war immer, in jedem Fall, eine Klitorisfrau, so eine mit dem Gefühl vorwiegend vorne, die anderen waren naß, Vaginafrauen, wo du gleich immer ordentlich was reinschieben mußt und möglichst weit rein, verstehst du, ja! Ein riesig angeschwollener Scheißhaufen von Gerede war das alles. Ein zäher Dreck aus Bildern, die an einem kleben bleiben. Immer neu. Anders. Immer ganz anders. Lackstiefel. Lederröcke. Ein breiter Gürtel. Die Strümpfe glimmrig oder durchbrochen. Polyester. Dralon. Die eine Band war gut. Dann hörten sie eine andere, die war nicht gut. Man ging ins Storyville eine Zeitlang. Dann ab ins Lord's Inn. Zusammen war das ein freundlicher, lichter Zusammenhang, den sie alle zusammen ergaben, jung, freundlich, klug, immer beschäftigt. Es gab keine Ursache, unzufrieden zu sein. Es gab keinen Grund, keine Ursache, keinen Grund. Es war nur so. Sie bewegten sich alle zusammen umeinander, gingen mal hierhin, sich etwas anzusehen, gingen mal dahin, sich etwas anzusehen, eines paßte ins andre, wenn nicht, passend gemacht. Doch das war es gar nicht. Er verwechselte es andauernd. Oder er verwechselte andauernd etwas darin, sich selbst, was er darin war oder nicht war für die anderen, auch für sie, seine Frau, schon seit einiger Zeit, nur noch das, was mit darin hing, in dem Zusammenhang, nicht mehr er selbst. Und das, er selbst, war wieder so eine Idee, die nicht stimmte. Er sah, wenn noch überhaupt etwas, das nun zu allgemein. Also sah er schon nichts mehr, wie Gerald ihm vorgeworfen hatte, denn nur weil er das so allgemein sähe, also nichts mehr genau, könne er sie ja auch wahllos beschimpfen. Was er andren andauernd ins Gesicht warf, dieser Mist, den er sich täglich so ausbosselte, war nur noch seine eigene Mickrigkeit, denn was ist es schon genau, hatte Gerald gefragt. Das kannst du nicht sagen. Wuselei. Wenn du Bilder aufhängst, sind das Bilder, Fotos, na und? Was ist damit schon gesagt! Meinst du, das würde soviel bedeuten? Gedacht! Nichts. Sind nur Bilder. Hier eins, da eins, was dir gerade gefällt. Du holst eine Schere und schnippelst sie aus, steckst sie an die Wand, ein andres

Mal andre. Das ist alles. Und doch alle fest zusammenhängend, das eine mit dem andren, Klitorisfrauen, Gesichtswasser, toupierte Haare, Hosen von Selbach, Düsseldorf, eine kurze Lederjacke, ein kleiner Kinderschal. Eingebildet oder nicht, es war zu fest geworden. Er war das leid, ich bin's leid, er wollte nicht mehr. Er ging weg, war schon dabei. Er ging jetzt hier, ein einziger Gedanke als eine durchgehende Vorstellung von sich selbst, die er erreichen wollte und auch konnte, wenn er nur wollte, sagte er sich, was er jetzt wollte. Er wollte bis dahin kommen.

Da waren die Fenster, manche sehr hoch liegend, mit den Köpfen darin, die von unten aufgetrieben aussahen, sehr große, fleischige breite Gesichter, über die oft Hochfrisuren aufgebauscht waren, die sie noch breiter und mächtiger wirken ließen, aufgeplustert. Gelegentlich beugten sie sich weiter vor, näher an die Fensterscheiben heran, so daß dann auch ihre nackten, fleischigen Schultern auftauchten. In anderen Fenstern, die tiefer lagen, hatten sie sich ganz ausgestellt in langen, altmodischen Abendkleidern, die vorne tief ausgeschnitten waren. Er starrte zu ihnen hinein, während er langsam wie die anderen Männer daran vorbeiging und sich vorstellte, daß da wieder schmale, lang nach hinten führende Flure waren, die Flure abgedunkelt, und rechts und links die Türen, Zimmer, klein und eng mit diesen Liegen, auf denen am Fußende ein Gummilaken ausgebreitet liegt. Unter dem Waschbecken steht sauber ein emaillierter Abfalleimer. Ein langes Gummiding mit der milchigen herausgespritzten Flüssigkeit fällt weg. Der Deckel klappt zu. Danach kam das Hochziehen der Hose, das Händewaschen, die Frage, ob es gut gewesen sei. Es war gut gewesen. Das Liegen und die Bewegungen, hoppelnd auf einer weich ausgebreiteten Masse Körper, unten, oben, dazu die Einbildung, daß es genau das Richtige war, so, in dieser Lage, auf diese Art, was gewünscht wurde, um es flüchtig, sehr kurz zu haben, das, das nicht, das, das nicht, an dieser Stelle, an der Stelle, in einem weich geronnen und einem einzigen Gefühl für einen Augenblick, das und das nicht und das und das nicht, die Erregung, ein Stammeln, so ist das gut, drängend nach mehr davon, so daß es dann wieder dieses Aufeinanderliegen und die hoppelnde Bewegung nicht allein war. Es war ebensosehr auch die Einbildung, daß dieses nun tatsächlich ein einziges, angestrengtes Tun war, eine Handlung, aus der etwas für immer rausspringen konnte, durch die man sich in den Augenblicken ein für allemal befriedigen wollte, zärtlich und saugend, wie sich selbst in dieser ungeschickten Hoppelei auf dem anderen ausgebreiteten

Körper aufsaugend. Das würde für ihn, der hier an der Häuserfront entlangging, nicht viel anders sein, wenn er gleich zu irgendeiner hineingegangen war. Trotzdem wußte er, daß es nur eine Vorstellung war, sehr grob und ungenau und auch sehr ungeschickt wie diese drängende, anhaltende reibende Bewegung, wenn man es bei sich selber machte. Es war nur das eigene Bedürfnis, das in einem steckte und nun hochkam und sich ebenso bloß und offen zeigte wie eine Hand, offen und bloß vorgezeigt, aber schon wie in einem Zugriff die Finger gekrümmt, die sich dann um den steif gewordenen Schwanz schließen. Nur diese offene, bereits gekrümmte Hand zu sehen und auf dieses bloße Sehen reduziert, das war jetzt sein Zustand. Nicht nur erst seit jetzt, sagte er sich, nicht nur seit jetzt erst, schon länger, längere Zeit, wenn es auch nicht nur diese offene Hand allein war, bloß und offen hingehalten, um gleich mit dem Wichsen anzufangen, sondern scheinbar noch mehr war als eine Hand, nämlich sie, seine Frau, ganz, und dann die einzelnen Bewegungen, das Miteinanderreden, tagtäglich, die Fragen, Antworten, guten Morgen, guten Morgen, guten Tag, guten Tag, gute Nacht, gute Nacht, ist noch Heizöl da, vergiß nicht die Streichhölzer, wenn du runtergehst zum Edeka-Geschäft, dabei doch nicht viel mehr als bloß eine Hand, und diese Hand, die sie war, ihre Hand verschrumpelt, die Haut zusammengezogen, als hätte sie zu lange im Wasser gelegen. Hier war es nur noch das. Das schien besser zu sein. Es war sein Scharfsein. Bloß noch das. Er war geil, wollte sich gerne einen runterholen lassen, bumsen, ihr einen in den Arsch reinficken, abficken, sich abficken lassen, mehr nicht, mehr wirklich nicht, nichts mehr, bloß das, das, hier, jetzt, gleich, und dann doch mehr, mehr als bloß das, während er geduckt an den Fenstern vorbeischlich, frierend, in der sich selbst nicht ganz eingestandenen Absicht, eine hier herauszufinden, herausfinden zu müssen, bei der er vielleicht etwas länger würde bleiben können, er hatte doch das Geld dafür, konnte sie dafür gut bezahlen, um noch nicht sofort wieder ins Hotel zurück zu müssen. Er wollte danach gern noch etwas bleiben. Das wäre besser. Bleiben. Bleiben zu können. Und warum nicht. Bleiben. Noch etwas. Für das Doppelte. Vierzig Mark, fünfzig Mark, dachte er. Auch so'n Druck, was! Mann, Mann! Was sonst denn auch schon außer so 'nem Druck auf der Tube.

Der Mann in blauem dickem Wollpullover mit Rollkragen, neben den er sich gestellt hatte, um zu hören, wieviel sie hier nahmen, hatte sich plötzlich an ihn gewandt. Er lachte. Wennde was von haben willst, mußte immer gleich noch'n Fuß mit reinstecken, sonst bewegt die sich nich, was?! Peng. Jetzt isse eingeschnappt. Die Frau innen hatte mit einem Ruck das Fenster zugemacht. Mach auf, Alte, mach auf, los, komm schon, redete der Mann auf den schattigen Umriß innen im Zimmer von neuem ein. Was? Zwanzich, zwanzich, du bist wohl bekloppt, wa! Mensch, zwanzich Mark, zwanzich Mark, lärmte der Mann weiter, bis die Gardine schließlich zugezogen wurde. Zwanzich, die ist bekloppt.

Auch im Schatten der Mauer gegenüber standen Männer, die starr zu den Fenstern hinsahen, hinter denen es sich bewegte. Er stellte sich ebenfalls dorthin und sah hinüber zu den Fenstern, die schwärzliche Kästen waren, in denen sich hellere Teile auf der Stelle bewegten. Das Ende der Seitenstraße, eine Sackgasse, lag völlig im Dunkeln. Die Männer, die dicht an den Fenstern vorbeigingen, verschwanden jedesmal darin. Andere, die bereits eine Zeitlang schweigend dort gestanden haben mochten, kamen langsam aus dem schwarzen Fleck heraus und gingen nochmals an den Fenstern vorbei, blieben hier oder da stehen und machten Zeichen, redeten halblaut gegen die verwischten Umrisse hinter den Scheiben an. Ja, lutsch mir den Käse vom Schwanz. Mann, Alte, du hast die Ratten, meinste die laß ich mir von dir verpassen. Eine Krankheit im Piß, die genau das richtige Gefühl für die richtige Örtlichkeit hat. Bilder, die langsam immerzu fallen, langsam, immer von neuem wiederholt, mit bestimmten einzelnen Worten wie Postkartenserien, die schnell hintereinander durchgeblättert werden immer noch einmal von vorn, Bilder, Bildchen, die nacheinander wegklappen, fallen, so daß eine durchgehende Bewegung entsteht, die sich andauernd wiederholt.

Diese Bildchen bewegten sich vor ihm, und es waren immer dieselben Bildchen, in denen immerzu dasselbe sich bewegte, was er haben wollte, hier ein weißer Fleck und hier ein weißer Fleck, immerzu, von neuem, dasselbe, hier und hier, Oberarme, tief dekolletierte, alte, klamottenhafte Abendkleider, die hinter den Scheiben lautlos raschelten, das Rascheln von Stoff, Unterwäsche, die schnell aufgehakt werden konnte, eine Titte gegen die andere gepreßt, so daß in der Mitte eine rinnenartige Vertiefung entstand, so eine faltenartige Vertiefung fast wie eine Fotze, nur daß das Haar fehlte, dafür sind die Seiten dann weicher, nachgiebiger, nicht so schleimig-feucht, also haust du da deinen rein, schiebst dein Ding da auf und ab, Mann, ist das eine Sache, du gehst rein und machst das, warum nicht, dachte er, warum nicht, während er sich gleichzeitig wieder gar nicht gut fühlte, wirklich nicht gut, er fühlte sich schwach, ich glaub, ich bin ganz durcheinander.

Er kam sich blöd vor, so dazustehen, ohne sich zu bewegen und bloß hinüberzustarren, als ob er das schon mit sich allein machte, beide Hände in die Hosentaschen geschoben, nur weil er sich darauf nun versteift hatte. Aber er wollte zu einer hineingehen, er mußte sich nur noch eine aussuchen und setzte sich noch einmal in Bewegung, ging noch einmal an den Fenstern entlang und sah diese einzelnen Flecken Haut und Unterwäsche, die alle nur da waren, um es jemandem zu verschaffen durch diese hingehaltene Blöße, diese Nacktheit, eine hingehaltene Fotze, auch so ein Fleck unten zwischen den Schenkeln, die sich dann aufklappen würden und offen dalägen auf einer dieser mit einem Gummilaken überzogenen Liegen in einem warmen, geheizten Zimmer, klein, die Luft trocken und muffig von dem Geruch alten Puders.

Schon allein der Gedanke, gleich hinter einer herzugehen und in ein Zimmer einzutreten, erregte ihn. Und wenn das alles ohne zu reden ablaufen könnte, wär es am besten. Er träte ein und ging hinter einer her, sie machten es dann, er würde noch etwas bleiben. Das war schon alles. Er war sich nur nicht sicher, zu welcher er reingehen sollte. Von den meisten, die sich in den Fenstern zeigten, konnte er nicht viel sehen. Sie waren in dem Halbdunkel versteckt. Außerdem standen oder hockten sie zu zweien, dreien am Fenster. Und so lange aussuchen konnte er auch nicht. Er wollte nur reingehen, um noch etwas länger zu bleiben, danach mußte er zusehen, doch zuerst bumsen. Der Gedanke wiederholte sich. Zuerst bumsen. Deswegen war er ja hierher gegangen. Als hätte er das lange vorher schon geplant und als wär das das eigentliche Ziel seiner Reise gewesen, lächerlich. Er brauchte nur eine jetzt zu finden, die nicht so ganz so öde aussah, erschlafft und ausgeleiert, irgend so eine vertrocknete, ausgebuffte Alte mit zu stark geschminktem Gesicht und einer hoch aufgebauschten Frisur, hergerichtet wie eine jener älteren Hausfrauen, bloß keine Hausfrau, die ihn erdrücken würde durch ihre plumpe, aufdringliche Art der Freundlichkeit, also nicht so einen Klumpen, nicht ganz so ein klumpiges Ding, wie sie sich hier ausgestellt hatten, die sich womöglich vorher auf die Finger spucken würde, um das Gummi damit einzufeuchten und es gleitfähiger zu machen, die sich geschäftig rührte und unter ihm hin und her schwabbelte. Besonders brauchte sie ja gar nicht auszusehen, mußte keinen gleichmäßig glatten, eleganten Körper haben, sondern nur so sein auf eine Art, daß er danach noch etwas länger bleiben konnte, was sonst, bleiben, sonst nichts, bleiben, nicht zurückkehren, auf keinen Fall. Das war für ihn abgemacht, endgültig, er wußte es jetzt genau, nicht zurück. Das stand fest. Er sagte es sich noch einmal, sag es mir, nicht zurückkehren, auf keinen Fall, und noch einmal sag mir das, nicht zurückkehren, der Refrain. Er hatte sich nun einmal dafür entschieden, und ganz plötzlich dafür entschieden. Denn nun war es doch seine Frau, an die er dachte, ein dumpfes Gefühl. Es hatte sich schließlich doch wieder eingestellt. Dabei war es so, daß er sie sich trotzdem immer noch nicht oder noch nicht richtig wieder denken konnte. Sie war irgend etwas, irgend etwas, er kam nicht darauf was, jedenfalls war sie wieder da, eine Vorstellung, die undeutlich blieb, ein Gefühl, irgend etwas Pelziges, an dem er sich rieb, undeutlich, aber rieb, fast ähnlich wie anfangs, erinnerte er sich, die Erinnerung schwappte zurück, er mußte sich erinnern, fast wie anfangs, als sie noch nicht zu ihm in die Wohnung gezogen war. Da war sie, wenn sie wieder am Sonntagabend zurückgefahren war, auch so etwas Pelziges gewesen, etwas Undeutliches, Pelziges, das zurückgeblieben war, während er sich allein einen runterholte, im Dunkeln abends oder auch zwischendurch tagsüber auf dem Bett ausgestreckt.

Er hatte versucht, dabei an sie zu denken, sie sich vorzustellen oder nicht direkt sie, sondern den Vorgang mit ihr, diese dichten Bewegungen auf derselben Stelle, wie es beim letztenmal, als sie das miteinander gemacht hatten, gewesen war oder vielmehr gewesen sein mußte, dicht und drängend, ein warmes Gemenge von Armen und Beinen. Und diese lautlos vor ihm sich wiederholenden Vorgänge hatten ausgereicht, ihn für eine Zeit zu befriedigen, obwohl diese sich wiederholenden Vorgänge nie genau in Einzelheiten vorstellbar gewesen waren, und auf die Deutlichkeit kam es dabei auch gar nicht mehr an. Wichtig war, daß da etwas war, ineinandergewickelt, das sich, auf diese Art in seiner Vorstellung oder nicht Vorstellung, sondern vielmehr Empfindung auf der Stelle bewegte, nackt und warm und sehr dicht, und daß er dabei auch noch annehmen konnte, daß er es sei, mit ihr zusammen, als eine auf der Stelle stehende Bewegung, die stärker anschwoll und im stärkeren Anschwellen dann zugleich mehr und mehr durchsichtig blasser wurde, als wäre das Fleisch durchsichtiger geworden, die Schenkel oder was das war, die Arme, ineinandergedreht, die Bauchflächen oder was, bis es bloß noch seine Hand war, die rieb, schlupp, schlupp, noch einmal rauf und runter glitt, schlupp, ehe es herausgeschossen kam, schubartig, in kurzen Stößen. Dahinter verschwand aber noch nicht einmal das Empfinden, es gäbe einen starken Zusammenhang mit ihr, auch dabei, während er sich einen allein runterholte, angestrengt, verkrampft, die Vorhaut weit nach unten über den rötlich pulsierenden Kopf gezogen, obwohl der Zusammenhang sich immer nur herstellte aus den Gefühlen, die längst vorbei waren. Und ähnliches mußte sich auch bei ihr abgespielt haben, wenn er für sie nicht zu erreichen war, verstehst du, weil doch alles so unerträglich war, das Arbeiten in dem Saal mit den anderen Mädchen, du glaubst nicht, was das für welche waren, entsetzlich, und dann, daß ich zu Hause war und du warst nicht da, aber ich hab an dich gedacht, ich auch an dich, er allein auf dem Bett ausgestreckt daliegend, und sie auf dem Bett ausgestreckt daliegend in der Mittagspause nach dem Essen, das sie bei sich zu Hause in der Familie einnahm, oder dann zwischendurch auch bei der Arbeit, wenn sie auf der Toilette saß, eingeschlossen in einer sauberen, weißen Kabine, weil es eben unerträglich für sie war, dort den ganzen Tag in dem großen saalartigen Raum zu sitzen mit den anderen an ihren Schreibtischen rings um sie herum, immer gleichbleibend beschäftigt, Sendungen abzuhaken, auszurechnen und die nächste Sendung fertigzumachen ohne Abwechslung, und so öde dort, so umsonst da herumzusitzen in dem ausgetrockneten Raum mit den in der lauwarm-muffigen Luft erloschenen Blumenkübeln und der sanft verschwommenen strömenden Musik, du kannst dir nicht vorstellen, wie das ist, du kannst dir das einfach nicht vorstellen, weil es nämlich gar nicht einmal so sehr unangenehm ist, sondern bloß eintönig, wie erloschen, obwohl alles, was du so zwischendurch brauchst, da ist, eine Kaffeemaschine, Musik, ein kleiner Aufenthaltsraum, wo du Pause machen kannst zwischendurch, wenn du denkst, du bist mal für einen Augenblick zu erledigt, um weitermachen zu können, aber ich bin noch lieber auf die Toilette gegangen, ich konnte da ruhiger vor mich hindenken, still, als brauchte ich das in den Augenblicken, und wirklich, du mußt mir das glauben, ich brauchte das in den Augenblicken auch wirklich.

Daß sie auch so sein konnte, in einer Toilette eingeschlossen, nachmittags, zwischendurch bei der Arbeit, oder dann in ihrem Zimmer allein mittags ausgestreckt auf dem Bett, den Rock oder das Kleid hochgezogen und mit zwei Fingern langsam zwischen den Beinen auf und ab reibend, war für ihn nachträglich eine intensive Vorstellung gewesen von dem, was sie war oder wie sie war, als sie dann schon zu ihm gezogen war und da war, einfach nur da, stark, in manchen Augenblicken wie in dem Augenblick, als sie ihm das erzählte. Und dieses Einfachdasein von ihr war nicht nur bloß ein Bild, wie er glaubte, um sich besser mit ihr befriedigen zu können, sondern dazu noch etwas, das zwar vage blieb, doch angedeutet war in einigen Sachen wie eben einem Sekretär, den sie sich gekauft hatte und schon vorher in die Wohnung hatte transportieren lassen. Geschirr, Arabia, in Blau, einiges Besteck oder daß sie ihm an einem Wochenende einen Vorhang genäht hatte für das große Zimmer vorn, Umrisse, die nach und nach deutlicher wurden und mit ihnen beiden darin sich verfestigten, in denen sie sich dann freier bewegen konnten, fest und sicher, so wie das ja auch in der ersten Zeit ausgesehen hatte, bis sich eben zeigte, das bedeutete nichts, es war nichts, so daß sie dann gegeneinander standen, sich anschrien wegen nichts, lächerlich, nichts mit alle den Bildchen im Kopf, die jeder für sich zurückbehalten hatte und die nun durcheinandergerieten. Und alle Bildchen bewegten sich, und es waren immer dieselben Bildchen, die sie hatten, voller Bewegungen, auf denen sich immer dasselbe bewegte.

Auf einem Bild ist der Reißverschluß einer Nappalederjacke weit nach unten gezogen. Ein keilförmiger Ausschnitt einer nackten Brust wird sichtbar. Es ist die Brust eines Jungen, der an ein Motorrad gelehnt steht und wartet, die Beine übereinandergeschlagen. Der Ausschnitt läßt annehmen, daß der Junge nur diesen mattschwarzen Lederanzug trägt. Und dieses eine Bild war genauso wie die bunten, in matten Pastellfarben gehaltenen Aufnahmen von schmalhüftigen, knabenhaften Mädchen mit so wenig anwesenden Körpern in den modisch leichten, lose um sie herum dekorierten bunten Kleidern. Sie standen an einen Baumstamm gelehnt und blickten vorsichtig, wie scheu oder behutsam vor sich hin auf das übertrieben grün kolorierte Gras, unwirklich wie die blanken, hell schimmernden Metallteile des Motorrads, der orangefarben gespritzte Benzinbehälter, das silbrige Chromgestänge des Lenkrades.

Bilder, die wiederkommen, einzeln, in Teilen, und jedes Teil farbig, in Technicolor eingetaucht, ein stummer, stumm ablaufender Film. Ich kann nicht mehr. Ich will nicht mehr. Weiter. Das Winseln ist ganz weit von einem abgerückt, ein körperloses Winseln, für das es keine Notwendigkeit gibt, schon weg, weit abgerückt, ganz verloren. Ich möcht dir die Lenkstange ablecken. Komm, laß mich einmal. Nur einmal. Nur dieses eine Teil. Lecken. Alles ist so unglaublich blank, so sauber, jedes einzelne Teil. Und ganz weit weg redet wer weiter. Was issen los! Mit nackt'n Händen musses anpacken. Oder stimmt was nich? Bis wohl vom annern Ufer, wa?! Zieh ab! Der Motor wird angetreten. Das gleichmäßige volle Blubbern ist beruhigend. Aber man hört keinen Ton. Die Schwuchtel zieht den Reißverschluß seiner Lederjacke hoch und schwingt sich gekonnt auf die Maschine, gibt Gas. Schwerfällig setzt sich die Drehscheibe, auf der das Motorrad aufgebockt steht, in Gang. Ein falscher Hintergrund rutscht vorbei. Das Gras in Technicolor erschlafft. Man rupft es aus und stellt fest, es ist kein Gras. Die zerbrechlichen zarten Mädchen-Frauen kichern. Es ist, als ob das Kichern aus ihren desodorierten Mösen kommt. Sie verschwinden alle mit einem Schlag. Der Film ist plötzlich zu Ende, schöner Film, schön gemacht, nur verkehrt rum eingespannt und abgelaufen. Doch schon ist alles nach innen gerutscht, und da gibt es noch einmal alles neu, zum Beispiel dieses starke, übertrieben grüne Gras, auf das wie scheu, vorsichtig schmale, zerbrechliche Frauen blicken, und die blitzenden, verchromten Teile eines Motorrads, schwere Maschine mit orangefarben gespritztem Benzinbehälter, ein Reißverschluß ist offen, doch alles unwirklich auf diesen Bildern, die sie alle, Rainer, Gerald, er selbst, sich an die Zimmerwände geheftet haben, nicht zu bekommen, nicht anzufassen, nicht berühren, verboten. Meinste, ich laß mir von deinen Wichsgriffeln das gute Stück versauen, ach, gurr, gurr, ein glucksendes Lachen, was biste naiv. Und überhaupt, du hast mir zuviel alten Schmand am Sack. Geh schon weiter, los, hau ab. Fest, mit einemmal zugegriffen, verschwanden die Teile im Griff. Die Hand bleibt leer. Trotzdem war es jedesmal das, die Intensität, rigoros, ohne Rücksicht, von etwas, das es nicht gab, dicht genug, intensiv genug, doch nicht greifbar, nicht festlegbar als bestimmte einzelne Dinge oder Vorgänge, die da waren wie etwas Festes, Greifbares.

Auf einer Fotografie sieht man ein Knie, entblößt wie die ganze Figur entblößt ist, und diese Blöße ist es nicht, die packt, nicht die nackten Schultern, die nackten Brüste, etwas herunterhängend wegen der Schwere, die sich konzentriert hat um den braunen Kreis mit dem Nippel in der Mitte, das winzige braune Gekräusel von Schwellkörpern, es ist nicht dieses, was man alles nah vor sich hat und worüber man mit seinen Gedanken leicht hinweggleiten kann, als ob man auf einer weiten, glatten Fläche schwimmt, und nicht dieses Schwimmen ist es, womit man unermüdlich beschäftigt ist wie tatsächlich mit einem Schwimmen im Wasser, dessen andere Schwere man fühlt, die Schwere von wirklichem Wasser, die einen umgibt, während man sich selber so leicht vorkommt, aufgeblasen mit Gas, obwohl man langsam zu sinken beginnt, hört man auf sich zu bewegen.

Das hat alles nichts mit dem zu tun, worauf es einem nun ankommt. Es gibt nur noch das eine Knie, das hochgezogen ist und ein runder, knorpeliger Wulst, von vorne gesehen, der genau die eine entblößte Stelle verdeckt, die einem plötzlich einzig und allein wichtig erscheint, obwohl man auch weiß, wie die aussehen würde, ob nun mit viel oder wenig Haar bewachsen. Sie ist nicht anders als jedes Stück an diesem Körper. Aber das Knie steht davor. Und man ist beschäftigt, unermüdlich, jedes Mal, wenn man dieses Bild vor sich hat, das Knie zur Seite zu schieben. Du schaffst es nicht. Man denkt, es ist so und so, hat eine genaue, intime Vorstellung davon, weiß, wie es riecht, etwas feuchtschwitzig, nicht aufdringlich, keineswegs unangenehm gewöhnlich, im äußersten Fall wie Appels Sardellenpaste, und man weiß, wie diese eine Stelle mit einem ganzen nackt daliegenden Körper zusammenhängt, doch dieses eine Mal meint man, es sei gründlich verschieden von dem, was man sonst davon kennt, nur wegen dieses Knies auf der Fotografie, das man nicht, niemals, zur Seite drängen kann. Das ist man eines Tages auch leid. Man ist doch nicht verrückt und möchte sich einen runterholen. Immer will man an diese eine Paste ja auch nicht denken. Und es gibt schon lange keine Coca-Cola mehr, die geschüttelt und aufgemacht, innen quietschend hochgeht und überquillt. Man will. Das. Sonst nichts. Diese eine andere Stelle, diesen Fleck, wieder. Um sich zu überzeugen, daß es dieselbe Sardellenpaste ist im äußersten Fall? Also beginnt man von vorn. Das ist man eines Tages wieder leid. Aber es juckt noch immer. Komm her, laß jucken. Was wäre dann, sag mir, wie stellst du dir das denn vor und was hättest du bekommen, was anderes als tatsächlich das Gefühl, es doch nicht bekommen zu haben, dieses eine Knie, weggedrängt. Nun wäre es eine andere Stelle. Vielleicht das Augenlid, das man hochziehen müßte, um das Glied darunterschieben zu können, bis es kommt, uiii, es kommt und spritzt aufs Auge. Man muß sich bemühen, von neuem eine Stelle zu suchen, sie zuerst zu sehen. Das Sehen, glaubt man noch eine Zeitlang, würde ja bereits genügen, aber wo ist noch eine Stelle, sucht man, wo, unsinnig genug, sich so sehr darum zu bemühen, wenn man gar nicht mehr weiß, was es überhaupt noch gibt, um zu schwitzen, zu keuchen, sich gehenzulassen, kch, kch, stammelnd, so ist es gut, für dieses Mal, so ist es gut, endlich, blablabla, die Kaumasse mit fremden Stoffen ist durchgekaut und erschlafft. Ein Tropfen fällt weg, noch ein Tropfen. Zwei Tropfen fallen weg, drei Tropfen. Vier Tropfen fallen weg, fünf Tropfen. Und immer so weiter. Vergebliche Anstrengung, verlorene Mühe, verloren und, wie man hinterher oder vielleicht schon zwischendurch feststellt, verloren einzig man selbst in seiner eigenen Anstrengung, auf die es einem aber im Anfang gar nicht angekommen war, um diese Anstrengung nicht und um diese Mühe nicht, verloren, doch damit weiter beschäftigt und eingehüllt in blauglasige Cinemascopewolken, die aufquellen und in sich dicht bewegt sind durch Musik, pure Musik, eingebildet. Man glaubt, man hört sie überall um sich herum aus allen Ecken. Und Blumen platzen auf. Die einzelnen Blütenblätter amputieren sich spontan. Es rieselt aus der Luft auf einen herab. Das Rieseln hört nicht auf. Schließlich möchte sich auch der eigene Kopf spontan amputieren. Aus Liebe. Liebe. Reine Liebe liebt Liebe und sich selbst, wie reine Liebe Liebe liebt. Zuviel. Zuviel. Überall alles zuviel. Zuviel. Man sprayt sich ab. Rutscht an Sehnen entlang. Tropft sich was ins Auge. Schmiert sich den ganzen Körper ein. Und kommt an. Schwimmt durch reine Todd-AO-Wolken, die sich unermüdlich selbst erneuern. Jetzt hat Hollywood gewonnen, bis der Film reißt, und in dem Moment ist er auch schon gerissen. Man kann nicht mehr.

Er wollte sich das sagen, laut, ich kann nicht mehr, nicht mehr weiter, jetzt, aber er traute sich nicht, in dem Zimmer laut zu sein, etwas zu sagen, zu reden, wer alles konnte ihn hören und würde gegen die Wand klopfen. Er hörte, ob sich etwas draußen regte, hörte nichts. Sie schliefen alle. Ihre Schuhe standen seitlich neben den Zimmertüren im Flur. Er war überrascht gewesen, die Schuhpaare so sauber neben den Zimmertüren stehen zu sehen, als er aus dem Fahrstuhl kam und auf sein Zimmer zuging. Niemand tappte im Flur. Keiner ging auf die Toilette. Niemand war offenbar noch wach, es war schon spät. Gleich war es schon Morgen. Ich kann es nicht.

Flüstern wollte er das nur und begann, weiter auf dem Bett sitzend, noch vollständig angezogen so wie er hereingekommen war, zu flüstern wie von selbst, ohne es jedoch zu Ende zu bringen, ich kann es nicht, kann nicht mehr, womit er sogleich wieder aufhörte, als er die ersten eigenen Laute hörte. Ich kann nicht, alles vermasselt, alles vermasselt, ein einziges Durcheinander, innen, außen.

Draußen war es kalt. Es war Winter. Bald war Weihnachten. Die Stadt hier ging ihn nichts an. Nun saß er doch in dem Hotelzimmer, hatte plötzlich zurückgefunden auf eine stumpfsinnige Art. Darüber wollte er sich wundern. Die Kopfschmerzen und die körperliche Erschöpfung, die Müdigkeit war eine Kapsel, die ihn, seinen Körper, umgab, während er innen hellwach war, unermüdlich denkend, nicht zurück, auf keinen Fall zurück. Oh, er war bis hierher gekommen, und es war doch mit ihm bis jetzt ganz gut gegangen. Er konnte nun anfangen, zum erstenmal mit sich selbst anfangen. Und dann mit dem Nächstliegenden. Mit diesem dreibeinigen, niedrigen Tisch. Auf dem Tisch lag eine Plastiktüte. Dann lag da auf dem Tisch noch eine Broschüre, Sprüche für den Tag, Losungen. Im Zimmer war es nicht kalt und nicht warm. Daran hatte er sich jetzt zuerst einmal zu halten, das war es, was da war, das. Und das, dieses wenige mit ihm, in dem steifen Lackmantel grob und plump auf dem Bett sitzend, sagte ihm, du mußt weg, wenn er das richtig verstand. Du mußt fort. Bis hierher war er durch einen Zufall gekommen, den es auszunutzen galt.

Die Logik, sagte er sich, sich aufraffend, die Logik, wiederholte er, schon erschlafft. Was war damit, wohin ging dieser Gedanke. Von ihm fort. Er war schon zuviel. Man konnte sich das auch einfacher klarmachen. Der nächste Tag. Ja, der nächste Tag, morgen, da war er weiter hier. Dann nicht mehr. Noch immer der nächste Tag. Morgen. Das war bereits heute.

Er knöpfte sich den Mantel auf und stellte fest, wie langsam das ging. Seine Finger waren ungeschickt, die Knopflöcher zu klein, der Plastikstoff zu steif, er mußte sich anstrengen, die Knöpfe durch die Löcher zu drücken, und es dauerte lange, bis er den Mantel aufgeknöpft hatte im Sitzen. Danach hörte er erst einmal wieder auf, sich zu bewegen und anzustrengen. Woandershin, weg, dachte er. Im Sitzen trat er sich die Schuhe ab, den einen Fuß hinter den anderen geklemmt. Das Geld, wenigstens das, hatte er ja, mehr als er erwartet hatte. Gut. Das stimmte also. Nun mußte er zusehen, wohin, weg, nicht morgen zurück. Weg. Daran hatte sich auch nichts dadurch geändert, daß das Mädchen hinter dem Fenster ihn nicht gewollt hatte, nein gesagt hatte oder nicht einmal etwas gesagt hatte, sondern bloß mit dem Kopf geschüttelt hatte, als er von der Seite aus dem dunklen Teil, dem Ende der Straße herangekommen war an ihr Fenster, langsam, nachdem der Mann, der länger davor gestanden hatte, endlich weitergegangen war. Soweit er sie vorher gesehen hatte, schien sie noch nicht so ausgeleiert zu sein, sah ganz gewöhnlich aus und war nicht so flitterhaft zurechtgemacht wie üblich. Ihr Körper war der gewöhnliche Körper einer gewöhnlichen Frau. Die Möse würde gewöhnlich sein wie die Möse einer gewöhnlichen Frau. Einen Fuß mit reinzustekken würde wohl kaum nötig sein. Alles an ihr machte den Eindruck, als könne er danach noch bleiben, vielleicht mit der über irgendwas reden, Bier trinken, aber nein, nicht mit ihm, ihr Kopfschütteln war klar, nein, nicht mit ihm, verrückt, sehr peinlich, er war betroffen, sie hatte nicht gewollt, so daß er weitergehen mußte, vorbei an dem Fenster, nein, nein, sie hatte nicht gewollt, dagegen konnte er nichts machen, wenn er das auch nicht verstand, warum nicht ihn, warum nicht ihn, es mußte ein Mißverständnis sein, sie mochte ihn nicht deutlich genug gesehen haben, nein. Alle lachen sich halb tot. Ein guter Witz. Er hatte weitergehen müssen, abziehen wie so ein Köter, der an den Häuserwänden entlangschnüffelt und die nächste Pißstelle sucht. Wirklich ein guter Witz, Mensch. Da siehste mal an! Er war ein kleiner, geiler Pint, eine geschwollene Eichel, die Vorhaut schon zurückgezogen, der nicht angenommen wird. Hahaha, Mensch, ist das gut. Selbst da hatte sie noch recht! Wieder sie, wieder sie, seine Frau! Da war sie ja wieder! Du willst immer nur das, immer nur so rumficken! Du liebst mich nicht! Bin ich nur deine Dose, an die du aus Verlegenheit, weil gerade nichts anderes zur Hand war, geraten bist? Wenn es so ist, dann fahr doch weg. Bleib noch ein paar Tage länger, du hast doch Zeit. Also ich an deiner Stelle. Hahaha.

Er hatte es gewollt, und es war gar nicht dazu gekommen. Er hatte abziehen müssen, so daß es kurz darauf noch einmal der leere, schwarze Platz war mit den hoch in der Dunkelheit stehenden Lampen, über den er ging, vorbei an der Imbißstube, die nun dunkel lag, die Coca-Cola-Reklame war erloschen, innen war kein Licht mehr zu sehen, dann kam die Unterführung, der Bahnhof, links der schäbige Vorplatz mit der Reiterstatue und rechts die leere, breite Straße, in der das Hotel lag, Christliches Hospiz, wohin er sich zurückgetastet hatte, stell dir das mal vor, hahaha, um sich dort angezogen aufs Bett zu setzen und starr sitzen zu bleiben, bis er mit einemmal ganz ruhig war und genau wußte, er fuhr nicht zurück, ein Entschluß, sehr klar und eindeutig. Er konnte erst jetzt sehen, was diese Reise wert war, was sie bedeutete, sie bedeutete diesen ruhigen, klaren Entschluß. Sie hatte sich gelohnt, sagte er sich. Ich fahr nicht zurück. Mochte sie recht haben oder nicht. Das spielte keine Rolle. Es ist nun alles schön ruhig. Sein Herumlaufen vorher ist nur ein zufälliges Herumlaufen gewesen. Der Abbau von alten Vorstellungen, durch die er schon lange nicht mehr richtig hindurchgeblickt hatte. Jetzt sah er durch sie hindurch. Er konnte sich selber sehen. Da war er. War aufgestanden und in eine schaukelnde Bewegung gekommen, die stärker wurde, mehr reibend, und mit jeder dieser auf und ab reibenden Bewegungen ließ er die gestaute Erregung aus sich heraus und erschöpfte sich endgültig, noch immer im Mantel, die Hose aufgeknöpft.

Er stand da neben dem Bett in dem kurzen Lackmäntelchen allein in dem Hotelzimmer spätnachts auf Socken. Die Socken waren rosa. Er fühlte sich innen sehr leicht. Jetzt war ja alles gut. Das

Reiben tat gut. War nur ein bißchen alles noch zu trocken. Er spuckte sich auf die Finger, damit sie schneller, angenehmer über die Haut gleiten konnten. Das braune Häutchen flutschte leicht über den angeschwollenen Kopf, während er sich zunehmend versteifte, je heftiger er rieb, die Augen geschlossen und ganz auf sich selbst konzentriert, in sich hineinstarrend, in einen glasigen, durchsichtigen Raum, gefüllt mit seinem eigenen aufgetriebenen Gefühl. Das war er selber. Dieser glasige, durchsichtige Raum. Eine Ansammlung von Gefühl, das sich durcheinanderbewegte. Darin eine Hand, die immer weiter und schneller auf und ab glitt. Ein Kämmen war es, ein unablässiges Kämmen, das Durchkämmen des eigenen lang gewachsenen Gefühls. Und es tat gut. Sotsch, sotsch machte es bei jedem Mal, es sind ganz winzige, naßsaugende Geräusche beim Vor- und Zurückziehen der Vorhaut. Es glimmt. Die Postkartenbilder fluppen schnell hintereinander vorbei, ich meine Postkartenbilder, ich meine Dias, ich meine so Serien, so ein sanfter Terror im Gehirn, kontrolliert, nicht kontrolliert, Glimmertierchen, die lautlos zerplatzen, aber nachwachsen, lautlos. Der Raum ist das, was man schall-tot nennt. Der Griff an die eigenen Eier. Der Sack schwillt, die Fältchen, und die Sacknaht wird steif. Fotzen öffnen sich und schließen sich selbständig wie kleine rosafeuchte Münder. Ihr Inneres ist ganz zart. Weiche klebrige Schleimhäute, leicht zerreißbares Gewebe. Bunte Punkte leuchten schnell auf, das Aufleuchten beschleunigte sich, es werden mehr Punkte, ist bereits ein Gewimmel von bunten Punkten, Glimmertierchen, die weiterspringen. Techniker: Die Maschine ist in Ordnung, sie läuft tadellos, sonst welche Beschwerden? Aah! Das nenn ich kämmen! Mensch, kämmen! Die Zunge hängt ihm schon bald aus dem Mund heraus, ein flabbernder, roter Lappen. Er hat einen trockenen Mund und wichst in dem Hotel Christliches Hospiz, Hannover, Schuhmacherstraße, und ist nicht da. Verschwunden. Denn gleichzeitig ist es auch ein Vorgang, als wäre er draußen und er müßte gegen etwas ankommen, einfach nur ankommen, sich dagegenstemmen. Von Literatur hier keine Rede mehr! Was es genau ist, kann er nicht sagen. Es ist soviel, gegen das er zum letztenmal ankommen muß, kotzen, darüber sich erbrechen, alles einfach auskotzen und zukotzen, während sie reden und reden, wer? Da sind doch welche! In dem schall-toten Raum rumort was. Das ist er selber. Schmierig, erschöpft, innen sehr trocken. Auch auf seinem Schwanz ist es schon wieder trocken. Die Finger gleiten schon nicht mehr so weich wie gerade noch auf und ab. Noch einmal muß er etwas Speichel dazunehmen. Also ist es diese Trockenheit, eine

Art von Trockenheit unter vielen gleichen, die Art der Trockenheit, seine eigene, gegen die er anreibt und weiter reibt, und gleichzeitig auch wiederum nicht. Es ist das starre Sehen auf was, das steife Dastehen im Mantel neben dem Bett auf Socken, durch die er die glatte Kühle des sauberen, blankgebohnerten Zimmerbodens spürt. Er spürt sie sehr intensiv. Und jetzt schon nicht mehr. Seine Frau ist plötzlich da. Sie hat sich eingeschlossen in einer sauberen, weißen Toilettenkabine und hockt auf dem Beckenrand, die Oberschenkel auseinandergeklappt und breitgedrückt. Der Rock ist hochgeschlagen. Auf den Schuhen liegt zusammengesackt die Unterhose. Mit zwei Fingern fährt sie über die haarige Kuppe in den Schlitz über das angeschwollene Zäpfchen dicht vor ihrem Fickloch. Sie sagt, nein, nein, und wehrt ihn ab, will seinen Kopf zurückstoßen, es geht nicht mehr, hör auf, während er noch weitermachen will, um es ihr unbedingt zu verschaffen. Deswegen ist es auch nicht länger mehr diese saubere, weiße Toilettenkabine, in der sie still vor sich hinträumen kann vielleicht von irgend so einem riesigen Ding, das sich ganz auf sie drauflegt und sie fertigmacht, ausdauernd ist, zäh, nicht nachgibt, dabei aber so weich und schleimig, eine nichtidentifizierbare Masse, ein neuer Stoff, bisher noch nicht entdeckt, der es ihr endgültig besorgt. Es ist vielmehr jetzt mittags und alle Geräusche sind gedämpft. Die Stille wird in der Nähe nur unterbrochen durch einen Stoß Wasser, das aus den Nickelknöpfen kommt und die Porzellanwand breit, fächerförmig ausgebreitet hinuntergeströmt, vor der stumm, ohne sich viel zu bewegen, zwei, drei Männer nebeneinanderstehen. Dann stöhnt Rainer kaum hörbar auf und drückt den Atem ins Kissen. Die langsam leckende Zunge rutscht abwärts über den Rücken hinunter zum Gesäß in die Rinne hinein zwischen den Hinterbacken bis zum Arschloch, in das sie hineinstößt. Es ist eine überdimensional große, steife, erigierte Zunge, die Zunge überhaupt. Sie hört nicht auf zu schlecken. Das Gefühl ist total. Ein absolutes Gefühl, das fertigmacht. Ein Moment der Freiheit. Der Heizkörper summt und summt. Laß alles stehen und liegen und spring. Spring doch endlich. Spring. Das Fluggefühl in der Sekunde des Absprungs ist das beste. Ich komme. Die Zunge ist verschwunden, statt dessen ist ein Gesicht da, breit und groß, das näher kommt und im Näherkommen sich aufweicht, ein Schwamm, der sofort alles aufsaugt. Er fließt auseinander und färbt sich zu einer enthäuteten rosa Masse in dem Augenblick, wo sich das zitternde Glied dahineinbohrt, das Glied wird verschluckt. Es ist einfach vom Körper aufgesogen worden. Nun ist da eine leere, haarlose Stelle wie auf den Fotografien in den kleinen, billigen Magazinen, die es zu Dutzenden gibt. Trotzdem macht man weiter. In seinem abgedunkelten Mietzimmer steht Gerald. Das Zimmer ist aufgeräumt. Auf dem Tisch unter dem vorhanglosen quadratischen Dachfenster der abgeschrägten Außenwand liegt aufgeschlagen ein Buch. Das Kofferradio ist auf Radio Caroline eingestellt und bringt Musik von Alka Seltzer, gagaga, und langsam, ohne etwas dagegen machen zu können außer zu denken, daß durch die Einheit der gedoppelten Tätigkeit stets alle Glieder des Organismus erhalten sind und stets in die Idealität ihrer Belebung zurückgenommen und die Glieder diese Idealität denn auch sogleich darin zeigen, daß ihnen ihre belebte Einheit nicht gleichgültig, sondern im Gegenteil die Substanz ist, in welcher und durch welche sie allein ihre besondere Individualität bewahren können, und daß gerade dies den wesentlichen Unterschied von Teil eines Ganzen und Glied eines Organismus ausmacht, kommt es bei ihm herausgeflossen in die Hose. Die Hand zum Beispiel, abgehauen, verliert ihr selbständiges Bestehen, sie bleibt nicht, wie sie im Organismus war, ihre Regsamkeit, Bewegung, Gestalt, Farbe und so fort verändert sich, ja sie geht in Fäulnis über und ihre ganze Existenz löst sich auf. Es hat ein Geräusch gegeben, in der Toilette schwoll das Wasser an, immer noch einmal wurde nachgespült und gezogen. Das Geräusch kam wieder. Noch einmal. Da war das Kind weg, ab in die Kloake, eine letzte Luftblase, ein letztes Blubblub als allerletztes Winken, bevor es verschwand, auf Wiedersehen, auf Wiedersehen, auf Wiedersehen, au revoir, good bye, lebt alle wohl, weg, abgezogen. So sind sie alle beschäftigt. Und in Plastikbeuteln hängen die zurückbehaltenen einzelnen Teile als Erinnerung an irgendwas, man weiß nicht mehr was, Brüste zum Nuckeln, Fotzen zum Lecken, Schwänze zum Kauen, und Ärsche zum Wienern. Kommt raus aus euren stumpfsinnigen Körpern, ihr namenlosen Arschlöcher! Das ganze Scheißhaus fliegt in die Luft. Und wir drehen alle zusammen durch. Sie. Gerald. Rainer. Ich. Hochkatapultiert in die Luft, wo wir uns zerstreuen. Sie wird wolkig. Gerald trifft Hegel persönlich. Die Begegnung verläuft friedlich. Rainer kämmt sich die Haare und sprayt sie sich ein. Die Frisur sitzt. Ab geht's. Und was mach ich, was mach ich? Hallo, hallo, keiner mehr da, niemand, nichts, alle verschwunden in dem schall-toten Raum wie ein Röcheln als das Blubbern von nichtidentifizierbaren Flugobjekten,

alles vergorene Möglichkeiten, alle Möglichkeiten vergoren, bis sie dann aber nach einiger Zeit wieder zusammensitzen wie vorher in seinem Zimmer, Schallplattenmusik läuft ab, die Rolling Stones,

Mick, Keith, Brian, Bill, Charlie recorder live at the Royal Albert Hall, Sonderanfertigung der Teldec für Hör zu, in der er sich immer so gern auf der vorletzten Seite die beiden Bilder ansah, Original und Fälschung, Nachahmung verboten. Wer das widerrechtlich für andere Zwecke benutzt, wird unnachsichtlich gerichtlich verfolgt. Klar. Er suchte ja bloß die 20 Fehler in der Fälschung, sonst nichts. Dazu der Gesang Mick Jaggers über Lady Jane, das Stück, das Gerald am besten fand mit dem aufschwärmenden Gekreisch von Mädchen im Hintergrund die ganze Platte über durch den großen, hohen Saal, ein treibendes, ziehendes Mädchengeschrei, das ihn, Gerald, jedesmal an von Mädchenkörpern losgelöste haarige Geschlechtsteile erinnerte, weiche, haarige Gebilde, etwas formlos und ungenau vorstellbar diese Dinger als ein wenig langhaarige, vielleicht ovale Fleischstückchen.

Sie lachten darüber, und das war wie immer. Im Badezimmer wusch seine Frau gerade das Kind in der Wanne ab. Das Kind plantschte herum und quietschte hoch auf. Sie zog es aus dem Wasser an den Armen heraus, ein länglich gestreckter, weicher Körper, der in der Luft über der Badewanne hängt, tropfend, aufquietschend, und dann, abgesetzt auf das Badetuch, wieder in sich zusammengezogen dahockt als ein noch unbeholfen sich bewegendes Kleinkind, das sofort in das Frottiertuch eingeschlagen wird, so daß nur noch der große, dünn und sehr weichhaarig behaarte runde Kopf heraussieht, nicht tot, nicht weggeworfen, lallend, quietschend, da, da, da, da, da, da, und auch sie lallend da, da, da, da, da, da, nicht verschwunden, aber endgültig von ihm dort in der Wohnung zurückgelassen, dachte er, beruhigt, das zurücklassen zu können, es hinter sich gebracht zu haben, die Wohnung, das Kind, seine Frau. Er fuhr anstatt zurück nun woandershin, ganz woanders, er würde sehen, und nicht zurück, obwohl zunächst einmal dieselbe Strecke zurück mit dem Zug, aber nicht zurück. Er war wieder in Bewegung gekommen, er fuhr, saß am Fenster, im Zug, zurückfahrend, beruhigt, daß der Zug fuhr.

Draußen, sah er, war es etwas, das gleichmäßig vorbeirutschte, Stämme, ein Waldstück, sehr licht, mit viel Helligkeit zwischen den Stämmen und Baumkronen, ein Kiefernwald, der Boden gepolstert, graubraun und voller abgenagter, eckiger Zweige und Äste, die abgefallen waren. Die Bäume, die in weitem Abstand voneinander standen, schoben sich näher an die Bahnstrecke heran und setzten jäh aus. Freies Feld kam sofort dahinter, ein Acker, umgepflügt, brackigschwarz, leer. Die Ackerfurchen liefen fast parallel zu der Bahnlinie. Irgendwie stieg auch die Ackerfläche nach rückwärts hin an, eine Bodenwelle, flach, trotzdem bemerkbar. Dahinter sackte die Helligkeit weg. Ein Karren stand neben einem Feld mit Wintersaat. Über dem spitzen Grün der Halme flog niedrig ein Vogel. Wieder ein umgepflügter Acker, der tiefer lag, starres Geranke längs der Geleise, ineinander verhakt, Leere darüber, und wieder zwei, drei Vögel in der hellen Leere, Telegrafenmaste, Schotter, ein Erdwall, Tümpel, ein einzelner Baum hier, ein einzelner Baum weiter zurückgesetzt, freies Feld, sehr weit ausgedehnt, lang hingestreckt und die Oberfläche zerkrümelt, und dahinter undeutlich, weil zu weit weg, ein paar Häuser aufgelöst in der lichten Vormittagshelligkeit.

Für ihn war das wichtigste dieses Fahren, das hieß, erneut fortzukommen, dieses Mal weg, während das Dorf oder die Stadt hinter dem ebenen Gelände wegtauchte, sehr langsam, wegen der großen Entfernung wie untergehend in einem Bild, das an den Rändern starr blieb, aber innerhalb des Rahmens, innerhalb dieser Ränder in sich überall bewegt war mit den wegziehenden Flächen, vorne, direkt am Fenster schnell, flitzend, und dann nach hinten zu schwerfälliger, breiter, insgesamt jedoch zusammengehalten von einer Ruhe, wie ihm vorkam, während er das fortwährend beobachtete. Das gleichmäßige Rollen unter ihm, das das Abteil in einem gleichmäßig verteilten, feinen Zittern hielt, füllte ihn aus. Er brauchte es sich zwischendurch nicht klarzumachen, daß er tatsächlich wieder in Bewegung gekommen war, fuhr. Er konnte beruhigt sein, er kam voran. Wenn er nun irgendwo aussteigen wollte, konnte er das. Nichts hinderte ihn mehr daran, auszusteigen und irgendwo länger zu bleiben, obgleich es ihm im Moment schon genügte, daß das gleichmäßige Rollen unter ihm war.

Als er in Hannover eingestiegen war, hatten schon einige Männer in dem Abteil gesessen. Er hatte zugehört, wie zwei von ihnen sich unterhielten, zuerst gar nicht bewußt, es war ihm erst nach einiger Zeit aufgefallen, während der Zug schon längst aus dem Bahnhof herausgerollt war und bereits eine längere Strecke zurückgelegt haben mußte, und dann, als es ihm plötzlich aufgefallen war, daß er ihnen zuhörte, hatte er sich gewundert. Die Unterhaltung schien so klar und genau zu sein, aber es war immer nur der zuletzt gesprochene Satz, eine Frage, eine Erwiderung, was klar und eindeutig war, es gab immer nur gerade diesen einen Satz, diese eine Erwiderung, das, was dem vorausging, hatte er dann schon vergessen. Vorher schien überhaupt nichts gesprochen worden zu sein. Dafür standen dann diese einfachen einzelnen Sätze um so genauer da, so daß er sich wünschte, genau dasselbe selber gesagt zu haben, so einfach, klar, eindeutig, einen Satz, noch einen Satz, eine Frage, die Antwort. Dahinter lagen keine Verwicklungen, keine anderen Bedeutungen. Das Sprechen war einfach. Daß jetzt Winter war. Es war jetzt Winter. Aber die Winter waren ja schon lange nicht mehr so streng. Sie waren nicht mehr so streng in den letzten Jahren. Sie waren jetzt mehr naß. Es gab kaum noch Schnee. Hatte sich was verschoben? Wodurch? Es gab keine richtig heißen, trockenen Sommer mehr und auch keine richtig kalten Winter mit Schnee.

Er hatte ständig das Gefühl, er müsse sich das zuletzt Gesagte einprägen, es behalten, um selber einmal so einfach etwas sagen zu können, diese einfachen Sätze und diese einfachen Gedanken in diesen einfachen Sätzen. In der nächsten Stadt waren die Männer ausgestiegen, und er hatte sich an das Fenster setzen können, ehe andere zu ihm ins Abteil kamen.

Draußen, unter den Leuten, die am Zug entlanggingen auf den Treppenschacht zu, sah er auch wieder die aus seinem Abteil. Die beiden, deren Unterhaltung er so lange zugehört hatte, redeten immer noch in einer ruhigen interessierten Geschäftigkeit. Weder besonders eilig noch besonders langsam bewegten sie sich mit den anderen Leuten auf die Treppe zu, wo sie dann in kleinen steifen Rucken verschwanden hinein in die Stadt, wo sie Bestimmtes zu erledigen hatten und auch selbstverständlich und sicher erledigten, wie von ihnen erwartet an irgendeiner bestimmten Stelle, sicher, genau, ohne Hast und Unsicherheit und wieder mit so eindeutigen, unmißverständlichen Erwiderungen, Anfragen, Vorschlägen, stellte er sich vor, während er hinter den nebeneinanderliegenden Bahnsteigen, leeren Betonstreifen die Gebäude sah, Bürohäuser, Geschäftshäuser, blockartige Gebäude, dazwischen Straßen mit Passanten, Autoverkehr, klein und sehr schnell zwischen den kahlen, betongrauen, hohen Wänden, in denen unten die Ladentüren waren, die Schaufensterkästen mit winzigem Kleinkram vollgestellt, alles voll, alles war da, es gab da alles, als brauchte man es sich nur im Vorübergehen zu nehmen. Das war, wie wenn er abends eine Straße entlangging und dann einzelne Fenster sah, matt erhellte Kästen, die so friedlich aussahen. Da war ein Fenster, matt erhellt, ein Zimmer dahinter, ganz ruhig, sonst nichts. Er dachte dann kaum an die Möbel, die das Zimmer meistens zu voll erscheinen ließen, all das tote Zeug, das sich darin angesammelt hatte, das Leblose der Leute, die darin ganz schnell erstarrten und gepflegt ein Glas hoben, es gepflegt ansetzten zum Trinken, dachte nicht an Füße, aus den Pantoffeln gezogen und auf kleine Hocker gelegt, bequem, die Körper erschlafft in die Sessel fallen gelassen und halb den Fernsehapparaten zugedreht, die in der Ecke flimmerten. Auf dem Tisch liegt die Hör zu, die letzte Ausgabe, deren Kreuzworträtsel schon an einem anderen Abend gelöst worden sind. Die Krampfadern tun weh. Man läßt sich von den vielen weißlich grauen Bildern einen abwichsen. In jeder Gehirnzelle stauen sich die Bilder, egal was für welche. Ein Junge läuft in einen elektrisch geladenen Stacheldrahtzaun, das Zucken passiert ganz schnell. Schon lange hat Caterina nicht mehr so schön gesungen. Als letztes wird die Wetterkarte für morgen aufgezeichnet. Winter. Sehr naß. Alles versackt in Nässe. Es gab schon lange keine richtig harten, frostigen Winter mehr. Und die Sommer sind auch nicht mehr das, was sie einmal waren. Keine Sommer, keine Winter, nichts. Als ob man schon nicht mehr lebe. Aber man lebt. Eingesperrt in diesem großen unsichtbaren Käfig, in dem sich der blinde Terror staut als das winzige weißlich graue Flimmern, das über die Bildschirme treibt, auf denen sich nach und nach deutlicher eine Figur in weißem Kittel mit randloser Brille heranbildet, die lächelt und lächelnd ein Paket hochhebt und langsam etwas von dem weißen feinkörnigen Pulver in ein Reagenzgläschen schüttet. Lächelnd sagt der Mann a-a. Ein zweites Reagenzgläschen wird halb gefüllt und leicht hin und her geschüttelt. Unbesiegbar in der ganzen Welt für das weißeste aller weißen Bettlaken, das von den Enden bis zur Mitte hin zusammengeschlagen wird, so daß der faulige Klumpen Tran, geronnenen Spermas, Blut nicht mehr zu sehen ist. Ich bin die Nachgeburt! Das graue Gefühl! Erloschene Gehirnzellen. Der Brei. Ein träge schwappender Haufen, der hinausgetragen wird, während er wimmert, ich will nicht, laßt mich los, ich will leben, leben, ich werde auch alles für euch tun, die Schuhe reinlecken, Monatsbinden leersaugen, die Popel aus der Rinne pflücken und alte Kinokarten für euch sammeln. Noch ein kleines Wimmern, das sich entfernt. Dann ist es still. In der Ecke stehen die Männer und wichsen. Eine Frau zieht sich unermüdlich die Haut in langen, lappigen Streifen von den Schenkeln und verschenkt sie als Souvenir an die Umstehenden. Nachher bittet sie den Mann in weißem Kittel und mit randloser Brille, ihr doch noch einmal den After zu reffen. Die Lebenserwartung ist gestiegen und sie kann nichts mehr bei sich behalten, ein tragischer Fall, Schicksal oder so. Am nächsten Morgen im Büro erzählt sie als erstes davon ihren Kolleginnen. Der Doktor war so nett. Er hat mir gleich drei Packungen verschrieben, von den großen. Das reicht wieder einmal eine Zeitlang, um auszukommen. Man lebt ja schließlich in den Bildern, die ständig zerfallen. Siehst du das dünne lautlose Flimmern? Siehst du, kannst du noch sehen? Der Bildempfang ist einwandfrei. Das Flimmern, dieses zittrige Wirbeln hört nicht auf, ein winziges Zucken, eine Figur, noch eine Figur, noch einmal. Jetzt konnte er es deutlich sehen, jetzt nicht mehr und jetzt wieder. Eine Frau bog um die Ecke und verschwand nach ein paar Schritten. Aus der Ladentür kamen zwei Frauen. Ein Mann kam hinter ihnen aus dem Laden heraus und rief ihnen was nach. Eine der Frauen ging langsam zurück. Vor der Ampel sammelten sich mehr Leute. Aus einem Fenster beugte sich jemand vor und blickte nach unten. Drei, vier Kinder rannten weg. Das Fenster, aus dem eben noch jemand nach unten geschaut hatte, war wieder leer. Ruhig ging eine Frau an der Häuserfront entlang. Ein ruhiges, gewöhnliches Bild, draußen.

Er wollte es so begreifen. Das war eine Stadt, die er nicht kannte, welche, das war ihm unwichtig, eine größere Stadt, in der sich alles bewegte zwischen festen Punkten, hier das Büro, hier eine Wohnung, hier ein Zimmer, die Straßenbahnhaltestellen, ein Fahrplan, Kinos, die Spätvorstellungen gaben. Eine Stadt, eine andere Stadt, in der er ja auch hätte leben können und herumgehen, beschäftigt mit bestimmten Plänen, die er auszuführen hätte wie einer von diesen Männern, bestimmt, sehr fest, einfach, so wie sie verschwunden waren, so deutlich umrissen, dachte er, selbstverständlich, daß es so war und nicht anders. Es brauchte nicht anders zu sein als so, wie es war. Wie es war, war es gut, bis auf die paar Sorgen, die ja wohl jeder hatte. Jeder hatte seine Sorgen. Im großen ganzen war sonst alles gut. Sie hatten ihren Wust geordnet oder einfach jetzt zurückgelassen. Abends sah dann schon wieder alles ganz anders aus. Am nächsten Tag auch. Und so ging das gut. Immer weiter, immer weiter. Es ging gut. Sie waren wer. Alle zusammen. Da. Morgens. Nach dem Rasieren. Nach dem Frühstükken. Nach dem Kaffeetrinken. Nach einer Zugfahrt. Mit den Plänen, Anordnungen, Schwierigkeiten, Telefonanrufen, Mittagessen. In ihren Unterhaltungen. Auf der Rückfahrt. Nach der Heimfahrt. Dem Aufschließen der Wohnungstür. Nach dem Abendessen, dem Zeitungslesen, dem Reden, dem erledigten Tag, dem Ausziehen und Waschen und Schlafanzuganziehen, dem Schlafen. Waren sie wer. Alle zusammen. Er war ja schließlich auch wer, wenn er sich das genau klarmachte, es genau sah, seine Wohnung, sein Zimmer vorne mit ihm selber darin am Tisch sitzend und seiner Frau, die hereinkam und sagte, was ist nun los, bist du soweit, kannst du kommen, komm, und mit der ablaufenden Schallplattenmusik und den Bekannten, seinen Freunden, Gerald, Rainer, und wer sonst gerade da war und bei ihm vorne in dem Zimmer saß, über die Hochschule redete, die Pädagogik als Pädagogik, denn das Nachdenken über Erziehung und Bildung ist dem Nachdenken über den Menschen und sein Wirken überhaupt verknüpft und von diesem nicht zu trennen, dazu gehört eine Kultur des Verstehens wie eine Kunst des weltmännischen Umgangs und liberaler Sitten, eine ganze Jugend muß in diesen Tugenden der Duldsamkeit und Gesellung, Ritterlichkeit und Rücksichtnahme geübt werden.

Wichtig dabei war, daß es so war und nicht anders, nämlich schlechter oder besser oder auch nur uninteressanter, langweiliger, wie es ja auch hätte sein können, dachte er. Es war immer gerade nur so, wie es sich aus dem Augenblick ergab. Sie saßen zusammen, hatten sich zufällig getroffen und redeten, Gerald über die Hochschule, oder daß er mal wieder zu seiner Mutter fahren mußte, das Gespenst mit vertrockneten Eierstöcken, in denen sich hoffentlich bald Krebs einnisten würde, dann weg, ab, vorbei, sie wäre gewesen und er nicht mehr so krank nach den Besuchen, das Auto würde verkauft werden, die Wohnung aufgelöst. Wenn er sie nur schon wieder sähe, wie sie morgens im gesteppten Morgenmantel, frisch das leicht rötlich getönte Haar mit dem so eben angedeuteten silbrigen Hauch hier und da gekämmt, hereinkam und guten Morgen sagte, guten Morgen, guten Morgen, hast du gut geschlafen, ich nicht, ich schlafe in letzter Zeit gar nicht mehr gut, das macht das Alter, Gerald, deine Mutter ist einfach schon alt, du hast jetzt eine alte Mutter, ach ja, dann war er schon für den ganzen Tag fertig, sie hatte ihn erledigt, und er wartete nur noch auf das Geld, das man ihm gab, um zurückfahren zu können. Hier allerdings vergäße er das schnell, er ging in die Hochschule, da gab es Mädchen, hübsche, mit denen er sich beschäftigen konnte.

Sie waren alle wieder da, er konnte sie sich wieder genau vorstellen, in einem großen leeren Raum, der sich mit jedem Tag mehr ausdehnte und immer leerer wurde, in denen sie sich winzig klein bewegten. Die Leere war die Leere draußen, dieselbe Leere, weißlich hell, die Leere eines Wintermorgens, immer gleich. Da waren sie alle, dachte er, da. Rainer, Gerald, sie, seine Frau, er selbst. Es war gar kein Grund da, das hinter sich zu lassen, Gerald war kein Grund, nicht zurückzufahren, Rainer kein Grund oder sie, seine Frau, nicht zurückzufahren und woandershin zu fahren und sich damit in eine andere Verwirrung zu stürzen, in der er sich zuerst sicher verlieren würde, völlig unnütz, weil er es war, der nicht auskam mit sich, anderen gegenüber, auch ihr gegenüber, die er ganz einfach unter den anderen, Rainer, Gerald, sitzen sah, schön, wie sie sich hergerichtet hatte, das Haar, frisch gewaschen, das sehr weich an den Seiten bis auf die Schultern herunterhing und vorne aus dem Gesicht, kurz über den Augen, herausgekämmt, in der gelb-weiß gestreiften Bluse und dem kurzen violetten Wollrock, der weit ihre Oberschenkel frei ließ, feste, glatte Oberschenkel, über die sich stramm die Netzstrümpfe zogen, dazu die flachen Schuhe, attraktiv und irgendwie erfolgreich, sie, seine Frau, sich behauptend. Und auf dem Tisch lagen seine Bücher, Romane, die er in der nächsten Zeit lesen wollte, Schallplattenmusik lief ab, das Zimmer war geheizt, und sie alle waren lebhaft miteinander beschäftigt, redeten, redeten wieder, machten Witze, also wirklich kein Grund, beunruhigt zu sein, kein Grund, etwas anderes sein zu müssen als einfach da zu sein, so, auf dem Stuhl redend oder zuhörend, gerade wie es paßte, sonst nichts. Man stand zwischendurch auf und ging in die Ecke zum Plattenspieler, drehte die Platte um und setzte vorsichtig den Saphir auf, während man weiter zuhörte, was der eine gerade erzählte. Die Rückseite der Schallplatte wird abgespielt, das ist alles, man setzt sich an seinen Platz zurück. Die Musik nimmt wieder zu, sie schwillt an zu einem weichen Dunst. Der Rhythmus tritt auf der Stelle, ist immer gleich, so daß man mit dem Kopf leicht vor und zurück zuckt. Der ganze Körper gerät auf diese Weise mehr und mehr in Bewegung, die Schultern schwingen mit, der Oberkörper, einer, Rainer, steht schon auf und fängt an, aus der Hüfte heraus zu schwingen, dreht sich leicht hin und her, das rhythmische Schwingen der Körper wird stärker, alle schwingen sie schließlich vor und zurück. Bis die Rückseite der Platte abgelaufen ist und sie alle ein wenig außer Atem sich zurücksetzen auf die Stühle um den Tisch und weiterreden. Es ist nichts gewesen.

Das mußte er sich auch selber sagen, es ist nichts gewesen, sagte er sich auch. Was hatte er aber bei dieser Überlegung vergessen, sich einzugestehen, etwas war daran, dachte er, grundlos falsch, er hatte etwas Wichtiges zu denken vergessen, daß etwas daran falsch war und wie, warum falsch. Die Musik lief doch ohne Knackser ab, sie ließ das Zimmer immer größer werden und schaffte einen großen, leeren Raum, in dem sie sich alle zusammen bewegen konnten, und die Musik lief auch immer weiter ab, immer noch eine neue andere Platte. Die Musik, der große, weite Raum waren es nicht, nicht die rhythmischen Bewegungen, die sie alle zusammen machten, etwas war falsch, denn er bekam etwas daran immer noch nicht zu fassen, etwas, das vielleicht gar nicht da war, es war gar nichts, immer noch nichts, also was denn, was war da noch, denk nach, was noch, genau, überhaupt was, dann also nichts, wenn du genau bist. Er verwechselte höchstens sich selbst mit einem von ihnen, Gerald, Rainer, seiner Frau, ihrem selbständigen Tun, sie waren eben nur so, nichts anderes noch, nichts mehr dazu, wie sie sich ihm gerade zeigten und keineswegs so wie er sie sich wünschte, eben so und nicht so, bloß um ihm zu beweisen, sie alle zusammen, wie kümmerlich er doch geworden sei. Ich bin tot. Sieh dir das genau an. So sieht ein Toter aus. Hier ist ein toter Mann, der noch reden kann. Er holt seinen Hammer raus und macht sich selbst den Garaus. Dann fällt er endgültig um. Alle hatten sie ihm das schon einmal gesagt. Sie sahen, es war sein andauerndes Reden über das, was gar nicht da war, bei keinem von ihnen, sondern bloß von ihm ausgedacht. Was Wunder, daß sie sich von ihm abwandten, betroffen darüber, mit welcher Heftigkeit er ihnen das vorhielt, siehst du, da fehlt es, an dieser Stelle. Was? Zu wenig, viel zu wenig, das Reden, das Zurückkommen und noch einmal von vorn zu reden anfangen. Daß nichts mehr los sei, schon lange nicht mehr, keine Bücher, keine Filme, nichts Besonderes, als lebe man gar nicht. Das siehst du nur jetzt so, morgen anders. Zeit muß einfach nur vergehen, und dann, später, würde er es anders sehen können, was dies war, nur eine Stimmung, die sich ändern würde. Statt dessen machte er den Fehler, auf dieser einen Stimmung zu beharren, daß es nichts mehr gab, keine Vorstellung, keinen Gedanken, keine Überlegung, die sie alle zusammen hätten verfolgen können, wie lange vorher einmal in dem Buchladen mit Rainer, danach die erste Zeit in der Wohnung mit Gerald, der zu ihm gezogen war und den er morgens oder abends immer vor seinem Topf mit Haferbrei und Rosinen sitzen sah. Das war sparsam, Gerald wollte im Sommer wieder längere Zeit wegfahren, nach Spanien, sich dort sonnen, nichts tun, am Meer, den ganzen Tag, was schon lange zurücklag, aus der Zeit war nichts mehr übriggeblieben, kein Gedanke, keine Vorstellung, ebensowenig wie aus der, als sie zu ihm gezogen war, seine Frau, die plötzlich da war und seine Frau war, schwanger, mit dem vorgewölbten, rundlich strammen Bauch unter dem schwarzen Cordüberwurf, zu dem sie gewöhnlich einen leuchtend roten Pullover trug,

ein Bild, eine farbige Fotografie, sie, mit dem gar nicht einmal zu dicken Bauch und dem für ihn in seiner Vorstellung undeutlichen Gebilde darin, das kein Kind war, kein Kind werden würde, sondern für ihn bis zuletzt eigentlich nichts war, nur eine Blähung, ein aufgetriebener Bauch, der nach einiger Zeit wieder verschwinden würde, bis es das Kind war, ein Kind von ihm, gekrümmt in dem Korb, unklar, unverständlich, für ihn immer noch nicht auszudenken, daß es blieb, ein Jahr, drei Jahre, fünf, zehn, zwanzig Jahre, ohne zwischendurch weniger zu werden, wieder zu verschwinden, sich aufzulösen in Nichts bis auf eine mehr und mehr verschwimmende Vorstellung, daß es auch einmal das für ihn gegeben hatte. Nachher, abgerückt von dem gekrümmten, in sich zusammengezogenen Ding, war es für ihn ein sehr scharfer, klarer Schreck gewesen, daß es so war, da, ein Kind, nichts zum Vergessen oder Wegwerfen, bleibend.

Er konnte den ganzen Zusammenhang nun genau überblicken und fühlte sich beruhigt, jetzt, und jetzt doch nicht, während der Zusammenhang, diese Bilder und diese Bilder und diese Bilder und diese Bilder, die er wie vor sich ausgebreitet liegen sehen konnte, noch immer zu überblicken waren. Einzelheiten, die Fakten überschaubar, aber nicht zu durchschauen, was die Bewegung anbelangte, die sich nun auch ohne sein Dazutun fortsetzte, kein Fotoalbum, kein Film, der, rückwärts abgespult, mit dem Anfang aufhörte.

Körperlich leer, da er fast gar nicht geschlafen hatte, mit einer hellen, leeren Erschöpfung in sich und sicher in dem Gedanken, ganz woandershin zu fahren, nur nicht noch einmal zurück, saß er neben dem Fenster, und die Erschöpfung, die Müdigkeit oder das Gefühl davon empfand er zum ersten Male wieder als etwas Wirkliches, so wie das gleichmäßige stumpfe Rollen unter ihm wirklich war, weil der Zug fuhr, wirklich und nicht durch Gedanken, Überlegungen unwirklich zu machen. Deshalb war es auch bloß irgendein Abend und irgendeine Stadt, die er hinter sich gebracht hatte. Was ihm nun einfiel, dazu oder zu etwas anderem, blieb alles nebeneinander, Erinnerungen, Bilder, ein paar Tatsachen, fremde Gefühle genaugenommen, aus denen er sich selber mühelos wegdenken konnte. Andere mochten das als Erfahrungen ansehen, hatten ganze Säcke davon voll, die sie mit sich herumschleppten und jedem anzudrehen versuchten. Sie griffen rein in den Sack und sagten, wenn es regnet, wird die Straße naß, als sei es das letzte. Für ihn zog sich der Abend, die Stadt mehr und mehr hinter ihm zusammen zu einem einzigen Punkt, der dann rasch verschwand. Wieder heraufgeholt und aufgeblasen, blieb es nur ein Abend, eine Stadt, in der er gewesen war, eine Unterhaltung, in der es um irgendwelche abgeschabten Hautstückchen gegangen war, um ein uninteressantes Hotelzimmer, wie sie alle, Rainer, Gerald und seine Frau sich ein Hotelzimmer vorstellten, dazu eine lange, langweilige Bahnfahrt, auf der nichts passiert war. Andauernd war Landschaft vorbeigezogen, ein großes Flugplatzgelände mit einigen Hallen mitten in der weiten Leere, ein Radarschirm hatte sich gedreht und ein Mann in einem Monteuranzug ging schräg über den Rasen, kleine Hütten zwischen Schrotthaufen, Bahnhöfe, Stationen, durch die der Zug, ohne anzuhalten, hindurchgefahren war. Keine guten Frauen im Zug getroffen? Keine guten Frauen. Also ich lauf zuerst einmal immer an den Abteilen vorbei, eh ich mich hinsetze, und seh nach, wer alles mitfährt, ob da nicht eine gute Frau sitzt, und wenn, dann setz ich mich dazu, sonst ist es mir einfach zu langweilig. Ein Satz von Gerald. Ich lese meistens. Seine Frau. Ich auch, oder döse aus dem Fenster. Rainer. Er hätte sagen können, daß er eigentlich gern mit dem Zug fuhr. Er war woandershin gefahren für einen Tag, einen Abend, war woanders gewesen, und zurückgekehrt, war er immer weiter einen Tag woanders gewesen, dachte er. Sollte er dennoch eine Erfahrung gemacht haben, und das ist ein Ruck, wie man allgemein glaubt, dann hatte er zwar diesen Ruck gespürt, mit ihm aber gar nichts anfangen können, so daß er alles beruhigt vergessen konnte. Der Ruck sagte nichts. Das war wieder von Gerald, den er, als er am Spätnachmittag zurückgekommen war, bei sich vorne im Zimmer traf, wo er mit ihr saß und sich offenbar gerade über ihn unterhielt. Wie war's denn? Ach, meinte er.

Er sah Gerald lächelnd im Sessel sitzen. Seine Frau saß am Tisch, trank Tee. Gerald lächelte, hatte den kleinen Kinderschal noch umgebunden, und seine Frau saß am Tisch und trank Tee, sah ihn an, willst du auch ein Glas Tee, nein, danke, Kaffee, nein, danke, im Moment nichts, müde, kaputt, ja, müde, kaputt, die Bahnfahrt hatte zu lange gedauert, das kenn ich, nichts Gemeineres als das, so'ne lange Bahnfahrt, wenn du keine Ablenkung hast, irgendeine Frau, die dir gegenübersitzt, mit der du dich beschäftigen kannst, mit den Lippen ein kleines trocken schmatzendes Geräusch plötzlich machen, mtsch, mtsch, mtsch, machte Gerald vor, die weiß sofort Bescheid. Als ich nach Spanien runterfuhr, letzten Sommer, hab ich mich in ein Abteil gesetzt, wo eine Frau saß. Ich meine, zuerst geht das ja noch, aber dann, wenn du lange so gesessen hast, fällt dir auch nichts anderes mehr ein, als mtsch, mtsch zu machen.

Gerald war in der Stadt gewesen und hatte nur einmal kurz bei ihm vorbeisehen wollen, nachsehen, was er im Augenblick machte, sich die Bilder an den Wänden ansehen, die Bücher auf dem Tisch, mal vorbeisehen, weil er gerade in der Nähe war, hörte er ihn erklären, während er sich an den Tisch setzte, wo er immer saß, gegenüber der Längswand mit dem niedrigen Brett, auf dem Bücher aufgereiht standen und in der Ecke die Schallplatten, der Plattenspieler und das Radio, über dem Radio das aus einer Zeitschrift herausgeschnittene Reklamebild einer großen, glasigroten Erdbeere und Himbeere. Der rot gestrichene Holzsessel stand an derselben Stelle wie immer. Vor ihm auf dem Tisch lag wie immer der Bastuntersatz, auf der anderen Tischseite nochmals ein Bastuntersatz, der an einem Rand bereits franste.

Als Gerald weg war, fiel ihm das leise Summen des Radios auf, das Summen wurde manchmal von einem feinen elektrischen Knistern unterbrochen, flackrig, als brenne ein Draht durch. Das Radio mußten sie bald einmal nachsehen lassen, ehe tatsächlich irgendein Draht durchgeschmort sein würde. Mit Rainers Gerät war es genauso gewesen, das Knistern war störender geworden und setzte jedesmal dann ein, wenn er eine Platte ablaufen ließ, so daß Rainer bereits daran gedacht hatte, sich ein anderes Radiogerät anzuschaffen, nach einiger Zeit hatten diese Störungen von selbst wieder aufgehört, heute war das Gerät wieder störungsfrei. Er stand auf und und zog die Schnur aus der Steckdose, nahm ein Blatt Papier.

Hier, an diesem Platz, am Tisch sitzend, konnte er sich, und warum es nicht einmal von der Seite sehen, einen Tag ausdenken, der schön sein würde, ruhig und friedlich, alles überall hell, eine Helligkeit, die überall gleichmäßig war, einfach nur so einen Tag, und das war diese Helligkeit, diese in dem Licht leicht aufgelösten Konturen weiter weg und diese deutlichen Umrisse der Leute, die unten vorbeigingen, nichts sonst. Aber es kam dann wenig anderes als eine Unterhaltung über das Wetter dabei heraus, wenn es tatsächlich so war. Sie sagte, es ist schön, das Wetter, und er empfand es auch, das Wetter, daß es schön war, draußen, kalt, klar und hell, winterlich. Dabei blieb es, hell, sehr klar, winterlich, was sie beide zusammen sehen konnten, weil es schließlich auch wirklich Winter war.

Sie hatte noch zu arbeiten, abzuschreiben und den Bericht abzuschicken. Er blieb weiter in der Küche sitzen mitten in der Stille, hörte sie nach einiger Zeit auf der Maschine schreiben. Auf dem Bügelbrett neben dem Schrank lag ein Pullover von ihr. Auf dem Boden Schuhe. Das Kind wurde unruhig. Ein Augenblick war vorbei. Jetzt kam ein anderer Augenblick, wo er aufstand und zu dem Kind hinüberging, das in seinem Schlafställchen stand und wartete. Er hockte sich davor und hielt ihm das Gesicht hin, in das es hineingriff. Das Kind versuchte, ihm in die Augen zu greifen, es machte ihm Spaß, wenn er dann heftig zwinkerte, und dann rückte es selber von ihm ab und versuchte zu zwinkern, angestrengt, wobei es aber nur krampfhaft die Augen zudrückte.

Er dachte, fiel ihm ein, gar nicht mehr daran, wie das wäre, wenn es fort sein würde, und dachte dann, wieder in seinem Zimmer, wie, wenn es fort wäre. Auch sie damit fort, und dann nichts mehr vorzuhaben, alles zufällig sein zu lassen, heute, heute und heute, nur daß er sich heute ein Hemd kaufen wollte, das er gestern oder vorgestern in einem Geschäft hatte ausliegen sehen, ein grünliches Hemd mit blauen Streifen, das ihm gefallen hatte und ihm auch gut stand, als er es sich vorhielt. In dem Schallplattengeschäft sah er die Neuerscheinungen durch. Er ließ sich eine Langspielplatte von Wilson Pickett anspielen. Rainer traf er an, wie der sich gerade Abendbrot zurechtmachte. Sie unterhielten sich, er ging wieder. Abends ging er zu Gerald, redete mit dem. Zurückgekehrt in die Wohnung, setzte er sich im Dunkeln zu ihr auf den Bettrand, rauchte und wußte sie neben sich unter dem Bettlaken als ein warmer dunkler Wulst, an den er sich drängen konnte, reiben, und an dem er sich etwas später dann auch rieb, naß, er stand auf, um sich zu waschen und in sein eigenes Bett zu legen, noch immer nicht müde. Er las und dachte an das Hemd, das er sich gekauft hatte. Es stand ihm gut. Danach, ein paar Tage später, war es eine Schallplatte, die er vorher bei Rainer liegen gesehen hatte, The Fugs. Das kommt, paß mal auf, sagte Rainer, das kommt. Aktion! Aktion! Der von Ed Sanders geforderte totale Angriff auf die Kultur kann nicht mehr länger durch systemimmanente Kritik erfolgen, sondern nur noch durch Kritik von außen, das heißt von Kriminellen, Süchtigen, Farbigen. Sind wir alle kriminell? Marx vertagte alle wesentlichen menschlichen Probleme auf die Zeit nach der Revolution, aber es ist jetzt nach der Revolution. Klar, Tuli Kupferberg.

Rainer bewegte sich tanzend vor dem Radio hin und her, und während er ihm zusah, wie er da vor ihm in dem kleinen Zimmer auf der Stelle sich bewegte, sich mit den Schultern und dem Kopf vor und zurück wiegte und eine jener Grimassen schnitt, die offenbar auch dazu gehörten, eine leichte Verzerrung der Gesichtszüge in dem anstrengenden Tanzrhythmus, fiel ihm auf, daß er einen kaum ausgeprägten Nacken hatte. Rainer wirkte von der Seite und von hinten gesehen etwas klein, für die breiten Schultern, den breiten Oberkörper war der Hals zu kurz. Was ist, los, komm, versuch den Schritt doch auch mal, ist ganz einfach, forderte Rainer ihn auf. Mein Mädchen hat die Taschen leer, aber ihr Bär, der schmeckt nach mehr, denn sie macht diese Coca-Cola-Spülung. Was ist, ist doch einfach, so, und so, los, eine Zuckung und noch eine Zuckung, mit den Schultern vor und zurück zucken, soo und soo und soooo, ruck-zuck, Schwung. Die Füße leicht auseinanderstellen und aus der Hüfte heraus sich wiegen, sich wiegen, mehr nicht. Unbeholfen stand er da zwischen dem Tisch und dem Bett und ließ sich von Rainer mitreißen zu tanzen, ohne viel Spaß daran zu finden, er fühlte, daß er zu unbeholfen war, nicht locker genug, außerdem war es zu anstrengend. Seine Beobachtung von eben fiel ihm wieder ein. Er sah Rainer an und sagte, du hast einen kurzen Hals. Und du ein fettes Gesicht. Weiß ich, aber du hast tatsächlich einen zu kurzen Hals. Das sieht komisch aus. Rainer hörte auf sich zu bewegen und begriff nicht. Die Musik war auf einmal viel zu laut für das kleine, vollgestellte Zimmer. Sie lief weiter ab, während Rainer ihn betroffen ansah, nicht ganz verstand und sich an den Nacken griff, als sei er sich erst jetzt seines Nackens bewußt geworden. Und? Nichts und, du hast einen kurzen Hals. Und du ein fettes Gesicht. Außerdem stinken deine Haare. Das macht nichts, die kann man waschen, aber bei dir kann man nichts mehr machen, du hast einen zu kurzen Hals, im Ernst, du hast wirklich einen kurzen Hals, wenn man erst mal drauf gekommen ist, fällt es sehr auf, man könnte sagen, du bist irgendwie klein, untersetzt, so eine untersetzte, kleine Type, wirklich, hahahahaha, so ungefähr. Ja, hahaha, und du mit deinem beschnittenen Pint, da kann man auch nichts mehr machen, wenn die Vorhaut mal weg ist. Die wächst nicht mehr nach, nie wirst du das Zurückfluppen der Vorhaut erleben können! Laß dich doch mal strecken, irgendwie wirkst du oben verbaut. Du bist überhaupt verbaut, muß dir doch peinlich sein. Also mir wär's sicher peinlich. Das kann ich mir denken. Außerdem ohne Vorhaut, das nur nebenbei gesagt, ist hygienischer, wird dir jeder Mediziner sagen. Aber weg ist weg. Du hast dein fettes, schwitzendes Gesicht, die dicken braunen Augen, Mensch, du hast dicke Augen. Vor allem durch das schön gelegte Haar, das dir auf den Kragen stößt, fällt der kurze Nacken auf. Und du stinkst, mein Lieber. Du aber auch, trotz Yardley, oder wie das Zeug heißt, mein Lieber. Dann noch die grobporige Gesichtshaut. Eigentlich bist du häßlich. Wer sagt mir das, du? Du? Ich glaub, du hast dich noch nie im Spiegel gesehen. Trotzdem, du bist verbaut! Mit so 'nem Hals, haha! Dein Gesicht hat was von 'nem Schwein, dieses Fett und diese Schnauze und dann diese kugeligen Augen, ich an deiner Stelle würd mich bald aufhängen. Sag mal, wie kriegst du noch immer was fürs Bett? Ich hab dich mal, im Ernst, irgendwann im Sommer, auf der Straße vor mir hergehen sehen, ich meine, von weitem, so aus einiger Entfernung denkt man noch, interessant, interessant, so, wie du gehst, du fällst auf, man weiß nicht genau, wohin mit dir. Dann das Sprechen, deine harte Aussprache mit dem rollenden Errr, fremd, starr. Das passiert mir oft, stimmt, daß das auffällt. Mir ist das manchmal peinlich, und dann kommen diese Ärsche an, nur weil sie einen gut finden. Aber das muß doch auch bei dir so sein. Die finden dich ja auch alle gut, irgendwie. Du bist immer einfach dick da, setzt dich da hin, Schluß. Ich find das an dir ja auch gut, so eine Art, direkt, ohne sich um was zu kümmern. Das kann ich nicht. Ja, du hast so einen Hang, dich anzupassen. Weil ich einfach manchmal nicht weiß, was ich mit denen anfangen soll, wenn ich irgendwo bin, mein ich immer, ich müßte zuerst mal freundlich sein, während du sofort immer dick da bist, und da bist du. Aber das sieht nur so aus, was ich an dir gut finde, ist, wie du dann Leute einfach so abrutschen läßt, das kann ich nicht, da bist du härter. Komm, hör auf, das kannst du auch. Ja, aber nicht so. Wie sieht man mich überhaupt? Dich? Ja, mich. Eigenartig, die finden, was ich so höre, dich alle irgendwie, deine Art, gut, ich meine, wer dich mal so bei mir alles gesehen hat. Du schaffst das. Rainer legte die B-seite der Platte auf. Die Musik fing wieder an. Er schrieb den Titel und die Katalognummer auf, zusammen mit der Nummer der englischen Zeitschrift, die er sich ebenfalls besorgen wollte.

Noch einmal fing Rainer an wegen seines zu kurzen Halses, den er sich nun im Spiegel mit aufgeknöpftem Hemd ansah. Er drehte sich seitlich zum Spiegel. Hör schon auf, ich meine, so auffällig ist das auch wiederum nicht, mir ist das eben nur so aufgefallen, ja, etwas kurz, vergiß es. Rainer knöpfte sich das Hemd wieder zu und begann sich zu frisieren. Ich mach noch einen Tee, der Abend ist sowieso schon kaputt. Was machst du denn immer so, fragte er Rainer. Nichts. Haben uns ja schon lange nicht mehr gesehen, sagte er. Letzte Woche doch erst noch. Rainer pinkelte in den Ausguß. Lange nicht gesehen ist gut. Und du? Nichts. Wie immer. Ja, aber ich meine, was du immer so abends gewöhnlich machst, ich kann mir das nicht vorstellen, was. Was mach ich schon, nichts Besonderes, die Abende gehen immer schnell weg, wenn du tagsüber arbeiten mußt. Dann mal ausgehen, tanzen. Haarewaschen. Geht einfach immer so weg, und eh du dich versiehst, ist die Woche wieder rum. Nichts mach ich, nichts, das siehst du ja. Wie immer, ganz gewöhnlich, mal kommt der, mal der, ja, was soll ich auch sonst machen.

Er ging spät von Rainer zurück, es war niemand mehr auf der Straße, die breiten leeren Asphaltstreifen verschwanden an der Seite in dem Betontunnel. Alles war leer. Keine Autos. Oben war verwischt ein Fleck Helligkeit, ausgelassen in einem dünnen, hoch hängenden Wolkendunst. Seine Frau lag schon im Bett und las in dem Roman, von dem er ihr oft erzählt hatte. Er wunderte sich darüber, daß sie sich den aus dem Regal geholt hatte, nachdem sie vorher nie Interesse an dem Buch gezeigt hatte, obwohl er ihr damals lang und breit davon erzählte. Er selbst hatte es für sich entdeckt, als er noch in der Buchhandlung arbeitete, hatte es überall mit hingeschleppt und ständig darin gelesen. Wie ist es, fragte er sie. Er setzte sich zu ihr aufs Bett. Gut, sehr lustig meistens, gar nicht so bösartig oder traurig, wie du mir erzählt hast, das heißt manchmal auch, aber nicht ständig, macht man sich einmal klar, was es ist, zum Beispiel die Alte, die Leute in dem Bleikeller herumführt und sich dann das Genick bricht, gut, gut, lustig, ich hab gelacht, als ich das eben las, ich hab gelacht, sagte sie. Sie legte das Buch auf den Hocker, der neben dem Bett stand, auf dem er ihre Tube Hautcreme liegen sah und die Armbanduhr. Sie blickte ihn nicht an. Er hatte das unangenehme Gefühl, sie habe bis jetzt auf ihn gewartet. Und das Buch fand sie auch gar nicht so lustig. In der Irrenanstalt sein, durch den Urwald marschieren, von Afrika nach New York auf einer Galeere segeln, bei Ford Flöhe zählen, zurückkommen und sich in einem finsteren Vorort verkriechen. Sie hatte auf ihn gewartet, das war klar, und es war ihm peinlich, das zu wissen, sie hatte irgendwas, sie blickte ihn ja auch nicht an, hatte ihn bisher noch nicht genau angesehen, sondern immer an ihm vorbei, seitdem er zur ihr hereingekommen war und sich hingesetzt hatte, sondern immer an ihm vorbei auf das Buch oder auf die Armbanduhr und die Tube Hautcreme und dann schräg in die Ecke auf den Sekretär neben dem Fenster, während sie erzählte, daß sie das Buch gar nicht so düster finde, vielmehr gelacht habe, als ob sie ihm damit beweisen wolle, daß es wie gewöhnlich sei, sie nur gelesen habe, nicht gewartet, so daß er nun was sagen mußte, um nicht allzu lange wortlos neben ihr zu sitzen, und er sie jetzt noch einmal fragte, wie sie das Buch fände, gut, gut, lustig, amüsant, was sie ihm doch schon gesagt habe. Ja, aber wie, beharrte er. Nun, eben so, wie sie das gesagt hatte. Dann hatten sie beide ein ganz verschiedenes Buch gelesen. Der Roman, in dem sie gelesen hatte, war nicht der Roman, den er im Kopf hatte. Das mochte schon so sein. Es kam auf die Sicht an. Der Vergrößerungsfaktor mußte berücksichtigt werden, und der war verschieden. Ist doch selbstverständlich. Darum war auch nichts. Er hatte sich getäuscht, als er vorhin, kurz nachdem er sich gesetzt hatte, ihr Gesicht verändert fand, wäßrig weich um die Augen herum. Das mochte an der Creme liegen, mit der sie sich nach dem Abschminken gewöhnlich einrieb, sie konnten sich ruhig weiter über den Roman unterhalten, sie meinte alles so, wie sie das sagte, es war das Buch, nichts anderes, um das es ging. Aber wie? Er ließ nicht ab, sah sie an und erschrak sofort, als er wieder das Weiche, Verschwommene um ihre Augen herum sah.

Sie mußte geweint haben, vorher, als sie hier allein lag, bevor er hereingekommen war, grundlos, grundlos, wehrte er sich, denn es war doch alles in Ordnung, stimmte, man konnte zufrieden sein. Was ist los, sag mir, was ist denn los, nun, was hab ich gesagt, was gesagt, das dich verletzt haben sollte, sag mir, sag, was? Was soll schon sein, nichts, sagte sie, ich bin nur etwas müde. Ihre Stimme gab nach. Laß man, laß mich zufrieden, ich bin müde, das ist alles. Alles. Alles. Alles. Alles. Wenn nicht mehr, warum war ihr Gesicht, da, so, ihm bloß hingehalten, weich, nachgiebig, verweint. Sie hatte aber gar nicht geweint, das könne er ihr glauben, wie kam er überhaupt darauf, wehrte sie ihn ab und weinte doch schon beinahe wieder, ohne daß er wußte warum und ohne daß er etwas dagegen machen konnte, außer zu fragen, was ist, was ist, nichts, es ist nichts, was, nichts, und aufzustehen, sag, sag mir doch, was du hast, ich hab wirklich nichts, dann auch gut. Er nahm eine Zeitschrift und ließ die Blätter schnell durchrutschen. Gut. Durch den dünn grünen Stoffvorhang war der verwischte Fleck Mond zu sehen. Mond. Weiß. Mitten in einem leeren Raum, der sich mit gleichbleibender Geschwindigkeit ausdehnte formelhaft in einer durchgehenden Bewegung ohne Rand als endlose Schwingung aus dem Kopf heraus in Partikelchen lautloser Intensität wie jemand spricht, das heißt den Mund öffnet in zeitlupenhafter Bewegung ohne Laut, genauso auf die gleiche Art, als weite sich die Pupille und heraus tropft eine Träne. Fühlen mußte er das wahrscheinlich nun, dieses lautlose Sichausdehnen von einem unsichtbaren Raum in ihr, das weiche Flackern einer Empfindung, zartblaß und rosafarben, weich wie die weichen, sich gleichmäßig ausdehnenden unsichtbaren Wände von etwas außerordentlich Kompliziertem, die synthetische Faser, Gewebe, das zu empfindlich ist, um es berühren zu können, anfassen, gebrauchen, nutzlos überflüssig, ein Klirren, hell, in einem endlosen Zustand von unkörperlicher Ausdehnung begriffen, jetzt, jetzt und jetzt, jetzt, jetzt, während er die Zeitschrift durchgeblättert hatte und zurück auf den Stapel legte, der an der Seite der heruntergeklappten Schreibplatte des Sekretärs stand. Ein paar ältere Schnittmusterbögen lagen daneben, vertippte Schreibmaschinenseiten. Hinter ihm hatte sich noch immer nichts gerührt. In seiner nur ungeschickt zurückgehaltenen Verlegenheit kam plötzlich eine Zärtlichkeit auf, die ihn noch unsicherer machte, so daß er tat, als sei ihm im Moment wieder etwas eingefallen, das er in ihrem Sekretär unter den dort angesammelten Sachen suche, irgendeinen kleinen Gegenstand, nach dem er schon überall bei sich im Zimmer gesucht habe und im Sekretär bei ihr nun weitersuche. Das Kästchen, das er aus einem Fach herauszog, ein billiges, mit billigen Muscheln verziertes Schmuckkästchen, das sie offenbar als ein Erinnerungsstück an irgend etwas aufbewahrt hatte, war innen mit einem roten, aufgerauhten Stoff ausgeschlagen. Ein alter Manschettenknopf lag darin. Er legte das Kästchen zurück.

Es ist wirklich also nichts, fragte er sie nochmals, um wieder dieselbe Antwort zu bekommen, nein, wirklich nichts. Wieder wußte er nicht, was er machen sollte. Ja, dann, sagte er, ich muß mich erst einmal ausziehen. Im Badezimmer wusch er sich darauf sorgfältig die Hände, säuberte die Fingernägel und kam zu ihr zurück. Sie rückte zur Seite, damit er sich neben sie legen könne, und er schob sich zu ihr unter die Bettdecke. Trotz des zugezogenen Vorhangs war das Zimmer, nachdem er das Licht ausgemacht hatte, immer noch hell. Unter dem Kopfkissen wußte er das Tempotaschentuch von ihr, und das zärtliche Gefühl von vorher kam zurück, als er an das Taschentuch dachte, mit dem sie sich die klebrige Flüssigkeit abwischen konnte, die Nässe auffangen, von der gewöhnlich immer etwas wieder herausgequollen kam, nachdem er sie in sie hineingespritzt hatte. Sie atmete ruhig neben ihm, war wirklich müde. Er drehte sich zu ihr hin und streichelte sie, tastete über die flachen, weichen Stellen der Brüste, deren Nippel noch steif waren, Haar kitzelte ihn im Gesicht, er rückte wieder etwas von ihr ab und fühlte unter dem Rücken die Bettkante, zögerte und tastete schließlich mit einem Bein aus dem Bett nach dem Boden, dann mit dem anderen Bein, vorsichtig schlug er die Bettdecke zurück und stand auf, um im Dunkeln in sein Zimmer hinüberzugehen, wo er noch eine Zigarette rauchte, die er nach den ersten Zügen wieder ausdrückte.

Auch sein Zimmer wurde durch die Helligkeit, die draußen war, aufgehellt, in der Mitte der Tisch mit dem Papier und den Büchern, dem Sessel, den er in die Ecke ans Radio gestellt hatte und in den Gerald sich meistens sogleich zurückfallen ließ, sobald er an den Wänden entlanggesehen hatte, ob er seit dem letzten Mal neue Bilder angesteckt hatte, bis er nach einiger Zeit die Rolling-Stones-Platte auflegte mit dem wehenden Mädchengeschrei im Hintergrund, über das er seine übliche Bemerkung machte. Uih, uiih, uiiih! Mick Jagger steht, die Füße über Kreuz, dicht am Mikrophon und wiegt sich davor hin und her. Charlie Watts soll ein stiller, in sich gekehrter Junge sein, ein Philosoph hinter dem Schlagzeug. Brian Jones leidet leicht unter Asthma. Ein deutsches Illustriertenmädchen reist ihm nach, er reist ihm ebenfalls nach. Ist es eine internationale Romanze? Man schweigt sich aus. Keith Richard ist der Kopf im Hintergrund der Gruppe, er bosselt mit Mick die Songs aus. Von Bill Wyman ist kaum was bekannt. Was für ein Gefühl müssen die eigentlich von sich haben, wenn sie morgens aufstehen und sofort wissen, ich bin Mick, Keith, ich Brian, ich Billy, und ich bin Charlie. Wir sind die Rolling-Stones. Eigenartig, stell ich mir vor, so viel Macht, plötzlich, sagte Gerald. Wie siehst du dann das alles, überleg doch mal, genau. Was weiß ich.

Von seinem Platz aus beobachtet er Gerald, wie der aufstand und zu ihm an den Tisch kam. Sie sahen sich an, er Gerald, Gerald ihn, ganz kurz, schnell, für den Bruchteil einer Sekunde. Gerald nahm ein Buch, lachte dann. Die sind gut, herrje, gut, sagenhaft. Er begann, sich zu der Musik, die zwischendurch immer völlig in dem wehenden Gekreisch verschwand, tappend zu bewegen, in groteskem, verzerrtem Tanzschritt, der witzig sein sollte, aber nur unbeholfen wirkte, weil er dem dürren Körper entsprach, dem Fleischlosen, Trockenen der Figur, knochige Knie, schmale, lange Ärmchen, das Kopfhaar über der Stirn ausgedünnt. Dazu kam das Gesicht, das Gerald erschlaffen ließ, er ließ zum Rhythmus der Musik den Kopf tapperig wippen. Er wollte Gerald nicht mehr länger zusehen und drehte sich zum Balkon hin. Im Flur bewegte sich das Kind, seine Frau sagte, nicht, nicht, Gerald tappte weiter vor dem Bücherbrett hin und her, hielt die Augen geschlossen. Seine Frau verließ mit dem Kind die Wohnung. Die Musik lief weiter. Er saß geduckt auf dem Stuhl. Was stört mich. Das da war Gerald, da vor ihm, sein Bekannter, Gerald, dem vielleicht nur wieder der Rücken weh tat, das alte Leiden, und der sich deshalb so ungeschickt und verzerrt bewegen mußte. Er selber hatte vorhin im ersten Moment noch mitmachen wollen, sich bewegen, tanzen, Rhythmus, Rhythmus, schaukeln, schwingen, sich wiegen, wiegen, blind, die Augen geschlossen und ganz der Musik überlassen, doch jetzt, da er Gerald beobachtete, war es dafür zu spät. Danach war der aber wieder weggegangen, hatte ihn dort in sich geduckt auf dem Stuhl am Tisch zurückgelassen. Man spricht miteinander. Man grüßt sich, guten Tag, guten Tag. Man ißt. Man trinkt. Man pißt und kackt vieles wieder aus. So ist das Leben. Ach ja.

An seinem freien Nachmittag, donnerstags, wie beim letztenmal verabredet, kam Rainer. Er schimpfte. Die Leute auf der Straße hatten ihn alle aufdringlich angesehen, fiese deutsche Gesichter, fiese Kölner. Dabei hatte er doch nichts Auffallendes an sich, hatte doch keinen raushängen lassen, der Hosenschlitz war geschlossen. Die lange doppelreihige Marinejacke, blauschwarz, war amerikanisch, erklärte ihm Rainer, nicht so was wie von Selbach, Düsseldorf. Diese Jacke hier, die er anhatte, war echt, auf Taille geschnitten, aus Navy-Beständen. Come And Join The Navy See The World. In London waren sie seinerzeit alle scharf auf solche Jacken gewesen, er hatte seine, diese hier, unter der Hand zufällig billig von jemandem bekommen können, der schnell Geld brauchte. Dafür kannste verhaftet werden. Sonst gab es nichts Neues seit dem letztenmal. Bloß, daß sie inzwischen schon wieder einen Club geschlossen hatten. Bald könnte er nirgendwo mehr hingehen. Alles verschlechterte sich zusehends, sogar das Wetter, das seit Tagen schon naß war, neblig versprüht, ein schmutziger Dunst, durch den sie schnell auf den Park zugingen, unter der Unterführung hindurch, hinter der das Grüngelände einsetzte an der Universität, hin zu der Buchhandlung, wo er sich ein Buch einstecken wollte, das gerade neu herausgekommen war.

In der Buchhandlung liefen jetzt Detektive herum, die unauffällig aufpassen sollten, als eine Art Dauerkunden den ganzen Tag, hatte ihm die Frau an der Kasse erzählt, jeder in der Buchhandlung hatte schließlich genug zu tun und konnte nicht auch noch aufpassen, wo was verschwand. In der letzten Zeit verschwanden immer häufiger Bücher, das mußte mal aufhören, dicke Schinken, die aus den Kartons genommen wurden und in Aktentaschen verschwanden, die Kartons wurden umgedreht in die Regale zurückgestellt. Dagegen kam man nicht mehr an. Wenn das so weitergeht, spräche sich womöglich noch rum, daß es da was umsonst gäbe. Das geht nicht. Mußte mal aufhören. Sofort. Die Polizei würde jetzt gleich geholt werden. Er nickte der Frau zu. Bestellt hatte er nichts, und Zeitschriften waren auch noch nicht da.

Unten auf einem Brett lagen die Neuerscheinungen aus. Das Buch, das er suchte, war nicht darunter, kein roter Lackumschlag mit einer schwarzen Figur darauf, der Figur einer Frau, wie er sich zu erinnern glaubte. Auch oben auf der Rampe lag es nicht. Das Buch war gar nicht bestellt worden; nein, wissen Sie, das lohnte sich nicht, nicht hier, wer liest das schon, leider, leider, obwohl der Autor gut ist, ja, sehr gut, das schon, aber schwierig, man versteht ihn oft gar nicht, die Studenten interessieren sich rein gar nicht, ja, das stimmt. Sie waren diesmal völlig umsonst hingegangen. Er mußte sich nun ein anderes Buch einstecken, irgendeins, welches, irgendeins. Zum Lesen nebenbei. Von der Rampe da vor ihm, während die Verkäuferin unten an der Kasse wartete. Von den Detektiven konnte er nichts entdecken. Sie mußten sich, wenn überhaupt, in den hinteren Räumen aufhalten, wo die wissenschaftlichen Abteilungen waren. Außerdem stand er günstig neben einem Pfeiler, und der Rampenaufbau verdeckte ihn bis zur Brust. Er brauchte sich nur zu bücken, dann konnte man ihn nicht mehr sehen, und er bückte sich, wie um sein Schuhband festzuziehen, knöpfte sich das Hemd auf. Das Buch, das er aus dem Regal zog, Hurrikan im Karibischen Meer, blauer Umschlag, gut, er konnte sich die Geschichte gut vorstellen, ließ er unters Hemd gleiten. Die Vorderseite der aufgeknöpften Lederjacke und das Schalende fielen wieder lose übers Hemd. Das Buch steckte sicher an der Seite über dem Hosengürtel. Hast du was gefunden? Rainer stand am Durchgang zu den hinteren Räumen. Wo sind denn hier die englischen Sachen? Oben, im ersten Stock, sagte die Verkäuferin. Und was machen die Detektive, gerade am Kaffeetrinken? So ein Scheißladen, die haben auch tatsächlich nichts, sagte Rainer, als er wieder herunterkam. Die Detektive, schon was gefangen? Die Frau sah ihn an. Vorgestern, fing sie an. Wen? Nein, nicht gekriegt, nicht direkt. Der Kerl war so schlau und ist hinten aus der Tür durchs Treppenhaus raus, als er merkte, da stimmt was nicht. Hahahahahahaha, hast du das gehört. Witzig. Was, fragte Rainer. Durch den Hausflur, das ist gut. Wer? Ach so. So witzig ist das nun gar nicht, sagte die Frau, wenn Sie wüßten, wieviel hier so wegkommt, Sie halten das nicht für möglich. Fast jeden Tag finden wir Lücken, und nicht nur kleine. Erst heute morgen noch. Sehen Sie diese leeren Kartons? Dostojewski stand auf dem Karton, den die Frau ihm hinhielt. Dostojewski. Rainer sagte, versteh ich gar nicht. Wie kriegen die das mit. Das möcht ich auch mal wissen, wenn das so jeden Tag, na, da geht ganz schön was weg. Was wollen Sie machen. Ohne Polizei geht das gar nicht mehr. Das ist hier so eingerissen. Vor allem in der letzten Zeit, da wird die Schwundmenge immer größer. Eine kleine korrekte Empörung machte die Stimıne unangenehm. Die Frau, Buchhändlerin, im Buchhandel groß geworden, sauber, korrekt. Da laufen also nun Detektive herum, lenkte er ab. Eine schöne Stelle bei Ed McBain, wo ein Irrer ein Massaker in so 'ner Buchhandlung veranstaltet. Mit Toten. Einer toten Buchhändlerin. Peng, peng, überall das Blut ringsum verspritzt über die Regale, die Bücherlücken. Buchhändlerinnen-Blut. Sonst was? Sonst nichts! Ja. Rainer war schon nach unten gegangen. Zeitschriften? Keine, diesmal.

Hat nicht den Weg hier raus gelohnt, sagte er. Das Buch nicht da. Hätt ich mir denken können. Mensch, ist das schlimm. Vorerst hab ich keine Lust mehr da hinzugehen. Meinste ich. Ich mein, im Sommer ging das ja noch. Alles wurde tatsächlich schlechter. Detektive, so'n Scheiß. Und diese Mösen. Er zog das Buch unter dem Hemd hervor und steckte es sich in die Innentasche. In seinem Zimmer legte er es zu den anderen, in die er bei Gelegenheit einmal hineinsehen wollte. Draußen war es regnerisch-kalt. Noch immer hielt der Winter an. Dann, nach längerer Zeit, langsam, Tag für Tag, wie man so sagt, wurde es draußen immer ein wenig heller und wärmer. Vögel, nirgendwo zu sehen, fingen plötzlich zu singen an, haufenweise, an jeder Ecke, schöne, unsichtbare Vögel. Bald würde wieder von neuem Sommer sein. Die Badeanstalten wurden für jeden geöffnet. Softeis verkauft. Zigarettenautomaten warteten auf einen persönlich. Und der Himmel, olivgrün, ohne aufzuhören Himmel. Die Wolken flockige Gebilde, aus weißem Gelee, eine Luft aus Cellophan, durchsichtiges Gras überall aufgesprossen, Tausende von blühenden Penissen, blumige Fotzen kleiner Mädchen auf einer weiten Wiese im Park im Ringelreihen, Gedichte, die von selbst entstanden, Mutationen massenhaft. In den Kopfhörern der Schallplattenläden waren andauernd fremde Stimmen zu hören, Gespräche weit weg, ständig sich verändernde Stimmen, Geräusche, die sich weich um einen legten. Man steigt eine Treppe hoch, eine Tür wird geöffnet und fällt ins Schloß, ein Ruck, hier bin ich, hier bin ich, ich bin hier. Woooooooo? Hiiiiiiier! O 1979, alles ist besser geworden. Man könnte auf der Stelle sterben. Immerzu. Und sie kommt herein, er kann sie sehen und sagt:

GUTEN TAG!!!

das neue buch
rowohlt

Herausgegeben
von Jürgen Manthey

Peter Rühmkorf
Die Jahre die Ihr kennt
Anfälle und Erinnerungen [1]

Das Mädchen aus der Volkskommune
Chinesische Comics [2]

Sergej Tretjakov
Die Arbeit des Schriftstellers
Aufsätze, Reportagen, Porträts [3]

Tom Wolfe
Radical Chic und Mau Mau bei der
Wohlfahrtsbehörde [5]

David Cooper
Der Tod der Familie [6]

Peter Gorsen
Sexualästhetik
Zur bürgerlichen Rezeption von
Obszönität und Pornographie [7]

Velimir Chlebnikov
Werke. I Poesie [8]
II Prosa, Schriften, Briefe [9]

Karla Fohrbeck
Andreas J. Wiesand
Der Autorenreport [11]

Elfriede Jelinek
Michael
Ein Jugendbuch
für die Infantilgesellschaft [12]

Ed Sanders
The Family
Die Geschichte von
Charles Manson und seiner
Strand-Buggy-Streitmacht [14]

Hermann Peter Piwitt
Rothschilds
Roman [16]

Carl Einstein
Die Fabrikation der Fiktionen
Gesammelte Werke
in Einzelausgaben [17]

Peter Turrini
Erlebnisse in der Mundhöhle
Roman [18]

Hartmut Lange
Theaterstücke 1960–72 [22]

James Baldwin
Eine Straße und kein Name [23]

Ronald D. Laing
Knoten [25]

Michael Schneider
Neurose und Klassenkampf
Materialistische Kritik der
Psychoanalyse [26]

Paul Nizan
Für eine neue Kultur
Aufsätze zu Literatur und Politik
in Frankreich [27]

Ronald Fraser
Im Versteck [29]

Heinz Brüggemann
Literarische Technik und soziale
Revolution. Versuche über das
Verhältnis von Kunstproduktion,
Marxismus und literarischer
Tradition in den theoretischen
Schriften Bertolt Brechts [33]

Hartmut Lange
Die Revolution als Geisterschiff
Massenemanzipation u. Kunst [36

Günter Wallraff / Jens Hagen
Was wollt ihr denn, ihr lebt ja n
Chronik einer
Industrieansiedlung [37]

Literaturmagazin 1
Für eine neue Literatur – gegen d
spätbürgerlichen Literaturbetrieb
Hg.: Hans Christoph Buch [38]

921/3

das neue buch rowohlt

Herausgegeben
von Jürgen Manthey

Klaus Staeck
Die Reichen müssen noch reicher werden. Politische Plakate [40]

Wolfgang Harich
Jean Pauls Revolutionsdichtung
Versuch einer neuen Deutung seiner heroischen Romane [41]

Thomas Pynchon
Die Versteigerung von N° 49
Roman [42]

John Berger
Glanz und Elend des Malers Pablo Picasso [45]

Rolf Hochhuth
Lysistrate und die Nato
Komödie [46]

Burkhard Driest
Die Verrohung des Franz Blum
Bericht [48]

Literaturmagazin 2
Von Goethe lernen?
Fragen der Klassikrezeption
Hg.: Hans Christoph Buch [49]

Proletarische Lebensläufe
Autobiographische Dokumente zur Entstehung der Zweiten Kultur in Deutschland
Band 1: Anfänge bis 1914 [50]
Band 2: 1914–1945 [61]
Hg.: Wolfgang Emmerich

Jürgen Theobaldy
Blaue Flecken. Gedichte [51]

Günter Seuren
Der Jagdherr liegt im Sterben
Gedichte [53]

Walter Fähnders / Martin Rector
Linksradikalismus und Literatur
Untersuchungen zur Geschichte der sozialistischen Literatur in der Weimarer Republik. Bd. 2 [58]

Viktor Šklovskij
Sergej M. Ejzenštejn
60 Abb. [55]

Literaturmagazin 3
«Die Phantasie an die Macht»
Literatur als Utopie
Hg.: Nicolas Born [57]

Politische Karikatur in der BRD
Hg.: Thomas Fecht [59]

Louis-Ferdinand Céline
Rigodon. Roman [60]

Michael Schneider
Die lange Wut zum langen Marsch
Aufsätze zur sozialistischen Politik und Literatur [62]

Rolf Dieter Brinkmann
Westwärts 1 & 2. Gedichte [63]

Peter Rühmkorf
Walther von der Vogelweide, Klopstock und ich [65]

Literaturmagazin 4
Die Literatur nach dem Tod der Literatur
Bilanz der Politisierung
Hg.: Hans Christoph Buch [66]

Johannes Schenk
Jona [67]

Harold Pinter
Niemandsland
Fünf Theaterstücke [69]

Jan Christ
Asphaltgründe. Erzählungen [70]

Hermann Peter Piwitt
Boccherini und andere Bürgerpflichten. Essays [71]

das neue buch rowohlt

Herausgegeben
von Jürgen Manthey

Literaturmagazin 5
Das Vergehen von Hören und Sehen. Aspekte der Kulturvernichtung [72]

Kenneth Koch
Vielen Dank
Gedichte und Spiele [73]

Thomas Pynchon
V.
Roman [74]

Rolf Haufs
Die Geschwindigkeit eines einzigen Tages. Gedichte [75]

Konrad Bayer
Das Gesamtwerk
Hg.: Gerhard Rühm [76]

Literaturmagazin 6
Die Literatur und die Wissenschaften
Hg.: Nicolas Born und Heinz Schlaffer [77]

Jean-Paul Sartre
Der Idiot der Familie
Gustave Flaubert 1821–1857
I. Die Konstitution [78]
II. Die Personalisation 1 [89]
III. Die Personalisation 2 [90]
IV. Elbehnon oder Die letzte Spirale [114]
V. Objektive oder subjektive Neurose [132 – Dez. 79]

Louis-Ferdinand Céline
Kanonenfutter [79]

Reiner Kunze
Sensible Wege
Achtundvierzig Gedichte und ein Zyklus [80]

Tom Stoppard
Travesties. Schauspiel [81]

Günter Herburger
Ziele. Gedichte [82]

James Baldwin
Teufelswerk
Betrachtungen zur Rolle der Farbigen im Film [83]

Maria Erlenberger
Der Hunger nach Wahnsinn
Ein Bericht [84]

Wilhelm Genazino
Abschaffel. Roman [85]

Peter Schneider
Atempause
Versuch, meine Gedanken über Literatur und Kunst zu ordnen [86]

Literaturmagazin 7
Nachkriegsliteratur
Hg.: Nicolas Born und Jürgen Manthey [87]

Elmar Buck / Leo Kreutzer / Jürgen Peters
Die schöne Leiche aus der Rue Bellechasse
Einiges über Schreiben, Spielen, Filmen [88]

Literaturmagazin 8
Die Sprache des Großen Bruders
Gibt es ein ost-westliches Kartell der Unterdrückung? [91]

Gwyn A. Williams
Goya. Mit 98 Abb. [92]

Georges Bataille
Das obszöne Werk [93]

Rolf Dieter Brinkmann
Rom, Blicke [94]

André Breton
Die Manifeste des Surrealismus [95]

Vicente Aleixandre
Nackt wie der glühende Stein
Hg. von Erich Arendt [96]

das neue buch rowohlt

Herausgegeben
von Jürgen Manthey

Niklas Stiller
Der Tod und das Flugzeug
Prosa/Essays [97]

Leonard Michaels
Trotzkis Garten. Prosa [98]

Jochen Lobe
Augenaudienz. Gedichte [99]

Literaturmagazin 9
Der neue Irrationalismus
Hg. Nicolas Born und
Jürgen Manthey [100]

Sartre. Ein Film
Von Alexandre Astruc u. Michel
Contat. Unt. Mitw. von Simone
de Beauvoir, Jacques-Laurent Bost,
André Gorz, Jean Pouillon [101]

Pierre Klossowski
Die Gesetze der Gastfreundschaft
[102]

Paul Nizan
Aden, Die Wachhunde
Zwei Pamphlete [103]

Wilhelm Genazino
Die Vernichtung der Sorgen
Roman [104]

Hugo Dittberner
Draußen im Dorf. Erzählungen [105]

Wolfgang Fietkau
Schwanengesang auf 1848
Ein Rendezvous am Louvre:
Baudelaire, Marx, Proudhon
und Victor Hugo [106]

Peter Rühmkorf
Strömungslehre I. Poesie [107]

Hans-Jürgen Syberberg
Hitler, ein Film aus
Deutschland [108]

Christian Linder
Böll [109]

Horst Ulbricht
Kinderlitzchen
Roman [115]

Paul Léautaud
Literarisches Tagebuch 1893–1956
[117]

Heinz Ludwig Arnold
Als Schriftsteller leben
Gespräche mit Peter Handke /
Franz Xaver Kroetz / Gerhard
Zwerenz / Walter Jens / Peter
Rühmkorf / Günter Grass [118]

Literaturmagazin 10
Vorbilder
Redaktion Nicolas Born, Jürgen
Manthey, Delf Schmidt [119]

Malcolm Lowry
[Gesamtwerke in Einzelausgaben]
Hör uns, o Herr, der Du im Himmel
wohnst. Erzählungen [121]

Frank-Wolf Matthies
Morgen. Gedichte und Prosa [122]

Mathias Greffrath
Die Zerstörung einer Zukunft
Gespräche mit emigrierten
Sozialwissenschaftlern [123]

Maria Erlenberger
Das Erlernen der Totgeburt
Roman [124]

René Regenass
Porträt eines Portiers
Erzählung [125]

Jürgen Fuchs
Tagesnotizen. Gedichte [126]

Wilhelm Genazino
Falsche Jahre. Roman [127]

Neue deutsche Prosa

Ulrich Becher
Das Herz des Hais. Roman [387]
– Männer machen Fehler.
12 Kurzgeschichten [1283]
– Das Profil. Roman [1612]
– Murmeljagd. Roman [1783]
– Williams Ex-Casino [1909]
– Kurz nach 4 [4169]

Nicolas Born
Die erdabgewandte Seite der Geschichte
Roman [4370]

Peter O. Chotjewitz
Malavita. Mafia zwischen gestern und morgen [1960]
– Der dreißigjährige Friede
Biographischer Bericht [4407]

Rolf Dieter Brinkmann
Keiner weiß mehr [1254]

Franz Josef Degenhardt
Zündschnüre. Roman [1865]
– Brandstellen [4074]

Friedrich Dürrenmatt
Der Richter und sein Henker
Roman [150]
– Der Verdacht. Roman [448]

Helmut Eisendle
Jenseits der Vernunft oder Gespräche über den menschlichen Verstand [4389]

Gisela Elsner
Die Riesenzwerge. Ein Beitrag [1141]

Günter Grass
Aus dem Tagebuch einer Schnecke [1751]

Max von der Grün
Irrlicht und Feuer. Roman [916]
– Am Tresen gehn die Lichter aus.
Erzählungen [1742]
– Wenn der tote Rabe vom Baum fällt [4251]

Stefan Heym (Hg.)
Auskunft. Neue Prosa aus der DDR [4046]

Rolf Hochhuth
Der Stellvertreter. Ein christliches Trauerspiel. Mit Essays von Sabina Lietzmann, Karl Jaspers, Walter Muschg, Erwin Piscator, Golo Mann. Erweiterte Taschenbuchausgabe mit einer Variante zum 5. Akt [997]
– Soldaten. Nekrolog auf Genf.
Tragödie. Mit einem Vorwort von H. C. N. Williams, Propst an der Kathedrale zu Coventry [1323]
– Krieg und Klassenkrieg. Studien.
Vorwort: Fritz J. Raddatz [1455]
– Guerillas. Tragödie in 5 Akten [1588]
– Die Hebamme. Komödie [1670]
– Die Berliner Antigone. Prosa und Verse. Einführung: Nino Erné [1842]

Heinar Kipphardt
März. Roman [4259]

Dieter Kühn
Die Präsidentin [4021]
– Festspiel für Rothäute. Erzählung [4288]

Siegfried Lenz
Die Augenbinde. Parabel / Nicht alle Förster sind froh. Ein Dialog [1284]

Hans Erich Nossack
Spätestens im November. Roman [1082]

Peter Rosei
Wer war Edgar Allan? Roman [4379]

Brigitte Schwaiger
Wie kommt das Salz ins Meer?
Roman [4324]

Martin Walser
Ehen in Philippsburg. Roman [557]

Otto F. Walter
Der Stumme [1688]
– Herr Tourel [1847]

Peter Weiss
Die Ermittlung. Oratorium in 11 Gesängen [1192]

Oswald Wiener
Die Verbesserung von Mitteleuropa
Roman [1495]

Gabriele Wohmann
Abschied für länger. Roman [1178]
– Ein unwiderstehlicher Mann
Erzählungen [1906]
– Habgier. Erzählungen [4213]
– Schönes Gehege. Roman [4292]

Rowohlt Taschenbuch Verlag

35/32

Nicolas Born
Gedichte 1967–1978
240 Seiten. Geb.

«... da berührt einen beim Durchlesen von zehn Jahren lyrischer Produktion zweierlei: keine Stelle manieristisch, nirgends exhibitionistische Pose, kein Stück, in dem nur reagiert oder nur abreagiert wird, alles wahrhaftig im Guten wie im Bösen: die Faszination für detailscharfe Wirklichkeit und die typische Ichschwäche unserer Generation, der jede Utopie und jeder Protest auf die Dauer in Sensibilität zerfällt. Daher zum zweiten, wenn später meine Kinder mich fragen sollten, wie war das denn so, das Lebensgefühl in jenen Jahren, ich würde einige der hier erwähnten Gedichte heraussuchen und sagen: da lies, genauso war's.»

Die Zeit

«Nicolas Borns Gedichte sind Notate, die die verstümmelten Kapazitäten des Menschen anzeigen als den Preis für seine Praxis. Aber sie waren von Anfang an Zeugnisse eines Ichs, das an sich Welt erfährt in diesen Jahren und sich so seiner selbst versichert, immer betroffen, ohne Harmonisierung des Widersprüchlichen, ohne schnelle Erlösungsvorstellungen.»

Frankfurter Allgemeine Zeitung

Rowohlt

961/1

976/1

B 1/XII – '79